無言の旅人

仙川　環

幻冬舎文庫

無言の旅人

一部

1

今年の秋は、夏を引きずっていた。十月に入っても、日差しは相変わらず強い。今朝のニュースは日中の最高気温が二十五度になると言っていた。

大木《おおき》公子《きみこ》はうっすらと汗をかいていることに気付いた。トートバッグからハンドタオルを出して額と鼻の周りを押さえながら、ホームをまたぐ駅舎の窓から新宿方面へと延びる線路を見た。

蜃気楼《しんきろう》の向こうに薄ぼんやりと車体が見えるような気がした。駅のアナウンスが下り列車の到着を告げる頃には、車体はくっきりと形になった。レールの響きは次第に大きくなる。今はもう車体の前面に表示されている行き先プレートの文字も判別できる。そして、列車は駅舎をかすかに振動させながら、ホームに滑り込んだ。

公子は体を反転させ、改札口へと上ってくる乗客を待った。

最初に現れたのは、制服のスカートの丈を詰めた女子高生の二人連れだった。続いて肩からビジネスバッグをぶら下げたサラリーマン風の若い男が姿を見せた。脱いだ上着を左腕にかけ、額を汗で光らせている。

人は次々と改札口から吐き出され、北へ、南へと足早に去っていく。最後の一人と思われる小柄な老人が改札口を抜け、杖をつきながらゆっくりと南口の階段を下りていった。

公子は少し肩を落とした。時刻表を確認すると次の下り電車の到着は八分後だった。

もう一度、三島耕一《みしまこういち》の携帯電話を呼び出してみた。留守番電話のメッセージが流れるだけだった。メールを打とうかと思ったが、すでに三度打っていることを思い出してやめた。

今日は自分と耕一にとって特別な日になるはずだ。再来月から二人で暮らす部屋を探すために、不動産屋を回る。それだけのことだけれど、結婚に向けて何かするのはこれが初めてだった。

特別な日だからこそ、公子は切り盛りしている駅前商店街の雑貨店の店番を、パートの相原康子に替わってもらった。事情を説明すると、康子は快く引き受けてくれた。彼女も特別な日だと分かってくれたのだと思う。

再び時計を見ると、さらに三分が経過していた。公子は唇を軽く嚙《か》んだ。こんな日に待たされるなんて……。

だが、すぐに思いなおした。二十分や三十分など、たいした時間ではない。父と母が死んでから耕一と会うまで一人で過ごした時間と比べたら、取るに足りない長さだった。

でも現実問題として今日中に新居を決めるのは無理かもしれない。耕一は夜、人と会う約束があり、五時には電車に乗らなければならないと言っていた。

アナウンスが次の列車の到着を告げた。駅舎から見下ろす線路の先に見えてきた車体は予想以上に大きく、公子はふっと頰《ほお》を緩めた。

エスカレーターがよく見える位置に移動しようとしたときだ。ふいにジーンズのポケットで携帯電話が震えた。液晶画面を確認すると、耕一の番号が表示されていた。あの電車にも乗っていないのだろうか。いぶかしみながら通話ボタンを押すと、どこかで聞いたことのあるような声が聞こえた。

「公子さんね？」

その声があまりに硬かったことから、公子は緊張を覚えた。

「私、香織《かおり》です。三島香織」

耕一の妹だ。一度だけ、食事会で顔を合わせたことがある。どうして香織が電話をかけてきたのか。しかも、耕一の携帯電話から。公子が言葉を発せずにいると、早口で香織は言った。

「兄が事故に遭《あ》ったんです。車に撥《は》ねられたの」

公子の頭の中が一瞬にして赤くなった。

「さっき、新宿の木原総合病院に運び込まれたんです。今、手術が始まったところです。病院で兄の荷物を受け取ったら携帯があったから、とりあえず公子さんに連絡をしてみたんですけど。すぐにこっちに来てもらえますか？　もう一度病院の名前を言いますね。木原総合病院。新宿駅からタクシーに乗れば分かると思います。西棟の三階です」

「あの、容態は？　命に別状はないですよね」

「私も父から連絡をもらって、さっき着いたばかりなの。ああ、お父さんたちが今、来たわ。じゃあ後で」

「あの……」

もっと詳しいことを聞きたかったのに、電話はあっけなく切られてしまった。

公子はしばらくその場を動くことができなかった。さっきまで体中を猛スピードで回っていた血が、今度は動きを止めてしまったようだ。寒かった。真夏にクーラーが効きすぎた部屋に入ったときのように、汗が体に張り付く。

思わず電話の着信記録を確認した。やはり夢ではないのだ。

切符売り場に向かって歩き出す。床を踏みしめているはずの足にはその感覚がなかった。

目の前を小学生が横切ったが、映画のワンシーンを観ているようで、自分と同じ世界のことだと思えない。

　公子はどうにか切符を買った。それを販売機から取り出すとき、手が自分のモノではないように震えた。

　上石神井《かみしやくじい》駅で急行電車に乗り換えた。土曜日のせいか車内には家族連れが目立った。彼らの明るい声が、ひどく耳障りだった。

　耕一が死んでしまったらどうしよう。

　さっきから同じ言葉が頭の中をリフレインしている。

　吊り革をつかんでいた手を離し、両方のこめかみを指で強く押した。その瞬間、「言葉にしたことは現実になる」という考え方があることを思い出し、頭を振ってリフレインを無理やり止めた。

　目の前の座席に座っている男子学生が、奇妙なものでも見るような目つきで、公子を見ていた。

　誰でもいいからすがりつきたい。

　そんな思いがあったせいか無意識のうちに一歩前に踏み出していた。その拍子に彼の膝《ひざ》に広げられた漫画雑誌が目に入った。慌てて顔を背けたが、一瞬遅かった。血しぶきを刀から飛び散らせた侍が、両目と歯をむき出しているコマが、しっかりとまぶたの裏に焼きつき、吐き気がこみ上げてきた。

電車が徐行を始めた。鷺《さぎ》ノ宮《みや》駅が近いのだ。窓の外に何気なく目をやると、古びた一軒屋の前を通過するところだった。隣家と肩を寄せ合うように建っているその家のベランダには、洗濯物がはためいていた。少し色あせた子供用のTシャツ、家の主《あるじ》の持ち物らしいベージュの作業ズボン。色とりどりのタオル。

張り詰めていた気持ちが緩んだ。

耕一は二人で家庭を作ろうと約束してくれた。彼が約束を破るはずがない。

電車が鷺ノ宮駅で停まり、斜め前に座っていた老人が席を立った。公子は空いたシートに体を沈めて目を閉じた。

早川正志《はやかわまさし》は手術台のそばにあるモニター画面に映し出されたCT画像を注意深く観察した。右脳と左脳の両方に、黒い影がくっきりと映っており、出血の範囲がかなり広いことが窺《うかが》える。

難しいかもしれない。

直感がそう告げた。脳神経外科医としてほぼ十年、患者を診《み》てきた。最近、直感はかなりの確率で当たる。

口に何も含んでいないのに、苦味が舌に広がった。手術が長丁場になることは確実だ。今夜は婚約者の家に行く約束をしていたが、当然、キャンセルということになる。いったん医局に戻って電話を一本入れようか。そのぐらいの時間はあるのではないか。きびすを返しかけたとき、鋭い声が降ってきた。

「早川、何をモタモタしてるんだ。さっさと準備しろ」

脳神経外科部長の若田部《わかたべ》だった。威風堂々とした体軀《たいく》が手術室に入るといっそう大きく見える。眼鏡越しに見える眼光も鋭い。

「すぐやります」

早川はマスクをつけながら、若田部に聞かれないよう、そっとため息をついた。

大学病院から木原総合病院に転じて約半年。民間病院ならば少しは仕事が楽になるかと思っていたのだが、そんなことは全くなかった。給料は多少上がったが、そのぶん、勤務時間は増えた。ストレスも倍増した気がする。

若田部は、大学病院時代に早川のボスだった教授よりも厄介な存在だった。命令は絶対。口答えは許さない。若田部は患者の信頼が厚いし、院長からの覚えもめでたい。民間病院の医師には珍しく、学会でも発言力がある。一介の医師である早川が彼の命令に逆らえるはずがなかった。

自由にのびのびと働きたかったから、大学病院を出たというのに、これでは何のための転職だったのか分からない。

ドアが開き、ストレッチャーに乗せられた患者が運ばれてきた。

「よしっ、すぐに始めよう」

張りのある声で若田部が言った。

早川は、婚約者のことを一瞬、思い出した。だが、ライトに照らされたメスのきらめきが目に入ると同時に、心の中の見えない糸がぴんと張り詰めた。


西武新宿駅で電車が停まり、ドアが開くのと同時に公子は駆け出した。階段を下り、靖国通りに出る。信号を渡り、目に入った最初のタクシーを強引に止め、木原総合病院までと告げる。タクシーが走り出す。休日のためか、道は混んでいた。信号で停まるたび、公子は握り合わせた手に力をこめ、足を踏ん張った。

病院に着くと千円札を運転手に渡し、つり銭を受け取らずに車を降りた。受付で西棟を確認して小走りに急ぐ。エレベーターが当分、一階に降りてきそうになかったので階段で三階まで上る。重い鉄扉を開くと、廊下の長椅子にうな垂れて座っている三人が目に入った。ドアの音が耳に入ったためか、三人は同時に顔を上げた。

「ああ、公子さん……」

真ん中に座っていた三島芳子《よしこ》が立ち上がりハンカチで鼻の下を押さえながら、公子の腕に手をかけた。連絡を受けてすぐに駆けつけてきたのだろう、ショートカットの茶色い髪が四方八方を向いている。芳子の右隣に座っていた三島安雄《やすお》も、肩を落としたまま、公子に向かって小さくうなずいた。香織が母親のほうに体をずらして、公子が座るスペースを作ってくれた。

「耕一さんはどうですか？」

安雄は一瞬、目を伏せると、力なく首を振った。

「撥ねられたとき、地面に頭から叩《たた》きつけられたせいで、脳が出血している可能性があるそうです。内臓もやられているらしいが、とにかく脳を救わなければならないと医者は言っています」

公子は膝が震え出すのを止められなかった。

「危ないということですか」

「手術の結果次第、としか言えないそうです」と言いながら、安雄は右斜め前のドアを指で差した。「難しい手術らしい」

ドアの上では、手術中であることを示す赤いランプがついていた。赤いカバーの裏にある蛍光灯が切れ掛かっているのか、ランプは時折、点滅する。見ていられなくなり、公子は顔を背けた。

「加害者は高校生だって。馬鹿がいい気になって飛ばしていたのよ。許せないわ」

吐き捨てるように香織が言うと、芳子が小太りの体を揉《も》むようにして、すすり泣きを始めた。

「どうしてこんなことになったのかしら……。できることなら、私が替わってあげたい」

「母さん、大丈夫だよ。耕一は、がんさえ克服したんだ。今回も必ず持ちこたえてくれる」

「だけど、あのときは……」

「それ以上言うな」

安雄が苛立《いらだ》ちを爆発させるような鋭い声で言い、芳子がおびえたように目を見開いた。

安雄も自分の声に狼狽《ろうばい》したように、小さく咳払《せきばら》いをすると、「とにかく今は待つしかないんだから」と、独り言のように言った。

香織がその場の空気を変えるように、勢いをつけて立ち上がった。

「私、コーヒーでも買ってくる」

「おお、そうだな。全員の分を頼む」

安雄がほっとしたように言った。

それから長い時間が過ぎた。

香織が買ってきてくれた缶コーヒーは甘すぎてちっとも美味《おい》しくなかった。泥水のように体の中に嫌な感じで流れ込んでいく。

どれだけそうしていただろう。携帯電話のバイブレーターが振動するような音が、すぐ近くでした。慌てて自分の携帯を見たが、電源は切ってある。安雄も自分の携帯を見て、首をかしげている。

「母さんと香織は大丈夫か？　病院内で携帯はまずいだろ」

振動音は止まった。

そのとき、香織が小さく声をあげると、自分のバッグからシルバーの携帯を取り出した。

「兄さんの携帯、切るのを忘れていたわ。あ、留守電にメッセージが入っているみたい」

そのとき公子は思い出した。耕一は夜、誰かと待ち合わせをしていたはずだ。そのことを香織に告げると、彼女はメッセージを確認してくると言って、席を立った。

数分後に戻ってきた彼女の顔には、複雑な表情が浮かんでいた。

「なんだかよく分からないんだけど、相手の人、兄さんを待っているみたいだったから、事情を説明したの。そうしたら、すぐにここに来るって。なんでも、近くにいるらしいのよ」

「こんなときに来てもらっても……」

芳子は顔をしかめた。

「しょうがないじゃない。来るなとは言えないでしょう」香織はそう言うと、公子の顔を見た。「安土《あづち》さんという人なんだけど、公子さんは知っている？」

初めて聞く名前だったので、公子は首を横に振った。

「まあいいさ。すぐに引き取っていただけばいいだろう。先方だって分かってくれるよ」

安雄が言い、芳子も納得したようにうなずいた。

安土はそれから十五分ほどしてやってきた。意外なことに、年老いた男だった。七・三に分けた髪の毛は量こそたっぷりしているが、白いものがかなり混ざっている。

「このたびはとんだことに……」

安土は目をしばたたきながら、安雄に向かって何度も頭を下げた。

「申し訳ありません。私が彼を呼び出したばかりに、こんなことになってしまって……。三島君は律儀な男だから、私との約束に遅れまいと急いでくれたんでしょう。なんとお詫《わ》びを申し上げてよいやら」

「あ、いや」安雄が手を振った。「お気遣いなさらんでください。耕一が事故に遭ったのは、昼間ですから」

安土が拍子抜けしたように、唇をすぼめた。どうやら彼は、自分との待ち合わせの場所に出向く途中で耕一が事故に遭ったと早合点して、飛んできたようだった。安土はチェックのハンカチをポケットから取り出すと、額をせわしなくぬぐった。

「そうでしたか……。お騒がせしてしまったようで、申し訳ありません。しかし、そうなると手術、かなり長いということですなあ。皆さんのお気持ち、お察しいたします」

安土はそう言うと、何度も頭を下げた。義理で駆けつけてきたのではないことは表情からも明らかだった。回復を心から祈っていると言って、安土は帰っていった。

「兄さんとどういう知り合いかよく分からないけれど、律義な人ね」

香織がぽつりと言った。

それから再び、四人は長椅子に腰を下ろして時間が過ぎるのを待った。口を開くものはいなかった。途中で一度、安雄が「コンビニでおにぎりでも買ってこようか」と言ったが、食欲を感じているものは一人もいなかった。

赤いランプは午後九時を回っても消える気配がなかった。

希望と絶望。一定の間隔を置き、両者が交互に胸に押し寄せる。希望はみぞおちのあたりを熱くし、絶望は胃をさいなむ。次第に苦しくなってくる呼吸の中、公子は父が心臓発作で倒れた日のことを思い出していた。

あのときも、こうして手術室の前の廊下で、手術が終わるのを待っていた。でも、あのときは一人だった。母を亡くし、会社を辞めて父と二人で雑貨店を切り盛りしてきた公子には、一緒に待ってくれる人すらいなかった。

ベンチに並んでいる三島家の人たちを見た。三人とも、憔悴《しょうすい》しきっていたが、見えない糸が彼らをつないでいるようだった。そしてそれは自分にもつながっている。

もはや交わす言葉もない。視線すら交錯させようとしない。それでも、四人の思いは同じはずだった。厚いドアの向こう側にいる耕一にも届いてくれればいいのだが……。

突然、思いがけないほどのあっけなさで、ランプが消えた。

真っ先に立ち上がった安雄が、ドアに駆け寄った。三人もすぐに続いた。

「くそっ、早く開けろよ」

普段は決して使わないであろう乱暴な言葉を吐くと、安雄はドアノブに手を伸ばした。安雄の手がドアに触れる前に、ドアは中から押し開けられた。薄いブルーの手術着に身を包んだ大柄な医師がゆっくりと姿を現した。マスクをはずす彼の顔を、公子は凝視した。医師の口元は、厳しく引き結ばれている。セルフレームの眼鏡の奥からのぞいている目は、猛禽類《もうきんるい》のように鋭かった。

医師を押しのけ、手術室に入りたかった。思わず足が動きかけた。そのとき、香織がそっと公子の腕を押さえているのに気付いた。赤く充血した目をしばたたきながら香織は小さく首を横に振った。

医師がようやく口を開いた。

「脳神経外科部長の若田部と言います。一応、手術は終わりました。集中治療室に移す準備をしているところです」

「どうなんですか、耕一は。命は助かるんですか」

安雄が無理に抑えつけたような声で言った。

「頭蓋骨に穴を開け、脳内に溜《た》まった血液を取り除きました。破裂していた腎臓なども処置をしました。ただ、なにぶん、脳へのダメージが大きかったもので、しばらく様子を見なければなんとも」

公子はトートバッグを胸にしっかりと抱き、歯を食いしばった。

「先生、なんとかしてください、お願いします」

芳子が背中をエビのように丸めながら頭を下げた。

無表情な若田部と視線がぶつかった。鋭いが感情のこもらない目は、公子をおびえさせた。

公子が明らかにひるんだ表情を浮かべても、若田部の表情は動かなかった。

「全力を尽くしています。お気持ちは分かりますが、とにかく、今は様子を見るしかないんです。主治医の早川のほうから明日、詳しく説明をします。集中治療室に移ったあと、短時間なら面会できますが、いましばらく、ここで待機していてください。のちほど看護師をよこしますから」

一言一言を区切るようにはっきり言うと、若田部は自分の仕事はこれで終わった、というように小さく会釈をした。そして、それ以上の質問を封じるように強い目つきで公子たちを見た。

公子はもっと若田部の言葉を聞きたかった。希望に飢えていたのだ。だが、若田部が再び口を開くことはなかった。堂々とした肩を揺らしながら遠ざかっていく若田部の後ろ姿を見ていると、めまいがした。

壁に手をつき体を支えながら、ふと隣を見ると、三島家の三人も放心したような顔つきで若田部を見送っていた。

公子の視線に気付いたせいだろうか。安雄が口元を引き締めると、芳子の肩に手を添えた。

「一命は取りとめたんだ。よかった」

芳子が不安そうに目をしばたたいたが、香織が父親の言葉を引き取った。

「本当にそうだわ。とりあえず兄さんが出てくるまで、待ちましょう。公子さん、顔が真っ青よ。大丈夫？」

「あら、本当に。座ったほうがいいわよ」

芳子にも言われ、公子は素直にベンチに腰を下ろすと目を閉じた。もうすぐ耕一に会えると思うと、座ってなどいられない気がしたが、めまいには逆らえなかった。

芳子が隣に座ると、背中を撫《な》でてくれた。汗のにおいが少ししたが、不快ではなかった。

香織と安雄の会話が聞こえてくる。

「お父さん、さっきの医者、なんだか感じが悪かったわね。もっと説明してくれてもよかったのに」

「そうだな、できるだけ詳しいことを知っておきたいものな」

「明日、主治医が説明するときに、今日みたいな調子だったら、ちゃんと聞いたほうがいいわね、兄さんのために」

「ああ。ちゃんと尋ねるさ」

わずかな希望が公子の胸に湧《わ》いてきた。

父が心臓発作で倒れたときも、母が子宮がんで入院していたときも、口下手で臆病な自分は医者に何も尋ねられなかった。彼らがこの世を去るのをただ黙ってみていただけではないかという苦い思いが残っていた。

今度はそんなことにはならない。耕一には、三島家の人たちがついている。安雄は一部上場企業の役員まで務めたというから頼りになることは間違いない。香織もつっけんどんなところはあるけれど、機転がききそうだ。

「頑張りましょうね、私たちも」

隣に座っていた芳子が、公子に声をかけてきた。公子は大きくうなずいた。

面会が許可されたのは、深夜になってからだった。

「二人ずつ入ってください。一分以内でお願いします。それ以上は、患者さんの体に障りますから。くれぐれも体を揺さぶったりしないように」

年配の女性看護師は何度も念を押した。

「お父さん、早くしましょう」

看護師の指示どおりに消毒剤を手に塗りたくりながら、芳子が小太りの体を安雄に向けた。まぶたが黒ずんでおり、疲れが全身から滲《にじ》み出ていた。安雄がちらっと公子を見た。公子がうなずいてみせると、安雄は申し訳なさそうに少し頭を下げた。そして二人は緊張した面持ちで、ドアの向こうに消えていった。

ドアが閉まると、香織がつぶやくように言った。

「悪いわね、公子さん。順番が後になっちゃって」

「いえ、当然です」

香織も疲れ果てた顔をしていた。化粧はすっかり剝《は》げ落ち、鼻の頭に脂が浮いている。

「ああ、これからどうなるのかしら」大きなため息をつくと、香織は舌打ちをした。「詳しい説明は明日だなんてふざけた話だわ。状況を知りたいのは、家族として当たり前なのにね。病院って、やっぱりサービス精神ゼロね」

「私、説明を聞いても分かるかどうか。明日、よろしくお願いします」

公子が言うと、香織は少し微笑《ほほえ》んだ。

「そのあたりは任せておいて。うちの父はずっと営業をやっていたから押しが強いの」

「はい」

ほかに言うべき言葉はなかったので、公子は集中治療室に入る準備をすることにした。ポンプ式の容器の頭の部分を押すと、ゼリー状のひんやりとした消毒剤が出てきたので、それを手のひらに満遍なく塗る。アルコールのつんとするようなにおいが鼻腔をついた。

そのときドアが開き、安雄と芳子が出てきた。安雄はがっくりと肩を落とし、芳子は泣きはらした目をしている。

「兄さんはどう？」

香織が尋ねると、安雄は泣き笑いのような表情を浮かべた。

「とりあえず、会ってやるんだな。入ってすぐの左側のベッドだ」

公子ははやる気持ちを抑えながら、ドアを押した。そこは前室のようになっていて、ハンガーに白衣がかけてあった。それを羽織り、傍らに置いてあった使い捨てのマスクをつけると、スリッパに履き替え、その先にあるドアを押した。

青白い蛍光灯の光の下にベッドが数床、置かれていた。安雄に言われたとおり、左側の一番手前のベッドに歩み寄った。横たわっている耕一の姿を目にした瞬間、胸に痛みが走った。

耕一の頭には包帯が巻かれており、口元には人工呼吸器のチューブが装着されていた。その隙間《すきま》からのぞいている皮膚は、つやがなくくすんでいた。

「耕一さん!」

公子は床に膝をつき、耕一に顔を寄せた。耕一のまぶたはピクリとも動かない。胸は呼吸に合わせて上下しているが、人工呼吸器がそうさせているのだということは素人目にも分かった。つい今朝まで普通に食事をして、普通に歩いていたはずの彼が、まるで死の床についているかのように力なく横たわっている。あまりにも理不尽だ。こんな現実を受け入れられるほど自分は強くない。

まぶたの裏が熱くなり、鼻の奥がつんとした。

公子は掛け布団の上に出ていた耕一の右手に触れた。手にも包帯が巻かれていたが、指先だけは露出していたので、彼の人差し指を自分の指先でつまんでみた。

その瞬間、公子には耕一が死んでなどいないことが分かった。皮膚が露出している部分はほんのわずかだったので、血の温かさを感じることはできなかったが、血が血管を押す力ははっきりと分かった。一定のリズムで指先が脈打っている。

俺は生きている。心配するな。

耕一がそう伝えたがっているような気がした。機械につながれて言葉を発することができない。それでも彼は公子に向かって語りかけてくれている。そう考えると気持ちが少し落ち着いた。

そのとき公子の背後から香織がベッドを覗《のぞ》き込むようにした。耕一の指をはなし、体をずらして香織のためにスペースを作った。

香織はこわごわ耕一の顔を覗き込むと、公子と同じように耕一の指先に触った。公子の顔を見てわずかに微笑んだ。香織にも分かったのだと思った。

香織は耕一から指をはなすと、公子に言い聞かせるように言った。

「そろそろ出たほうがいいかもね」

言われてみれば、一分などとうに過ぎている。公子はもう一度、耕一の顔を目に焼き付けると、香織に続いて集中治療室を出た。

2

テーブルの上には、CTスキャンで撮影した頭部の画像が広げられていた。左側を中心に黒々とした影があった。黒い影はまるで死神の鎌のような形をしている。公子はたまらない気分になり、画像から目をそらした。

「ひとまず峠は越えたと言っていいと思います。ただ、問題がいくつかあります。まず、自発呼吸が極めて弱く、意識も戻っていません。脳挫傷が起きている範囲が、思った以上に大きかったんです。我々も最善を尽くしますが……。とりあえず、意識が戻るのを待ちたいと思います」

早川と名乗った医師が病状の説明を始めた。周囲の空気の密度が高くなったようだ。三島家の三人と自分の全身から発せられる二酸化炭素が三畳ほどの小さな部屋に充満している。

公子は斜め前に座っている早川医師の横顔をちらっと見た。

三十代半ばのように見えるその医師は、髪の毛を茶色に染めていた。小鹿のような丸い目をしており、白衣を着ていなければ、オフィスや営業所に業務用コーヒーを売り歩く販売員かなにかのように見える。

「先生、意識は戻るんですよね」

安雄がかすれた声で尋ねた。

「血圧などを管理しながら、薬で脳のダメージを食い止めるようにします。自発呼吸だけでも正常に戻ってくれればありがたいんですが。とにかくしばらく様子を見るしかありません」

「ということは、意識が戻らない可能性もあるんですか？」

芳子はハンカチで涙をしきりにぬぐっている。香織はじっと顔を伏せていた。早川は少し迷うように目を伏せたが、すぐに再びしゃべり出した。

「……残念ですが、センエン性意識障害の可能性がないとは断言できません。ただ、こればかりは本当に時間が経《た》ってみないと分からないんですよ。人間の生命力というのは不思議なものでしてね、こっちが危ないと思っていた患者さんが、社会復帰することもあります」

早川のしゃべり方は、まるで営業員がコーヒー豆の種類を説明しているかのように滑《なめ》らかだったが、言葉の一つ一つが公子の胸に突き刺さった。

センエン性意識障害がどんなものなのか分からないけれど、早川は耕一が社会復帰できないかもしれないと言っている。

半分ほど白くなった頭に指を突っ込んでいた安雄が、思いつめたような目をして早川を見た。

「先生、そのセンエン性意識障害というのは……どんな字を書くんですか。植物状態とは違うんですよね」

「ええっと……」早川は目を軽くしばたたいた。喉仏《のどぼとけ》が唾を飲み込むように動く。「都を移す際の遷都の遷に、延ばすという字を書きます。具体的に申し上げると、意思の疎通ができないということです。体が動いたり、目を動かしたりすることはあっても、ものを全く理解できない。食事や排泄もチューブを通してということになります。脳死とは違って呼吸は自力でできることも多いのですが……。以前は、植物状態と呼ばれていました。ですが、最近、人間を植物にたとえるのはいかがなものかということになっていまして」

芳子がハンカチを目に押し当てた。香織と安雄は苦痛をこらえるように顔を歪《ゆが》めていた。

早川医師が言葉を継いだ。

「意識が戻らないと決まったわけではありませんよ。できる限りのことはします。とにかく時間が必要なんです。すぐにどうこうなるというものではないので」

「そうですか。しかし……」

「それでは、投与する薬剤などのことについて、ちょっと説明をしておきます」

早川医師は安雄を遮るように軽く右手を上げると、名前を覚えるのさえ一苦労しそうな薬の説明を早口で始めた。香織と安雄はメモを取っていた。公子も手帳を開いたが、一言も書き付けることはできなかった。カタカナの言葉が、右から左へと流れていくばかりだ。

「それでは、今日のところはこのへんで」

早川医師の声で、公子は我に返った。

三島家の人たちが立ち上がり、深々と頭を下げた。公子も慌ててお辞儀をした。

廊下に出ると、早川医師は軽く会釈をして、きびすを返そうとした。

「先生、希望を持っていいんですよね」

芳子がすがるように言った。

「頑張りましょう、お母さん。でも、無理はいけませんよ。自分のお体も大切にしてください」

あくまでもさわやかな声で早川は言い、軽い足取りで廊下を歩き出した。彼が一歩足を踏み出すたびに、茶色い髪の毛が揺れる。遠ざかっていく背中は、楽しげにすら見えた。

公子は早川から目をそらした。

早川は、自分や耕一とそう変わらない年のように見えた。そのことがやりきれなかった。

彼は今日、自分たちに接したように淡々と自分の仕事をこなすだろう。その合間に食事をしたり、同僚と世間話をしたりして、夜になったら帰宅する。食事をしてテレビなど見て、眠りにつく。そんな平凡な一日を送ることを、何故彼は許されていて、自分たちはそうでないのか。

「さてと……耕一の顔を見て帰るか」

安雄の声で公子は我に返った。

「そうねえ」

芳子が眉《まゆ》を寄せながら気乗りのしない返事をした。公子も安雄の言葉に即座に反応はできなかった。耕一に何と声をかければいいのか分からない。

そんな空気を読み取ったのか、安雄が皆を力づけるように手を鳴らした。

「ほらほら、ここにいたって仕方ないじゃないか」

なんとなくうなずき合うと四人は集中治療室に向かって歩き出した。

昨日と同じように、まず安雄と芳子が部屋に入り、数分後に公子と香織が入れ替わった。

ベッドに歩み寄るとき、公子の心臓が震えた。

「耕一さん、目を覚まして」

ベッドの脇にひざまずくと、耕一の右手の指先を握って呼びかけた。

「大丈夫よ、公子さん。兄さんは運が強いから。それに、昨日より顔色がいいような気がするんだけど。これって快方に向かっているってことじゃないかな」

血管が膨らみしぼむリズムを確かめながら耕一の顔を見つめていると、香織の言うとおりだという気がしてきた。

植物状態だなんて。医者の言うことが正しいとは限らない。

そう考えたとき、ひときわ強い力で血管が膨らんだような気がした。

面会を終えて廊下に出ると、安雄と芳子が顔をつき合わせ、小声で話していた。

「お父さん、どうしたの？」

「いや、ちょっと病院の事務の人と話をしようと思って。早いうちに一人部屋に移してもらえるように交渉してみようと思う」

安雄がそう言い終わる前に、突然、芳子が額に手をあててその場にふらふらとしゃがみ込んだ。

「お母さん！」

香織が慌てたように芳子の肩に手をかけた。

「大丈夫。ちょっと立ちくらみがしただけよ。すぐによくなるわ」

芳子は顔を上げ、気丈な声で言ったが、その顔は青白かった。唇も色をなくしていた。

「とりあえず、家に帰って休んだほうがいい。香織は母さんを連れて帰ってくれ。タクシーを使え。金はあるか？」

「うん。カードを使えば大丈夫」

「いや、現金にしておけ」安雄はそう言うと、公子を振り返った。「あなたも今日は帰ってゆっくりしてください。大分、顔色が悪いようですよ」

頰に手を当ててみた。自分の皮膚ではないように冷たかった。香織が心配そうに公子の顔を覗き込む。

「ほんとだ。倒れたら大変だから、帰ったほうがいいわよ。事務の人との話は、お父さんに任せておけば大丈夫。じゃあ、また明日ね」

香織が芳子の背中に手を当てて歩き始めた。

「では、これで」と安雄も右手を軽く上げた。

公子はその場で黙って頭を下げた。

事務員との交渉を終えた三島安雄は、浮かない気分で玄関に向かった。集中治療室を出られるメドがたったら、個室について考えると言った。集中治療室を出られるメドが当分たたないと言い渡されているようでもあった。

どうしてこんなことになったのか。

何度も繰り返し考えた。答えなど出るはずがないと分かっていても考えずにはいられなかった。

玄関の自動扉を出たところで、思わず足を止めた。白髪の男が正面から歩いてくる。昨日会った安土という男だ。安土はすぐに安雄の姿に気付くと、丁寧に頭を下げた。

「どうですか、三島君の具合は。おせっかいかと思ったんですが、どうにも気になってね」

安雄は自分の対応のまずさを恥じた。一命を取りとめたと電話を一本、入れておくべきだった。

「おかげさまで、なんとか手術は終わったんですが、意識が戻っていないんです。集中治療室に入っておりまして」

安土はやりきれないというように、空を仰いだ。

「そうですか……」

「ご心配をいただいて恐縮です」

安土は大げさと思えるほど、首を振った。そして、手に持っていた紙袋を安雄に差し出した。

「ご家族の皆さんも大変でしょうが、どうぞお体には気をつけて。これ、つまらないものですが」

袋を受け取ると、ずっしりと重かった。中をのぞくと、ドリンク剤の六本パックが入っていた。見舞いに花束などもらっても、迷惑なだけだ。それを考慮して選び抜いた品と思われた。

「面会はできますかな」

安土が尋ねた。

「いや、申し訳ありませんが、なにぶん、容態が不安定なもので、我々もごく短時間しか本人に会えないんです。落ち着いたら連絡をさせていただきます」

「そのときは、よろしくお願いします。とにかく、回復を祈っておりますから。ご子息は、前途有望でとにかく思慮深いお人だ。私のような老骨がおめおめと生きながらえているのに、ご子息が苦しんでいると思うと、やりきれないですよ」

「いや……」

安土は、耕一の顔を思い浮かべるように目を細めた。

「三島君は若いのにほんとうにしっかりしている。尊厳死についてもいろいろ考えていたようだし……。遺書のようなものも準備されているとか。自分も彼を見習わなければと思っていた矢先にこんなことになるとは」

安雄の心臓が跳ね上がった。それが安土にも分かったようで、彼はすぐに頭を下げた。

「申し訳ありません。失言でした。私としたことが、不謹慎なことを申し上げました。お許しください。とにかく、回復を心からお祈りしておりますから」

安土はそう言うと、軽く会釈をした。安雄も会釈を返したが、頭の中は真っ白だった。

尊厳死……。その言葉を、胸の中で何度も繰り返した。

尊厳死という言葉は知っていた。病気や事故で回復の見込みがない状態に陥ってしまったとき、延命措置を拒否して死を選ぶことだ。しかし、耕一からそんな話を聞いたことはなかった。

安土の背中が遠ざかっていく。背筋をしゃんと伸ばし、軽やかな足取りだ。

彼の姿が見えなくなるのと同時に、恐怖が安雄を襲った。タクシー乗り場に設けられているベンチへと向かい、倒れこむように腰を下ろした。

もし、尊厳死を耕一が希望していたら、どうなるのだろう。遺書のようなものを準備していると安土は言っていた。それが見つかったら、耕一を死なせなければならないのだろうか。

まだそんなことを考える必要はない。そう思ってみても、不安は強くなるばかりだ。

安雄は何度も唾を飲み込んだ。

ピンチに陥ったとき、どうすればいいのか。

安雄のこれまでの人生経験から導かれる答えは一つしかなかった。状況を冷静に見極めることだ。不利な状況から目をそらしてはいけない。どう動くにしても、状況判断を誤ったら、勝利の女神は決して微笑まない。

そこまで考えるとようやく、気持ちが落ち着いてきた。

遺書などあるものか。もしあったら自分たちにひとこと言ってくれただろう。遺書などないことを確かめればいい。そうすれば、さっき聞いた話はきれいさっぱり忘れることができる。

明日にでも、耕一の部屋に行ってみよう。芳子や香織には、部屋の整理をするとでも言っておけばいい。

大丈夫だ、と安雄は自分に言い聞かせた。

アパートの階段を上りきったところで、公子は立ち止まった。自分の部屋のドアノブに、紙袋が引っ掛けられていたのだ。ドアのところまで行って、こわごわ中を覗き込むと、ハンカチで包まれた包みとカードが入っていた。カードを抜き出し、開いてみた。すぐに目頭が熱くなった。

「大変でしょうが、頑張ってください。相原康子」

今朝、康子に、耕一が事故に遭ったのでしばらく店を休むとメールを打っておいた。それを見て、これを持ってきてくれたようだった。

紙袋をドアからはずすと、部屋に入った。

古いアパートだ。入ったところがすぐに台所になっており、その奥に六畳の和室が二室ある。片方を寝室、もう一方を茶の間として使っていた。紙袋をちゃぶ台に置くと、とりあえず部屋着に着替えた。顔と手を冷たい水で洗うと、やかんを火にかけた。

紙袋からハンカチに包まれた弁当箱を取り出して開いた。二段式で、下段には「ゆかり」をふりかけた御飯が、上段にはひじきの煮物や、鰆《さわら》の西京焼きが彩りよく詰め合わされていた。今日は日曜だった。夫や子供の弁当を作るついでというわけではなく、わざわざ公子のために作ってくれたものだろう。食欲はなかったが、彼女の気持ちにこたえるために、全部食べきろうと思った。

テレビをつけて食事を始めたが、画面に映る絵は、さっぱり頭に入らなかった。音声も頭の中をすっと通過していくだけだ。

耕一はあのまま目を覚まさないのではないだろうか。

そんなことを考えてはいけないと思うのに、どうしても考えてしまう。そして、体の中に、内臓がよじれるような、血液が滞留しているような、不快な感覚が生まれるのだった。

それでも、食事だけは根気よく続けた。出汁《だし》がよく効いた卵焼きを頬張りながら、公子はぼんやり考えた。

人間は不幸せに慣れるには、膨大な時間と努力を必要とするのに、幸福にはすぐに慣れてしまうものらしい。

短大を出て、都心の小さな会社に勤めていた頃までは、幸せでも不幸せでもなかった。ごく平凡な人生だと自分で思っていたし、それに満足していた。裕福な結婚相手をみつけて玉の輿《こし》に乗りたいとか、会社で出世しようとか、その手の野心を感じることが全くなく、普通に平凡に、父と母のように、自分もまた生きていくのだと思っていた。

それが実は贅沢《ぜいたく》で傲慢《ごうまん》な望みだと、母の子宮がんが発覚したときに気がついた。やりきれない思いで、一年後、母を見送った。

だが、そこがどん底ではなかった。母を亡くして気が抜けてしまった父は、店を顧みなくなった。商品は埃《ほこり》をかぶり、客足は遠のいた。安定した収入がなければ、平凡な生活などできやしない。自分がもらってくるわずかばかりの給料で、自分と父の暮らしを支えるのは不可能に思えた。考えた末、会社を辞め、店を父と二人で立て直すことにした。

同僚がいない職場。気晴らしにしゃれた店でランチを摂《と》ることもできない。洋服を選ぶ楽しみもなくなった。生活が全く変わってしまったので、友達とも縁が切れた。夜、父と二人で発泡酒の缶を片手にテレビを見ながら、自分の人生が何もないまま終わってしまうことに、焦りを覚えた。かといって、父を見捨てることはできない。何年もかけて、あきらめることを覚えた。

ようやく現実を受け入れる気になったとき、父が心臓発作で倒れた。そして、あっけなく死んでしまった。

それからの数年間のことは、あまり思い出したくない。店とアパートを往復するだけの毎日だった。夜は一人で発泡酒を飲んだ。酔えないので、次第に強いアルコールを求めるようになった。店を畳んで何か始めたいと思わないでもなかったけれど、三十を過ぎて手に職もない女に、何ができるのか分からなかった。一人でちっぽけな店にしがみついて生きていくだけ。それでも、生きていけるだけましだと考えようとしたが、うまくいかなかった。

そんなとき、遠い親戚から借金を申し込まれた。父の生命保険があるはずだ、と相手は言った。確かに二千万円ほどが、手付かずで銀行の口座に眠っていた。そのとき初めて、生きる希望が湧いてきた。借金の申し込みを断り、店を改装することにした。そして、店を生き甲斐《がい》に、一人で生きていこうと決めた。それからは、コツコツと仕事をした。父と一緒に働いている頃は、地元の人たちを相手に細かい商いをしても、どうせたいしてもうからないとタカをくくっていた。しかし、商品やディスプレーに工夫をこらしていくうちに、この商売も悪くないと思うようになった。なじみのお客さんが店先で立ち話をしていってくれるのも、張り合いになった。

前向きになると、運が巡ってくるのだろうか。結婚なんて、とうの昔にあきらめていたのに、三島耕一と会うことができた。

それまでの人生は、耕一と会うための助走期間のようなものだったのかもしれない。そして、これからの人生は、温かく楽しいものになるはずだった。

耕一はいつか言ってくれた。君を見ていると、気分が落ち着くと。

自分もまさにそういう思いだった。波長が合うということがあるものだなと、嬉《うれ》しくなった。生きているといつかいいことがあるのだと、苦しみを抱えている人達に知らせたかった。

いつの間にか、弁当箱は空になっていた。公子は弁当箱を持って流しに立ち、それを丁寧に洗い始めた。

やはり、自分には不幸が付きまとう運命なのだろうか。それとも、幸せに舞い上がっていた自分自身が不幸を引き寄せてしまったのだろうか。

洗い終わった弁当箱を水切り籠《かご》に伏せると、公子はコップに水を汲《く》んで飲んだ。喉を通過する水が、かたまりのように感じられて、大きく咳《せ》き込んだ。

3

月曜日の朝、時計の針が九時を指すのを待って、三島安雄は勤め先に電話をかけた。休暇を願い出るためだった。出社してもたいした仕事があるわけではなかった。三十年以上勤めた商社が、定年退職後に製鋼原料の卸売りを手がける子会社の顧問職をあてがってくれたので、それをありがたく受けただけだった。

電話に出た総務部長は、社交辞令とすぐに分かるそっけなさでお大事にと言うと、休暇を快く了承してくれた。一線を退《ひ》いた後なんて、みんなこんなものだと思うから、腹も立たない。

次に、耕一の会社に電話をかけた。以前、耕一に名刺をもらっていたので、それを引っ張り出して職場の直通電話にかけた。

電話を受けた女性に事情を話すと、すぐに耕一の直属の上司である課長に取り次いでくれた。課長は一瞬、絶句した。そして、会社にとっても手痛いが、治療に専念してくれと言った。休職の手続きと状況報告のために、近日中に出向くことを約束して、安雄は電話を切った。

「お父さん、今日は何時頃に耕一のところに行く？」

朝飯の後片付けをしていた芳子が、暗い声をかけてきた。

「俺は朝、ちょっと用事があるから、午後に外出先から直接行くよ」

「そう。私は香織と二人で適当に行くわ。公子さんも、今日からは一人で時間を見つけて行くと言っていたから。ああ、そういえば一度、耕一の部屋に行ったほうがいいわよね。片付けをしておいたほうがいいし、新聞やガスを止めないと」

「まあ、そのへんは、おいおいやっていこう」

安雄は後ろめたい気分でそう言うと、ジャケットを羽織った。ポケットには、昨日の夜、芳子が風呂に入っている間にサイドボードの引き出しから出しておいた耕一の部屋の合鍵がしのばせてある。

「夕飯までには戻るから」

芳子は振り返らずに、いってらっしゃい、と沈んだ声で言った。

武蔵溝ノ口《むさしみぞのくち》で南武線に乗り、立川《たちかわ》経由で八王子までおよそ一時間だった。キオスクで買ったポケット地図で、耕一のマンションの場所をもう一度確かめた。直線距離で三キロほどあるから、歩くのは無理だと判断し、北口からタクシーに乗った。

車窓から見る八王子の街は、安雄が想像していたものより、華やかだった。中央線の奥まった街という予備知識しか持っておらず、そんなところに住まいも職場もある耕一が可哀想な気がしていたのだが、思いのほかにぎやかな街だった。駅前にそごうデパートや京王プラザホテルまである。

この街で息子は自分の基盤を作ろうとしていたのだ。

車窓を流れる風景を見ながら、安雄は息子を襲った不運をのろった。しかも、今回が二度目だ。

耕一が三十半ばで胃がんを患ったとき、安雄は息子に先立たれる夢を毎晩のように見た。冷や汗をかきながら布団からはね起き、それが夢であると知って胸を撫で下ろす。だが、すぐに現実の厳しさを思い知り、途方に暮れたものだった。

あの地獄のような日々が再び始まる。耕一にとってはもちろん、自分と妻の芳子にとっても厳しいものになるはずだった。といっても耐えるほかない。

マンションには十分ほどで到着した。ベージュのタイル張りの七階建てで、造りがわりとしっかりしていそうだ。エントランスがオートロックだったら困るなと思っていたのだが、特にそういうものはなく、そのまま奥に入れる構造になっていた。

入ったところに郵便受けが並んでいた。耕一の部屋番号である三〇二号室のものを覗いてみた。請求書らしい封書が何通か入っていたが、ダイヤル式の鍵がついていて開けられない。マンション管理会社に明日にでも確認しておこう。

部屋のドアには土日、そして今朝の朝刊が無理やり差し込まれていた。それらを抜き取ると、鍵を取り出し、ドアを開けた。

玄関はきれいに片付いていた。靴はすべて備え付けの下駄箱に収納されており、一足も三和土《たたき》に出ていない。傘立てには紺色のいかにも上等そうな傘とビニール傘が一本ずつ入っていた。その横に釣竿《つりざお》のケースがたてかけてあった。

「邪魔するぞ」

意味がないと思いつつ、口に出して言うと、安雄は靴を脱いで部屋に上がった。

入ってすぐのところにあるドアを開けると、八畳ほどのＬＤＫになっていた。ダイニングテーブルの上に畳んだ新聞が置かれている以外は、出しっぱなしになっているものは何一つなかった。食器はすべて安雄の胸の高さほどの食器棚に収められ、ＣＤや本の類《たぐい》はサイドボードに几帳面に並べてある。

キッチンも男の一人暮らしとは思えないほど、きれいだった。プラスチックの三角コーナーまで清潔に磨き上げられている。

耕一は就職と同時に家を出て以来、四十になる今年まで一人暮らしをしていたのだと、改めて気付いた。実家に居座って、母親に家事一切を任せている香織より、生活能力はよほど高そうだ。

鞄をソファに置くと、作業に取り掛かった。最初に、リビングルームと続きになっている書斎らしき部屋を探すことにした。ノート型パソコンが載っている黒いデスクと、本棚だけしかない殺風景な部屋だった。デスクの引き出しを開けてみた。入っていたのはプリンターのインクやはさみ、のりなど、文房具ばかりだ。

書棚の一番下に引き出しがついていたので、そこも調べてみた。釣り雑誌の記事を切り抜いて作ったらしいスクラップブックがあるだけだった。引き出しのある家具はこの部屋にはほかにない。

もう一つの部屋に入ってみることにした。思ったとおり、そこは寝室だった。壁に沿ってセミダブルサイズのベッドが置かれており、反対側の壁際には引き出しが四段ついているたんすが一棹《ひとさお》。その上に小型の液晶テレビが載っていた。部屋にはかすかに男っぽい体臭がこもっていた。ベランダに面した窓を開けて風を入れると、安雄はたんすの引き出しを下段から順に開けていった。几帳面に畳まれた下着やシャツが入っている。男のくせに、とつい言いたくなるぐらいだ。

一番上の段に、菓子折りの箱が入っていた。これか、と思って蓋《ふた》を取ると、コンドームが数個、無造作に入れられていた。どぎまぎしながら蓋を閉じた。

クローゼットにもそれらしきものはなかった。みつかって困るものではない。むしろみつけてもらわなければ困るものだから、分かりにくい場所にしまっているはずはない。やはり取り越し苦労だったのだ。でも、これで安心できる。無駄足ではなかった。

そう思いながらリビングルームに戻ったときだ。安雄は食器棚の扉の下に引き出しがついていることに気付いた。ちょっとした書類などを入れておくにはうってつけの場所のように思えた。

開けてみると、色とりどりのフォルダーに書類が区分けされて収納されていた。何となく嫌な気分がした。しかし、安雄はフローリングの床に座り、一つ一つを改めていった。

半透明の緑色のフォルダーの中に、保険証があった。

フォルダーには保険証のほかに封筒が二通入っていた。縦長の白い封筒である。封はされておらず、表書きはなかった。

封筒を裏返すのと同時に、安雄は唾を飲み込んだ。

「家族のみなさんへ　私に何かあったら読んでください　耕一」

何度も瞬《まばた》きをしたが、文字が消えるはずもない。安雄は自分の心臓が異常なスピードで脈打っていることに気付き、深い呼吸をした。

一人で読むべきではない。家に持ち帰って封筒を開けるべきだ。

直感はそう告げていたが、中を見たいという気持ちを抑えることができなかった。ソファに腰を下ろすと、封筒の中に入っていた紙を取り出した。

「尊厳死の要望書」

安雄は眼を見張った。咄嗟《とっさ》に紙を裏返す。紙を持つ手が情けないほどに震えていた。

だが、読まないわけにはいかない。

安雄は覚悟を決めると、耕一が書き残した言葉を追い始めた。

私の家族および私の医療に携わっている医療関係者の方に次のことを要望いたします。

①私の傷病が現代医学で不治の状態であり、死期が迫っていると診断された場合には、延命処置を一切、拒否します。

②私が三ヶ月以上、意識のない植物状態となった場合は、生命維持措置を拒否します。

この要望書は私の精神が健全な状態にあるときにしたためました。自身で破棄するか撤回する文書を作成しない限り有効です。

③私の遺体は解剖などせず、茶毘《だび》に付していただきますようお願いします。私の死生観の問題で、遺体に傷をつけることは避けてください。

私は以前、がんを患い生死の境をさまよいました。死の淵から生還できたことはこの上ない喜びでありましたが以来、自分の死に方について深く考えるようになりました。

家族の皆様、医療関係者の方々の中には、私の要望を容認しがたいと考える方がいるかもしれません。ですが、どうか私が私の理想とする死を選べるように、ご協力ください。理解していただけないかもしれませんが、私の人格を尊重していただき、要望をかなえてくださいますようお願いいたします。私という人間の一生の最後の願いをかなえてくださる方々に、深く感謝を申し上げます。


文末には手書きのサインがあり、実印らしいものが押してあった。日付は三年前。耕一が三十七歳のときに書いたものだった。

安雄は文面を二度、三度と読み返した。

どう受け止めてよいのか分からず、浅い呼吸を何度も繰り返す。胸が苦しくなった。拳《こぶし》で心臓のあたりを叩いた。

その拍子に、耕一に対する怒りめいたものが湧き上がってきた。

現実問題として耕一は、植物状態になる可能性がある。昨日、そうはっきりと告げられた。三ヶ月経って意識が戻らなかったら死なせてくれ、と耕一は言っている。自分や芳子に対して何の相談もなく、こんな重要なことを決めてしまうなんて、あまりにも勝手ではないだろうか。

尊厳死そのものに対して、いい感情も持てない。できるだけの治療を受けさせたい。そのためには蓄えを吐き出したってかまわない。息子の命がかかっているのだから当然のことだろう。

だが、耕一は、延命は尊厳を踏みにじる行為だからやめてくれと言っている。

安雄は深いため息をつくと、耕一がこの要望書を書いた理由について考えをめぐらせた。

耕一はがんで死にかけたから、こういうものを準備したのだろうか。治療の際には、かなりの金がかかった。それを気に病んでいるそぶりも見せていた。二度までも迷惑をかけられないと考えたのだろうか。だが、それは水臭いというものだ。

芳子も当然、耕一を見殺しにはできないと言うはずだ。そもそも、こんな紙が存在していたことを知れば、大きなショックを受けるだろう。子供に頼りにされていない親ほど、情けないものはない。

こんなもの、みつけるんじゃなかった。

そのときふと、安雄の胸に一つの考えが浮かんだ。

この紙を密《ひそ》かに処分してはどうか。自分さえその気になれば、この紙はなかったものにできる。子が書いた要望書を発見したときそう考える親は自分一人ではないはずだ。

息が苦しくなってきた。

安雄は紙を折りたたんで封筒に戻そうとした。そのとき、封筒の中にもう一枚、紙が入っていることに気がついた。

今度はなんだというのだ。

うんざりしながら、取り出して広げた。

家族のみなさんへ

私がもし病あるいは怪我で倒れ、自分の意思で知人・友人に連絡を取れなくなった場合、お手数をかけてすみませんが、以下のリストに連絡してください。近しかった人たちには、葬式に来ていただくより、生きている私に会っていただきたいと思います。よろしくお願いします。

こちらには署名捺印はなかった。公式の文書というわけではなく、家族へのお願いといったところなのだろうか。

ざっと数えたところ男女取り混ぜて十人ほどの名前と電話番号、そして「大学時代の友人」「退職した元同僚」「釣りの師匠」「ネット関係の友人」といった簡単な関係が記されていた。職場の上司、同僚というのはなかった。書き記しておかなくても、連絡がいくと見越してのことだと思われた。

安雄は耕一に対して畏怖《いふ》の念を覚えた。自分が倒れたときのことを、これだけ細かく取り決めておくとは。年に似合わない落ち着きがあり、しっかりしているとは思っていたが、ここまでとは思わなかった。

尊厳死の要望書はともかく、こちらは耕一の希望どおりにしてやろう。

安雄はこの紙も封筒に収めた。

それよりも、さっきの要望書をどうするかが問題だった。捨ててしまえばいいという声が、さっきから頭の中を巡っていた。

要望書は芳子を苦しめる。香織も、そして公子もどうしていいか分からないだろう。

安雄は封筒を握り締めた。

自分の腹一つで彼女たちを苦しめずにすむのだ。ならば迷う必要などない。

そのとき、ふと視線のようなものを感じた。テレビ台の端にぽつんと置かれた木彫りの人形が目に入った。長く髭を伸ばしたアイヌの老人が胸を張っている。やや色あせたあめ色のその人形には見覚えがあった。耕一がまだ小学生の頃、夏休みに四人で北海道に行ったとき、安雄が耕一に買い与えたものだった。

安雄は自分がそのとき、耕一に何と言ったかも思い出した。

「いいか、卑怯《ひきょう》なことは絶対にするな。誰にもばれないと思ったら大間違いだぞ。どんなときでも誰かが見ていると思え」

安雄はそう言いながら、土産物屋の棚に陳列されていたこの人形を手に取り、老人の顔を耕一に向けた。耕一のクラスでいじめられている子がいると耳に挟み、さりげなく耕一に注意を促したつもりだった。耕一は聡明そうな目をしてうなずくと、その人形を買ってほしいと言ったのだった。

アイヌの老人の目は、今、まっすぐ安雄に向けられていた。

三島芳子は夕食の後片付けをすますと、洗濯をしようと考えて洗面所に立った。今朝、洗濯機を回したばかりなので、脱衣籠の中にはタオルが数枚。そして、安雄が今日着たワイシャツが一枚入っているだけだった。洗面所、トイレ、キッチンを回って、タオルかけからタオルを回収し、洗濯槽に放り込むと、洗剤を投入してスイッチを入れた。次はアイロンがけをやっておこう。持病の腰痛がうずいたが、働くことをやめたくなかった。手と体を動かしているときだけ、耕一のことを考えずにすむ。

夕方、取り込んでおいた洗濯物を仕分けしに行こうと階段を上りかけたとき、リビングルームのソファから安雄が呼んだ。聞こえないふりをして、階段を上りかけたが、再び呼ばれたのでしょうがなく引き返した。

安雄はさっき芳子が淹《い》れたお茶を飲みながら、暗い顔つきをしていた。

「ちょっと話がある。座ってくれないか」

耕一のことだとすぐに分かった。芳子は仕方なく腰を下ろした。あまり話を聞きたくなかった。夫は現実的に物事を見ろという。だが、芳子はそれがよいことだとは思わない。人間、希望と理想をなくしたらおしまいだ。

「今日、実は耕一の部屋に行ったんだ」

安雄が言い、芳子は思わず腰を浮かせかけた。

「どうして私に黙っていたの？」

「いや、ちょっと気になることがあったから」

安雄はそう言うと、カーディガンのポケットから封筒を取り出し、芳子に差し出した。

「なんですか、これは」

「耕一の部屋で見つけたものだ。読んでくれないか」

芳子は封筒から紙を取り出して広げた。

「尊厳死の要望書」

乳房の下のあたりに鋭い痛みが走った。安雄の顔をまじまじと見た。ゴルフ焼けした肌に、脂か汗か分からないものが浮いている。

「とにかく、一度、目を通してほしい」

芳子はうなずくと、文面に視線を走らせた。途中まで読んだ段階で、破り捨てたくなった。いったいこれはどういうことだろう。耕一は、自分を治療してくれるな、と言っている。芳子にはそのことが信じられなかった。耕一は、遠慮をしているのだろうか？　だとしたら、水臭すぎる。それに、耕一は、家族の気持ちを全く分かっていない。

読み終えたとき、気持ちは固まっていた。

「どう思う？　香織にもあとで聞いてみるけど、耕一からこういう話を聞いたことはあるか？」

安雄が疲れた声で聞いた。

「一度もないわよ、こんなひどい……。捨ててしまえばいいですよ」

安雄が困ったように目をしばたたいた。

「そりゃまた乱暴な。おそらく耕一は考え抜いて、その要望書を書いたんだぞ」

「だって、こんな話、納得できないわ。死なせるだなんて……。現代医学で最高の治療を耕一には受けさせます」

「だけど、耕一の気持ちが……」

「あの子の気持ちは、私が一番よく分かっています。必要ないわ、こんなもの」

自分が冷静さを欠いていると、芳子は自覚していた。だが、語調を和らげる気にはならなかった。

「そうか。耕一が自分から死にたいと言っている。そんなことを認めるわけにはいかなかった。

「そうか。母さんも聞いたことがないのか。だったら、あとは公子さんぐらいだな」

「公子さんがなんだって言うの？」

「いや、あの人にはこういう話を、耕一はしていたかもしれないからね」

胸をえぐられるような気がした。こんな大事なことを耕一は、会ってまだ二年ぐらいしか経っていない公子には伝えていたのだろうか。自分たち家族を差し置いて……。

そんなことはあり得ないと思った。耕一は、きちんと手順を踏む子だ。自分たちをないがしろにするはずがない。

「公子さんだって、聞いていないと思うけど。それより、そんなもの、捨ててしまいましょうよ。公子さんだって、そんなものを見せられたら、傷つくと思うわ」

「まあ、あまり愉快ではないだろうな。でも、一応、確認はしないと。もし、聞いていたとしたら、耕一は本気ってことだ」

芳子はしばし、思案をした。そして、安雄に向かってうなずいた。

「分かったわ。お父さんの気がそれですむのなら、確認してみましょうよ」

安雄がほっとしたように弱々しい笑みを浮かべた。

芳子はそれを確認すると、洗濯物を仕分けするために、二階へ上がった。タオルを畳み、アイロンをかけるべき衣類を一まとめにしていく。

手を動かしているのに、思考をとめることはできなかった。

大丈夫。

芳子は自分に言い聞かせた。

万一、公子が尊厳死について耕一から聞いていたとしても、彼女は即座に反対をするだろう。耕一を死なせようなんて、彼女が言い出すはずはない。公子は落ち着いている雰囲気があるけれど、耕一を死なせることに賛成するはずはない。女なら、誰だってそうだろう。

そう考えてはみるものの、不安は完全にはぬぐえなかった。

芳子は自分が安雄の靴下を引っ張りすぎていることに気付いた。皺《しわ》を伸ばしているつもりだったのに、ゴムの部分がゆるんでしまっている。

それをゴミ箱に放り込むと、ふいに喉元に熱いものが突き上げてきた。

耕一を死なせるなんて、絶対に嫌だ。

理屈ではなく、感情の部分で、どうしても納得できない。

安雄はなぜあんなに冷静でいられるのだろうか。夫はずっと仕事一筋で、子供たちの面倒はほとんど芳子が一人でみてきた。安雄は、子供たちとの絆《きずな》が薄いのではないか。

そのとき、芳子は思いついた。

あの要望書が万一、医師の目に触れることがあったら、耕一は否応《いやおう》なく尊厳死をさせられてしまうのではないか。考えすぎかもしれない。でも、そんな可能性が一パーセントでもあるのならば、可能性の芽を摘まなければならない。

芳子は階段を駆け下りた。テレビを見ていたらしい安雄が、驚いたような顔をして振り向いた。

「私は絶対に嫌です。さっきの要望書、今すぐ捨ててください」

「おい、ちょっと落ち着けよ」

「嫌なものは嫌なの。あなたは、どうしてそんなふうに冷静でいられるわけ？　耕一を殺せるっていうの？」

安雄の顔が歪んだ。

「そういう言い方をするなよ。俺だって……」

「だったら、迷うことなんかないじゃないですか」

「いや、しかしとりあえず公子さんの話を明日、聞こう」

「だって……」

「公子さんには、電話をかけておいたから」

安雄はそう言うと、唇を引き結んで芳子から視線をそらした。

4

公子は胸の上に誰かが乗っているかのような圧迫感を覚えて、脂汗を流しながら目覚めた。意識がはっきりとすると、胸の痛みはさらに強くなった。カーテンの隙間から射し込む日差しの様子から考えて、かなり寝坊をしたようだ。昨夜《ゆうべ》、三時すぎまで寝つけなかった。

店は一週間の臨時休業にしてあるので、すぐに起き出す必要もなかった。

布団を顎《あご》まで引っ張り上げると、公子は天井をじっと見据えた。

自分の体に異常はないのに、こんなにも痛みを感じる。耕一は自分の分身なのだと思う。

耕一と公子が考えることは、不思議なほど一致していた。世の中で日々起きる様々な事件に対する感想、好きな人間と嫌いな人間。言葉にしなくても、気持ちが分かるような気がしていた。

だから耕一に言ったことがある。ずっと昔、違う世界で二人は一人の人間だったのではないかと。どういう力が働いたのかは知らないが、今の世で二人はたまたま別の人間として生まれたけれど、元は一人だったからちゃんとめぐり合うことができた。

耕一は白い歯を見せ、「非科学的だ」と言って笑った。けれどすぐその後、「でも、つい信じそうになる」と言った。

息苦しくなって掛け布団を払いのけ、浴室に直行して熱いシャワーを浴びた。浴室の鏡に映し出された顔はやつれて、まるで老人のようだった。

浴室を出るとバスタオルを体に巻き、洗面所の鏡で改めて自分の姿を見た。父を亡くした直後の自分がそこにいた。目は落ち窪《くぼ》み、唇はひび割れている。魂が半分抜け出してしまったようだ。手のひらに化粧水をとって、頬にはたきつける。皮膚はまるでなめし革のように硬かった。

茶の間に戻って時計を見ると、すでに十一時を回っていた。少々、急いだほうがよさそうだ。午後一時に三島家の人たちと会わなければならなかった。昨夜、安雄から電話があって、新宿のホテルに呼び出されたのだ。わざわざホテルに部屋を取って、何を話し合うのだろうかと不思議だった。いい話であるはずがないと思うが、呼ばれたからには行かないわけにはいかない。

公子は寝室に戻り、押入れを開いた。上段に突っ張り棒を渡してあり、クローゼット代わりに使っている。さて、何を着ていくべきか。

川崎市の郊外に立派な一戸建てを構え、父親は大会社の役員経験者。母親は専業主婦。息子は大手電機メーカーの研究職で、娘は現在失業中とはいえキャリアウーマン。彼らにとってみれば、高級ホテルに出向くことなどなんということもないのだろう。きらびやかな制服を着たベルボーイが行き交うロビーを颯爽《さっそう》と胸を張って歩ける人たちだ。

耕一と一緒のときは服装を気にする必要はなかった。彼自身、仕事でたまに着るほかはスーツに腕を通す人ではなかったからだ。普段着も高級品というわけではなく、夏はジーンズにポロシャツ、冬はその上にセーターとダウンジャケットといった具合だった。食事をする店も、高級店と呼べるようなところは皆無といってよかった。

「ブランドとかステータスとか、そういうものって意味がないから」

彼はいつもそう言っていた。なぜなの、と尋ねたことがある。すると、耕一はいつもの穏やかな笑みを浮かべ、近々死ぬかもしれないと思ったら、そういうものが途方もなくくだらないことに思えたからだと言った。

「どこに勤めているだとか、年収がいくらだとか、どんな服を着ているとか。そういうのはどうでもいい。それより、生きている間に何をしたのかが大事だと思う。別に大きなことをやる必要はない。かないもしない夢を見ていたってしょうがないからね。地に足をつけて自分にできることをやっていく人が、悔いを残さずに一生を終えられるのだと僕は思う」

なぜ耕一が自分と付き合っているのか、そのとき初めて分かった。結婚を決めるときも、自分とは違う世界で生きているように思える三島家の人たちと会い、意気消沈しかけたけれど、耕一がいる限り大丈夫だと思った。

だが、今日は一人で三島家の人たちと会わなければならない。

二年前にバーゲンで買った黒いワンピースが目に付いた。生地は薄いけれど、これならなんとか着ていけそうだ。パンプスも黒いものなら持っていた。ワンピースをハンガーからはずすと、公子は着替えを始めた。


前日と全く変わらない様子の耕一を見舞った後、公子は新宿西口の高層ビル街にあるホテルに向かった。タクシーを使うのは惜しかったし、天気もよかったので歩いていくことにした。歩いていると、無心になれる気がした。歩くという単純な行為に自分を埋没させることにより、しばらくの間は現実を忘れていられる。久しぶりに履いたパンプスが足を締め付けるけれど、心は少しばかり楽になった気がした。

ホテルに入ったら、フロントで部屋番号を尋ねるようにと安雄は言っていた。その指示に従おうと思ってフロントに行ってみたが、完璧《かんぺき》なメークをした女性がいかにも忙しそうにパソコンに向かっていたため、声をかけることができなかった。安雄の携帯電話にかけて、部屋番号を確かめた。

三十三階にあるその部屋のドアをノックすると、すぐに香織がドアを開けてくれた。今日は、ほっそりとしたスラックスに柿色のニットを着ていた。化粧こそ控えめだが、明るい栗色に染めたショートカットの髪はきれいに整えられている。

ゆったりとした部屋だった。奥にベージュのカバーがかかったベッドが並んでいるが、その手前に十分なスペースがあり、ソファセットが置かれていた。ソファは幾何学模様の布張りで、テーブルにはコーヒーセットが載っている。レースのカーテンを引いた窓からは、秋の柔らかな日差しが降り注いでいる。

「待っていましたよ、公子さん。さあ、座ってください」

こげ茶色を基調としたチェックのジャケットを羽織った安雄がソファから立ち上がって言った。芳子の姿が見当たらないことを不思議に思いながら、公子は軽く会釈をした。

「コーヒーをポットで頼んであるんだけれど。紅茶のほうがよければ注文しましょうか？」

という香織に、自分もコーヒーでかまわないと告げると、公子は空いていた一人がけ用の椅子に腰掛けた。

「母さん、公子さんが来てくれたよ。出てきなさい」

洗面所と思われるドアに向かって、安雄が声をかけた。疲れたような、うんざりしたような声だった。

「悪いね。ちょっと、まいってしまったみたいで」

と安雄は言うと、立ち上がって洗面所に入っていった。しばらくすると、安雄は芳子を背中から抱きかかえるようにして出てきた。芳子はグレーのニットのワンピースに包まれた小太りの体を丸めるようにして、タオルを顔に押し当て、嗚咽《おえつ》している。

「さあ、いつまでも泣いていないで。泣いたって、事態は変わらないんだから」

安雄は芳子を自分と並ばせるようにソファに腰掛けさせた。

「あの……何か病院のほうから話があったんでしょうか」

公子の問いかけに、安雄が首を横に振った。

「そうではないんだが、相談しておきたいことがあって。あなたも耕一にとっては家族のようなものだから、来てもらったんです。香織、あれを出しなさい」

香織が床に置いてあった大ぶりのバッグから封筒を取り出し、公子に手渡した。裏返すと、見覚えのある耕一の筆跡があった。

「家族のみなさんへ　私に何かあったら読んでください　耕一」

胸騒ぎを覚えながら中身を取り出した。

紙を広げると、思いがけない言葉が目に飛び込んできた。一気に最後まで読んだ。息が苦しくなって初めて、公子は自分が息を止めていたことに気付いた。

尊厳死の要望書。文面に記されている言葉の一つ一つの意味は分かるのに、全体が意味するところが正確には分からなかった。というより、激しい違和感を覚える。脳が本能的に、要望書の意味を理解することを拒んでいるようでもあった。

顔を上げると、三人の目がじっと公子を見つめていた。もう一枚の紙にも目を通した。こちらには、会いたい知人の名が記されているようだ。

「公子さん、正直なところを聞かせてくれませんか。耕一は自分が尊厳死を希望していることをあなたに告げていたのだろうか」

「いえ、そういうことは」

公子は紙を元どおりに畳んで封筒に納めた。

断言できる。尊厳死なんていう言葉を耕一の口から聞いたことは一度もなかった。

「公子さん、それ本当なのね」

タオルを口元に当てたまま、真っ赤な目をした芳子がテーブルに乗り出すようにした。

「はい。聞いたことはありません」

芳子は安雄の腕をつかんだ。

「お父さん、それじゃあ問題ないじゃありませんか。こんな紙、今すぐ捨てますからね。引き出しにしまい込んでいたということは、これを人目に触れさせるつもりがなかったっていうことでしょう。この要望書は耕一の本心ではない可能性もあるでしょう。それなのに、こんなものが誰かの目に触れたら誤解を招いてしまうわ。公子さん、それをこっちにちょうだい」

芳子がぼってりとした手を公子に向かって伸ばしてきた。

紙を手渡そうとしたが、なぜか体が動かなかった。目に見えない腕に、肩のあたりをがっちりとつかまれているようだ。公子は浅い呼吸を繰り返した。酸素が薄い。いったい自分の体はどうなってしまったんだろう。

「公子さんっ！」

芳子の両目は大きく見開かれていた。上品な感じの人だと思っていたのに、今、目の前にいるのは、感情をむき出しにした一人の女だった。涙で滲んだアイラインに縁取られた芳子の目には強い意思が宿っていた。

芳子の手に封筒を渡すな、という耕一の声が聞こえたような気がした。公子は封筒を胸に押し当てた。

「公子さんっ！」

芳子の声が甲高《かんだか》くなった。自分で自分の行動が信じられなかったが、この封筒を破られるわけにはいかないことだけは何故か分かった。

そのとき公子の頭の上から穏やかな声が降ってきた。

「公子さん、それは私が預かっておこう」

公子はおずおずと顔を上げた。安雄の伸ばした背筋が、頼もしく思えた。彼になら渡しても大丈夫だ。ゆっくり封筒を安雄に差し出すと、安雄はそれをジャケットの内ポケットにしまい込んだ。

芳子が抗議をするように目を怒らせて安雄を見た。安雄はさりげなく彼女から視線をはずすと、落ち着いた声で話し始めた。

「公子さんも知らないということは、我々は誰も耕一からこの件について、直接、話を聞いたことはないということになるわけだな」

「そうね」と香織がうなずく。

「そんな紙、捨ててしまいましょうよ。そうでないと、あの子、殺されてしまうわ」

殺される、という芳子の言葉に公子の胃はきゅっと縮まった。自分はもしかしてさっき、大きな間違いを犯してしまったのではないだろうか。不安が押し寄せ、顔を上げていられなくなった。

「突拍子もないことを言うもんじゃないよ。病院だって、できる限りのことはしてくれるはずだ」

「そうよ。お母さんの心配も分からないではないけど、今の病院ってそこまでひどくないと思うわよ」

公子はうつむいたまま、頭上を三人の声が飛び交うのをぼんやりと聞いていた。

何かが違う。自分が聞きたいのは、知りたいのは、そういうことではない。心の中にもやのようなものが広がり、みぞおちのあたりが圧迫されるようだった。

「あの早川って先生は若いでしょう。あの人に、親の気持ちなんて分かるはずがないじゃありませんか。それに耕一は立派に生きています。体だって温かかったでしょう。もし、あの子がこのまま意識を取り戻さなかったとしても、私は耕一に生きていてもらいたいわ。そのためにできる限りのことをするのが親ってものじゃありませんか。死なせるだなんて……」

芳子は背中を丸めて再び泣き出した。獣じみた声だったけれど、つられて涙が滲み出してきた。

できる限りのことをしたいのは公子も同じだ。耕一を死なせたくない、それなのに、芳子に同意することをためらっているのは何故だろう。

安雄は腕を組み、わざとらしいと思えるほど大きなため息をつくと、天井を仰いで目を閉じた。

「とりあえず、コーヒーを飲もう」

香織がポットを手に取り、各自の前に置かれたカップに優雅な手つきでコーヒーを注いだ。公子は気持ちを落ち着かせたくて、すぐにカップに口をつけたけれど、味がまったく分からなかった。カップをソーサーに戻すとき、手が震えて茶色い液体がこぼれた。

「お母さんも飲みなさいよ。ほら、砂糖とミルク入れてあげたから」

香織の言葉に、しゃくりあげていた芳子はようやく顔を上げ、涙で濡《ぬ》れた顔をタオルでぬぐった。肩をすぼめて、コーヒーカップを両手で口に運んでいる。

しばらくは、カップとソーサーが触れ合う音と、コーヒーをすする音だけが響いた。

安雄が小さく咳払いをすると、自分に言い聞かせるように、「とりあえず、今すぐに結論を出すことはないよな」と言った。

「結論は決まっているじゃない。私は尊厳死なんて嫌です。認められません」

「それじゃあまた議論が堂々巡りじゃないか。いったん、この紙は保留にしておこうと俺は言っているんだ」

そのとき、上品なしぐさでカップをソーサーに戻した香織が顔を上げた。

「こういうのって、遺言書と同じように法的な効力を持つんじゃないかしら。だとしたら、勝手に処分するのは許されないんじゃないかな」

芳子の顔が大きく歪んだ。

「家族の気持ちに法律なんて関係ないでしょう。ね、公子さん」芳子はそう言うと、公子の顔を覗き込むようにした。「あなただって、耕一を死なせたくないと思うでしょう」

「もちろんです」

公子は即座にうなずいた。尊厳死についてどう考えるかなんて、自分には分からない。でも耕一を死なせたくないという気持ちには、一点の曇りもなかった。

安雄が苦いものを飲み下すような顔をして、鼻から息を吐き出した。

「それは俺だって同じだ」

「だったら……」

芳子が安雄に向かって膝を乗り出したが、安雄は芳子の言葉を封じるように首を横に振った。

「とりあえず、今日の話はここまでだ。公子さんが耕一から尊厳死について何か聞いていないかどうか、確かめたかっただけだから。植物状態というのは、三ヶ月以上、意識が全くない状態が続いた場合を示すらしい。それまでに耕一の意識が戻ることを祈ろう」

「そうね。すぐに結論を出せることでもないし、時間はまだあるわけだし」

香織も安雄に同調したが、芳子が不満そうに唇をすぼめた。

「でも、その紙があるっていうだけで、私は落ち着かないわ。それに今だってあの子、しゃべったり動いたりできないだけで、私たちのことはちゃんと分かっているんじゃないかって気がするの」

公子は勇気を振り絞って、安雄の顔を見た。安雄は驚いたように目をしばたたいたが、かすかに顎を引いて公子に発言を促した。

「私もそう思います。話しかけると、声には出さなくてもこたえてくれているような気がするんです」

なんだ、そんなことかというように安雄の表情は曇ったが、芳子が目を輝かせて勢いづいた。

「やっぱりそうよね。私は耕一にちゃんと言うわ。私たちはあなたに生きてほしいと思っているって。それでいいじゃない。要望書のことは、それでなかったことにしましょうよ」

なおも言い募ろうとする芳子を、安雄が強い調子で遮った。

「この要望書については、しばらく保留にしておく。それが今日の結論だ。公子さんもいいね」

強い調子で言われ、公子は反射的にうなずいていた。

その場の空気を変えるように、香織が明るい声を出した。

「じゃあこれからお兄さんの顔を見に行こうか」

「そうだな」と言いながら、安雄も表情を緩めた。

「公子さん、呼び出して悪かったね」

「いいえ」と言いながら、首を横に振ろうとしたとき、芳子がぽつりと言った。

「公子さんは、私の味方をしてくれると思ったのに……。公子さんが耕一と夫婦だったら、私と同じような気持ちになると思うけど」

公子の全身に汗がどっと噴き出した。芳子の表情から、悪意のようなものは感じられなかった。感想を述べただけなのかもしれない。だが、芳子の言葉は、公子の胸に突き刺さった。耕一のことを世の中で最も理解しているのは自分だと思っていたのに、そうではない、と宣告されたような気分だ。

自分の気持ちをうまく説明することができずに、公子はうなだれた。

芳子と一緒になって、強く抗議すればよかったのだろうか。それとも、要望書を彼女に渡し、さっさと破り捨ててもらうべきだったのか。

夫婦ではないから、一緒に暮らしたことがないから、自分の耕一への気持ちは、芳子よりも薄いのだろうか。そんなことはないと思う。自分が彼に一番近かった。

そこまで考えたとき、公子は息をのんだ。さっき要望書を読んだときに覚えた違和感の正体が何であるのかはっきりと分かった。

彼はこんな大事なことを自分に隠していた。そのことが、信じられなかったのだ。

体が急に重くなったように感じられた。床から見えない糸で引っ張られているようだ。背中をまっすぐに保つことも辛《つら》く感じられ、公子は両手を膝に押し付けると体を丸めた。嗚咽が洩《も》れないようにするので精一杯だった。

どれだけそうしていただろう。

顔を上げると芳子の姿がなかった。洗面所から水を流す音が聞こえてくる。

使用したカップをトレーにまとめていた香織が、「お兄さんのところに行くでしょう？」と尋ねてきたが、公子は首を横に振った。

そのとき、芳子が洗面所から出てきた。化粧を直したのか、幾分、さっぱりした顔つきをしている。だが、芳子の顔をまともに見ることができなかった。彼女に怒りをぶつけるのは見当違いもはなはだしいが、知りたくない事実を気付かされたのだ。

「今日はこれで失礼します」

公子は立ち上がってお辞儀をすると逃げるように部屋を出た。背後で香織が何か叫んでいたが、かまわずエレベーターに駆け込んだ。

気がついたら、車が激しく行き来する大通りを歩いていた。公子は足を止めるとハンカチで顔を拭《ふ》き、空を仰いだ。涙を流しきった後だからだろうか、陽《ひ》の光が目に痛かった。

空にはいわし雲があり、雲の連なりは、空の果てまで続いているように見える。だがそれは、自分が見える範囲でそうだということでしかなかった。電車で十キロほど移動して見上げれば、そこには全く別の空があるのかもしれない。

自分は耕一に信用されていなかった。生死にかかわる重要なことを、何も知らされていなかった。

お互いのことは何でも分かっているなんて、自分の独りよがりにすぎなかった。

再び涙があふれてきた。公子は深呼吸を何度か繰り返した。

裏切られた、ということだろうか。

それでも耕一を信じたかった。自分の分身とまで考えた人が、自分のことを信頼していなかったなんて、認められるわけがない。それを認めてしまうと、これまでの二人の時間が嘘《うそ》で塗り固められたものになってしまう。

でも、裏切られたと考えるのは早計かもしれない。耕一には何か事情があったのかもしれない。意識が戻ったら、彼はちゃんと説明をしてくれるはずだ。

その考えは、少しだけ公子を勇気付けた。

当面、要望書のことは考えないようにしよう。考えても仕方がないのだから。三ヶ月は時間があると安雄も言っていた。余計なことは考えずに、耕一の意識が戻るのを待とう。

楽観的すぎるのではないか、と自問自答する声がどこからか聞こえてきたが、それを無視して公子は来た道を引き返し始めた。

5

衣装ケースからグレーのハーフコートを取り出した。約半年ぶりに目にしたそれは、公子の記憶よりも淡い色合いをしていた。防虫剤のにおいは、そうひどくもない。公子は窓から降り注ぐ秋の日差しに目を細めた。もっと早く出したかったのだが、店を五時で閉め、それから新宿の病院に通う毎日はかなりあわただしく、その余裕がなかった。

十一月の最初の日曜日。耕一が事故に遭ってからおよそ一ヶ月が過ぎた。最近、時折耕一は目を開けている。しかし彼の目が何かを見ているとは思えない。体がほんの少し動くこともあるが、何かに反応してというわけではなく、反射のようなものだという。結局、事態は大きく変わっていないのだ。早川の言葉の端々からそのことが分かった。

最近、急速に冷え込んできた。今朝の気温は前日と比べて四度も下がった。風も強い。外出のときにいつも着ているコーデュロイのジャケットでは、寒さを防ぎきれそうもないのでコートを出すことにした。

去年の秋から今年の春にかけて、耕一と会うときはいつもこのコートを着ていた。胸苦しいような気分になり、静かに目を閉じた。

耕一と会う前は、店が定休日の日曜、毎週のように吉祥寺に一人で行っていた。文庫本を一冊買い、東急百貨店裏の路地にある小さな喫茶店で読むのが楽しみだった。喫茶店で毎週のように顔を合わせる男がいた。彼もいつも本を開いていた。なんとなく言葉を交わすようになった。それが彼だった。

初めて二人で井《い》の頭恩賜《かしらおんし》公園を歩いたときもこのコートを着ていた。東西に細長く延びる井の頭池は、深い色の水をたっぷりとたたえていた。カルガモやゴイサギなどが水面でくつろぐ様を目にすると、固くよじりあわされていた糸がほどけていくように、心が柔らかになった。池の周囲にめぐらされた遊歩道を耕一と肩を並べて歩くうちに、その思いはいっそう強くなった。喫茶店で話せなかったこと、これまで誰にも言おうと思わなかったことが、すんなりと口から出てきた。

両親の死、それから一人で店を軌道に乗せるために必死で働いたこと。自己憐憫《れんびん》に聞こえないように話すのは不可能だと思っていた事柄を、淡々と伝えることができた。耕一は時折、短い質問をはさみながら聞いてくれた。

池の中ほどにかかっている七井橋を渡っているとき、彼はおもむろに立ち止まり、欄干に両手をかけた。

「大変だったんだね」

その言葉を聞いたとき、重石《おもし》がふいに取り払われたような気分になった。

「大変だね」という言葉は数え切れないぐらい多くの人からかけてもらったけれど、過去形で言われたのは初めてだった。

そのとき、自分は長いトンネルから抜け出したのだと思った。これまで目の前しか見ていなかったから、そのことに気付かずにいたのだ。

耕一の言葉にうなずきながら深呼吸をすると、土の香りを含んだ冷たい風が鼻腔を通り抜けた。色づいた木々が風にざわめく。はるか頭上にはいわし雲。自分が生きていることを久しぶりに実感できた。

感謝の言葉を述べようとしたが、耕一のほうがわずかに早く口を開いた。そして、五年ほど前にがんで生死の境をさまよったことを語り始めたのだった。

仕事にやりがいを見出し、充実した日々を送っていたときに突然発症した病。なぜ自分が選ばれなければならなかったのかと、人生の不公平さを強烈に恨んだこと。入院先で苦しみながら亡くなっていく同病の患者を見ながら、死の恐怖と病の残酷さにおびえるしかなかったこと。奇跡的に回復が始まったときの喜び。

そう長い話ではなかったけれど、瞬きをすることもはばかられるような気がして、息を潜めて聞き入った。最後に耕一は「いろいろあったけれど、こうして生きている」と言って微笑んだ。

「がん細胞が消えてからもう五年以上経ったからね。再発の心配は、ほとんどないそうだ」

と言うと、耕一は公子に視線を移し、明るい声で言った。

「ボートに乗ろう。せっかくだからあの白鳥のやつがいいな」

戸惑っている公子のコートの袖《そで》に、耕一はそっと触れた。

膝に乗せたコートの袖を公子は撫でた。一年前のことなのに、あれから何年も経ったような気がする。携帯電話が鳴ったのはそのときだった。着信表示を確認すると香織からだった。

「あの、耕一さんに何か……」

「違う、違う」と香織は言った。きれいにセットされたショートカットの髪をした香織の様子が目に浮かぶようだ。

「兄さんは相変わらずよ。よくもならないけれど、悪くもなっていない。病院にちょくちょく顔を出してくれているんですってね。ありがとうございます。うちの家族はみんな昼間に行ってるから顔を合わせる機会がなくてごめんなさい」

「いえ。今日もこれから行こうと思っているんです」

「それならちょうどいいわ。今からだと病院に着くのは……そうね、十二時ぐらいかしら。

私も行くわ。ちょっと相談したいこともあるから、その後、ランチでも一緒にどう？」

香織と二人だけで食事をとるのは、あまり気が進まなかったが、誘いを断る理由が見つからなかった。「分かりました」と言うと、香織は大げさな言葉で礼を述べた。


淡いブルーの制服に身を包んだウェイターが手渡してくれたメニューを広げると、公子は思わず眉を寄せた。スパゲティボンゴレが千六百円。食後にコーヒーをつけると二千円を超えてしまう。

「面倒だからランチセットにしましょうよ。そのほうが得だと思うし。ここ、結構、なんでも美味しいのよ」

香織はろくにメニューを見ずに言った。

今日は、ぴったりとした黒いセーターに、民芸品のような大ぶりのネックレスをしていた。ラフな格好なのに洗練されて見える。

「いいでしょう？」

公子は慌ててメニューに視線を戻した。ランチセットは牛肉のステーキかスズキのポワレのどちらかを選び、サラダとドリンク、デザートがついて二千四百円。贅沢すぎると思ったが、それを口に出して言うことははばかられた。

ポワレってどんな料理だったろう、と思いながら公子は「じゃあ私、魚のほうにします」と小声で言った。

「兄さん、相変わらずだったわね」

ウェイターが去ると、香織は苛立たしそうに髪をかきあげた。

「最近、先生から何かお話はありませんでしたか？」

「お父さんが昨日、話したんだけど、意識が戻るのを待ちましょうって、そればっかりだったそうよ。あの早川っていう主治医、はぐらかしてばっかりだから、今度父が脳神経外科部長の若田部っていう先生に時間を作ってもらって説明を聞いてくるって」

「そうですか……」

公子はついさっき会った耕一の顔を思い出した。眠っているように、目を閉じていた。変わらないといえば変わらない。だけど、日ごとに皮膚がつやを失っていくような気がしてならなかった。かすかに饐《す》えたようなにおいがしたのも気になった。考えたくはないけれど、一歩、また一歩と、耕一が遠くへ去っていく気がする。

不吉な予感を頭から追い払おうとして、公子はレモンの香りがする水を飲んだ。

「で、この間の要望書のことなんだけど」

「とりあえず三ヶ月は結論を出さないということになったはずですよね」

芳子に言われたことを思い出して、胸に苦い気分がこみ上げてきた。慌てたように香織が首を横に振った。

「そっちのほうじゃなくて、もう一枚あったでしょう？　友達やらに連絡してほしいっていうやつ。そっちのほうは、そろそろ兄さんの言うとおりにしてあげてもいいんじゃないかと思って」

それは公子も心の隅に引っかかっていたことだった。あるいはすでに友人たちに連絡を取っているのではないかと思っていたのだが、具体的な行動を三島家では起こしていなかったらしい。

運ばれてきたサラダをつつきながら、香織は話し始めた。

「兄さん、顔色が悪くなってきているし、痩《や》せてきたような気もする。寝たきりで食事もできないんだから当然よね。で、これからだんだん弱っていくでしょう？　そうなる前に、友達なんかを呼んだほうがいいような気がするの」

「そうですね。なるべく早く会わせてあげたほうがいいと思います。意識が戻ったら、また来ていただけばいいし」

「やっぱり、公子さんもそう思う？」

「はい。反対する理由なんてありません」

スズキのポワレが運ばれてきた。切り身をこんがり焼いただけのように見えるが、バターとガーリックの香ばしい香りが立ち昇っている。ポワレという料理は、そのへんにポイントがあるようだ。久しぶりに食欲がそそられた。一瞬、気分が浮き立ったが、すぐに暗い気持ちになった。耕一が苦しんでいるというのに、健康な食欲を感じている自分が、情が薄い人間のような気がした。

「公子さん、聞いている？」

「あ、はい」

フォークとナイフを手に取り、公子はスズキのポワレに取り掛かった。かりっと焼けた表面を歯で軽く押すと、白身がほろりと崩れ、ガーリックの香りが鼻に抜けた。めったに口にすることができないご馳走を舌が喜んでいた。

「もっと早くにと思わないでもなかったんだけど、お母さんが兄さんは元気になるんだから、そんなことをする必要はないって頑張っちゃって。でもまあ、兄さんの弱った姿を他人に見せるよりは、なるべく早く来てもらったほうがいいと納得してくれたわ。それはそれで決着がついたんだけど」

いつになく歯切れが悪いことが気になった。

「お父さんはなんて？」

「父も私と同じ考えだけど、公子さんの意見を聞いたほうがいいって。だから今日、こうして時間をとってもらったの」

「私も是非、そうしてほしいと思いますが……」

なぜ、何度も同じことを聞くのだろう。

香織はフォークの先で器用に魚の骨をはずしていく。こういう店で食事をすることなんて、彼女にとっては日常の一部にすぎないのだろう。だが、彼女の手つきは優雅というより丁寧すぎるようにも思えた。香織が意を決したように早口で言った。

「実はリストに女の人が一人、入っているのよ。石田あかねっていう人。ネット関係の友人っていう説明しかなくて、どういう人かはよく分からない。そういう人を兄さんに会わせるのはどうかなって思って」

公子の腕は、ナイフとフォークを宙に浮かせたまま、固まった。

反射的に嫌だ、と思った。今の耕一の姿をほかの女性に見せたくなかった。

そもそも、石田あかねというのは、何者だろう。ネット関係の友人……。ブログかなにかで交流していたのだろうか。だが、耕一はあまりネットが好きではないというようなことを言っていた。調べ物をするにはいいけれど、人と交流するにはあまり向かないとも。心の中に突如、小石を放り込まれたような心持ちだった。小石が立てた小波《さざなみ》は全身に広がり、心がざわざわと落ち着かなくなった。

「公子さんが嫌なら、彼女だけはずしてもいいと思っているの。お父さんも同じ考えよ。ほかの女性を呼ぶなんて、兄さんは公子さんに対して失礼だと思う。少なくとも公子さんと結婚が決まった時点で、リストを作り直すべきだったんだわ。忘れていただけかもしれないけどね」

いたわるように言われたのが情けなくて、公子はナイフとフォークを皿に載せ、膝の上で手を握り合わせた。

石田あかねは耕一にとってどんな女性だったのだろうか。知らないほうがいいような気もしたし、確かめたほうがいいような気もした。案外、年配の人かもしれない。耕一に年の離れた女性の友人がいるというのが、ちょっとぴんとこない気がしたけれど、彼の交友関係をすべて把握しているわけでもなかった。

「私はかまいません。耕一さんの希望ですから」

きっぱり言うと、香織は驚いたように目を軽く見張った。

やっぱり何かあるのだろうか。少なくとも香織はそう思っているようだ。それ以上考えるのが怖くなり、公子は皿に残っていたものを猛然と口に運び始めた。香織も、無言でナイフとフォークを手にした。

白身魚の最後の一片まで残さず平らげると、公子は水を飲んだ。氷がすっかり解けてぬるくなっていた。レモンの味が生ぐさく感じられた。

食後のコーヒーが運ばれてきても、口を開く気になれなかった。

ベッドに横たわっている耕一の顔を思い出した。閉じられたままの目。機械に助けられて呼吸をするたびにかすかに動くまぶた。

今すぐ病室に引き返し、耕一の肩をつかんで揺さぶりたかった。石田あかねという女性が何者なのか問い詰めたかった。たとえそうしても、彼は自分に答えてくれることはない。答えることはできない。言葉を交わせないとは、こういうことなのだ。

公子はカップの底に残っていたコーヒーを飲み干した。

石田あかねという女性に会ったとしても、ぼんやりものの自分は何も気付かないかもしれない。もし、耕一と深い関係にあったとしても、彼女はそうとは言わないのではないか。そうなったら、自分はひどく惨めなことになる。

そのときふと、耕一がいつも口にしていた古い友人のことが頭に浮かんだ。笠原という名前だったはずだ。笠原になら、自分の女性関係のことを打ち明けている可能性がある。彼にも会って確かめよう。

「石田さんのことはいいんですが、それとは別に、お願いがあります。リストに笠原雅巳さんの名前があったと思いますが、彼の連絡先を教えてもらえないでしょうか。耕一さんのことで聞きたいことがあるんです」

「ああ、笠原さんならたまに遊びに来ていたから私も知っているわ」

香織はうなずくと伝票に手を伸ばした。

「そろそろ出ましょうか。店の外に出たら家に電話するわ。お父さんがいると思うから、笠原さんの連絡先を教えてもらいましょう」

「ありがとうございます」

公子は香織に頭を下げた。


香織と別れると、公子はすぐに笠原雅巳に電話をした。日曜日の午後だったせいか、運よく彼は自宅にいた。電話に出た妻らしき女性が電話を取り次いでくれるまでの間、回線の向こうから子供のはしゃぐような声が聞こえてきた。

耕一が事故に遭って入院していることを伝えると、笠原はしばらく絶句した。そしてすぐにでも見舞いに行きたいと言った。彼の声があまりにも切羽詰まったものだったので、申し訳ない気持ちでいっぱいだったが、見舞いはもう少し待ってほしいと言った。そしてこれから自分と会ってもらえないだろうかと頼んだ。

「耕一さんのことでご相談したいことがあるんです」

笠原は少し考えた後、一時間後に新宿駅の地下街にある喫茶店で待ち合わせをしようと言った。

指定された喫茶店で、紅茶を飲みながら待っていると、目鼻立ちがはっきりした体格のいい男が入ってきて、店内をぐるりと見回した。スポーツ刈りに近い髪型から、耕一に見せてもらったアルバムにあった写真の人物だとすぐに分かった。公子は立ち上がると、軽く会釈をした。

向かい合って腰掛けると、笠原は濃い眉をぎゅっと寄せ、感情を抑えるように低い声で自己紹介をした。厚い胸板を包む紺色のアラン模様のセーターが、彼を実際の年齢より若々しく見せていた。笠原を天文部で一緒だったと耕一が言っていたことを思い出した。もっとも、笠原のほうはラグビー部と掛け持ちだったため、年に一度の合宿に参加する程度だったらしい。

「お気持ち、お察しします。僕もたまらない気分ですよ」

笠原はそう言うと、運ばれてきた水を一気に飲み干し、体をテーブルに乗り出した。

「で、どうなんですか？　回復の見通しは」

「とにかく今は待つしかないようです。意識が戻ってくれるといいんですが」

公子は自分が知っている範囲で耕一の病状を説明した。話が前後してしまい、思うようにしゃべれなかった。頬が熱くなってくる。

こんなふうに愚図だから、耕一に信用されていなかったのだろうか。

ちらっと笠原を見た。笠原はどっしりと座り、唇を引き結んでいる。せかすようなそぶりは一切見せず、一言一句を自分の中で嚙み砕いているようだ。その様子に少し勇気付けられた。

ひととおり話し終えると、笠原は精悍《せいかん》な顔を伏せた。こみ上げてくる感情を飲み下そうとしているかのように、大きな背中が小刻みに揺れていた。

声をかけることもできず、公子は黙って座っていた。笠原の体から発せられる悲しみの波動が体に染み込んでくるようだった。

ようやく笠原が顔を上げた。彼の大きな目は充血していたが、まなざしは穏やかだった。

「意識は戻りますよ、必ず。あいつが胃がんになったとき、僕はあきらめかけたんです。どんどん痩せていく彼を見ていられなくなって、見舞いの足も遠のいてしまったぐらいでした。でも、三島は見事に回復した。あれは、そういう男です」

公子に向かってというより、自分に言い聞かせるような口調だった。それでも力強い笠原の言葉は、公子の胸に温かく響いた。そういう言葉に自分は飢えていたのかもしれない。

「それで、僕に相談というのは？」

笠原に聞かれ、公子は彼を呼び出した目的を思い出した。

「耕一さんは、私のことを笠原さんには……」

「もちろん聞いていますよ。新居に招く最初の客にしてもらうと約束まで取り付けていましたからね。今でもその約束は有効と考えています」

「そうですか。では、石田あかねさんという人のことを聞いたことありませんか？」

「石田さん、ですか。記憶にないですが……」

「あの、突然こんなことをお聞きするのはどうかと思うんですが……耕一さんはその人と付き合っていたんじゃないですか？」

笠原は驚いたように上体を引いた。首をかしげるようにしてしばらく考えた後、そんな話は聞いたことがないと言った。嘘をついているようには見えなかったが、公子は重ねて尋ねた。

「私のことを気遣ってくださらなくてかまわないんです。本当のことが知りたいんです」

「彼は僕に交際していた女性について話をしてくれていましたが、石田さんという方の名前を聞いたことはありませんね。それに、交際といっても彼ががんで倒れる前のことだったから、あなたが心配するようなことは、何もないと思いますよ」

笠原の精悍な顔の裏にあるものを読み取ろうと、公子は目をこらした。だが、何もなかった。肩から力が抜けていくのを感じた。

「石田さんという人が何か？」

公子は慌ててうつむいた。これ以上のことを初対面の笠原に打ち明けるのは、抵抗があった。

「大木さん、自信を持ってください。三島があなたのことを一番に大切に思っていたということは、この僕が保証します。意識が戻るようにあいつを見守ってやってください。僕も三島の家の人から連絡をもらい次第、すぐに駆け付けます」

保証をするという大仰な言葉がおかしくて、公子は思わず苦笑した。

「いらしていただけるまでに、耕一さんの意識が戻っているといいんですけどね。実は耕一さん、お見舞いに来てほしい人のリストを作っていたんです。もちろん笠原さんの名前もその中に」

笠原は「失礼」と言って煙草をポケットから取り出して火をつけた。

「そのリストの話は聞いていますよ。三島が退院して半年後ぐらいだったでしょうか。あいつの部屋に僕が押しかけて、遅ればせながら快気祝いをやったんです。そのときに、リストに必ず名前を入れておくから来てくれと言われました。大げさな、と思ったんですが、彼は真剣だった。一度死にかけると、死ぬための準備をきちんとしたくなるのだそうですね」

笠原は顔を横に向けると、煙を細く吐き出した。その横顔が突然、こわばった。正面に戻された笠原の目には、彼がこれまで隠してきたと思《おぼ》しい鋭い光が宿っていた。

「つかぬことを伺いますが、三島はリストのほかにも書面を作っていたのではないですか?」そう言うと、笠原は唇を舐《な》め、強い目で公子を見た。「この際、はっきり言いましょう。尊厳死を希望する書面があったのではないですか」

公子の息が一瞬、詰まった。慌てて顔を伏せた。

あの要望書については、少なくとも三ヶ月間は保留にしようと、三島家の人たちは決めた。自分も耕一の意識が戻るまで、そのことについては考えないようにしようと思った。笠原に向かって何か言えるような状況にはない。

公子が何も言う気がないということを見て取ったのだろうか。笠原は静かに話し始めた。

「三島が自分の闘病生活について詳しく話したのは、後にも先にもあの夜だけでした。もともと口数が多いほうではないし……。でも、さすがに彼らしく思慮深い話だったから、鮮明に覚えています。彼は闘病が始まった頃、自分の身に起きていることが信じられなかったと言いました。自分が死へと向かっているという客観的なデータが出ている。研究者の端くれである自分は、データがある以上、それを信じなければならない。なのに、どうしてもそれを受け入れられなかったと。想像もできないほどの葛藤《かっとう》があったようですね。でも、日夜絶え間なくそのことを考えているうちに、あるとき自分は死ぬしかないのだと、すっと得心がいったそうです。そして、この世を去るにあたって、自分は何をどうすればいいのか、考え始めたそうです」

公子は右手で左手の指をしっかりと握り締め、笠原の言葉に耳を傾けた。

「なるべく状態がいいときに、会いたい人に別れを告げる。そして、延命処置を拒否するというのが彼の希望でした」

やはり耕一は、笠原には尊厳死を希望することを伝えていたのだ。

公子は震える手でコップに手を伸ばした。水はごつごつと喉を通過した。今聞いたことは三島家の人には伏せておこうと決めた。

「入院しているとき同室だった患者が、最後はものも言えず意識もないような状態になったそうです。家族の希望で延命措置がとられたけれど、三島にはそれが不自然なことのように思えたそうです。彼はその患者から、何も分からないような状態になってまで生きていたくないということを再三聞かされていたそうで……」

そんなことがあったのか。そういう話を自分も耕一から聞きたかった。公子はハンカチでそっと目頭をぬぐった。

「僕は三島の考えには同調できなくて、反論しました。僕もいつかそういう状態になるかもしれない。そうなったときに、自分は死にたいと思ったとしても、妻や子供が頑張れと言ってくれたら、頑張るしかないように思えたんです。一応、これでもラガーマンの端くれだったから。ノーサイドのホイッスルが鳴るまでは、自分を支えてくれた人たちのために戦い続けるのが筋だと思った」

笠原はそう言うと、遠い目つきをした。

「三島は僕のことを甘すぎると言って、笑いました。自分が自分の望む死を手に入れることは、誰にも侵せない権利だというのが、彼の主張でした。それともう一つ。苦しんでいる自分を家族に見せて苦しませるのは本意ではない。現実的な話をすると金も相当かかる。自分のためにも家族のためにも、尊厳死を選ぶのが最善の道だということでした」

テーブルの上の灰皿には三本の吸殻が溜まっていた。四本目を乱暴に灰皿に置くと、笠原は公子をまっすぐに見た。

「あいつは尊厳死を望んでいるんですね」

公子には、うつむくことしかできなかった。

「僕としては……そういうことはあまり考えたくないですね。彼が回復することだけを信じたいです。しかし、もし最悪の事態になったら、僕の話も思い出してください」

笠原がこのことを三島家の人たちに告げるかもしれないという不安は消えた。

しかし、思いがけず激しい怒りを感じた。最悪の事態のことを持ち出すなんて、無神経すぎるような気がしたのだ。

善意かもしれない。だけど、聞きたくもない尊厳死の要望書の話を持ち出され、自分は十分に傷ついた。これ以上、心を萎《な》えさせるようなことを言われたくなかった。

笠原は自分の失言に気付いたかのように、広い肩をすぼめて頭を下げた。

「余計なことでした。申し訳ありません。では、僕は三島家から連絡が来るのを待つことにします。もし、なかなか呼んでもらえないようであったら、大木さんから三島のご両親に頼んでもらえないでしょうか」

穏やかなもの言いだった。笠原も、耕一の身を案じていることに変わりないのだ。一瞬とはいえ、笠原に怒りの視線をぶつけてしまった自分を恥じた。

三島家から連絡がないようだったら自分に電話をかけてほしい、できるだけ口ぞえする――そう告げると、笠原は生真面目《きまじめ》な表情を浮かべて頭を下げた。

6

なじみ深いメロディーがテレビから流れてくる。朝の連続テレビ小説のオープニングソングだった。

三島芳子は自分と安雄が使った食器を洗い終えると、コーヒーサーバーから自分のマグカップにコーヒーを注《つ》いだ。まだ二杯分はあるだろうから、香織のために新しく淹れなおしてやる必要はなさそうだ。

テレビの画面には子供のような主演女優が映し出されている。戦前を描いたドラマで、ストーリーはなかなか面白いのだが、女優の演技がひどすぎて、あまり気を入れて見る気はしなかった。

ドラマなど見る心境ではないから、よけいにつまらなく感じるのかもしれない。それでもテレビをつけっぱなしにしてしまうのは、長年の習慣のせいだった。

これから耕一はどうなってしまうのだろう。知人を会わせるということになったのは、まあ仕方がない。でも、尊厳死だけは嫌だった。

三ヶ月経って意識が戻らなかったら、そのことについて考えなければならないと夫は言う。すでにひと月は過ぎてしまったから、猶予期間はあと二ヶ月ということになるのだが。

安雄がどうしてそんなことを言うのか、芳子には分からなかった。今すぐにでもあの要望書を焼き捨ててしまいたい。

そのとき階段を下りてくる足音がした。パジャマ代わりのスウェットを着た香織が、眠そうに目をこすりながら現れた。食卓につくと、「おっ」と言いながら、早速パン皿に手を伸ばした。

「天然酵母のパン、買っておいてくれたんだ。サンキュ」

芳子は椅子から腰を上げ、香織のカップにコーヒーを注いでやった。

甘やかすから、香織はいつまでたってもお嬢さん気分が抜けないのかもしれない。ちゃんと嫁に出せるようにしつけろと夫はいつも芳子を責める。

香織に嫁が務まるとは思わなかった。おそらく結婚しても仕事を続けるのだろうから、そううるさく言うこともない。香織は確かに娘らしい娘ではない。つんけんしているように見えることもある。でも、社会で揉まれているせいか、案外、気配りができる娘だ。表面的な優しさはない。でも、そういうことと人間本来の優しさというのは、必ずしも一致しないと芳子は考えていた。

そうはいっても、顔も洗わずに新聞を読みながらパンをちぎっているわが娘の姿を見ると、この子は大丈夫だろうかと心配になってくる。

「相変わらず遅いのねえ。それにいつも言っているでしょう？　朝ごはんの前に着替えなさいよ。全くだらしがない」

「別にいいじゃない。誰も見ていないんだから」

「朝ごはんぐらいは自分で作ってもいいんじゃないの？　あなた暇なんだから」

香織は肩をすくめると、サラダにドレッシングをかけようとした。だが、その手を止めると唇をへの字に曲げた。

「やだ。これ、ノンオイルじゃないじゃない」

香織はそう言うと、テーブルの隅に載っていた黒胡椒《くろこしょう》の容器を手に取ると、激しい勢いでミルになっているキャップを回した。

ふと芳子は気になった。夫とは耕一の今後について毎晩のように話をしている。香織もそこに加わることが多いのだが、その口から意見らしいものを聞いたことがなかった。香織と耕一は年が離れていることもあり、あまり仲のよい兄妹ではなかった。自分の意見を口にすることに遠慮があるのだろうか。

「香織ちゃん、あなたは、耕一の要望書についてどう思っているの？」

レタスを口に運んでいた香織の手が止まった。朝から嫌な話を持ち出すなというように、眉を寄せる。芳子はかまわず話を続けた。

「お父さんがどこかにしまい込んでしまったのよ。でも、やっぱりあれは早いうちに捨てたほうがいいと私は思うんだけど」

香織は苛々したようにフォークを動かすと、音を立ててレタスを嚙んだ。口の中のものを飲み下すと、ぼそっと言った。

「その話は、話し合って決着したでしょう。三ヶ月経ったら考えようって。今、話し合ったってしょうがないわよ」

「それはまあそうだけど……。香織ちゃん自身はどう思っているのか知りたいと思って」

香織はコーヒーを飲むと、苦かったのか、顔をしかめた。そして、考え込むような目つきをした。

「お母さんは、何が何でも尊厳死は嫌っていうこと？　考える余地はないのかな」

「それはそうよ。何度もそう言っているじゃない」

香織はコーヒーをもう一口飲むと、「とにかく待つしかない」と言った。

そんなものだろうか。

芳子には納得しかねたが、また香織は新聞を読み始めた。こういうところは安雄にそっくりだ。芳子はかまわず話しかけることにした。

「本当は、耕一をお友達にも会わせたくないのよ。今日も気が重いわ。一昨日いらした笠原君は昔からの付き合いだけど、安土さんは一度、しかもほんの少し会っただけだし、石田さんは全く初対面でしょう。今からでもお断りできないかしら」

「今さらそんなことを言ってもしょうがないわよ。呼んでおいて会わせないってわけにはいかないでしょう」

「それはそうだけど」

香織はベーコンエッグも残らず平らげると、食器を流しに運び、水道の蛇口をひねった。

「お母さんが行きたくないなら、私が一人で病院に行く。無理に顔を出す必要もないと思うけど」

「そんなわけにはいかないわ。こういうときには父親か母親がいないと、耕一が恥をかくことになるもの。笠原君だって、この前来たとき、私と話せてよかったと言っていたじゃないの」

「それは社交辞令」

「そんなことないわよ。笠原君は昔から知っているけど、いい人だもの。それより香織ちゃん、今日はちゃんとした格好をしていきなさいよ。耕一のお友達に失礼のないように」

「分かってるって」

香織はそう言うと、ふいに真顔になった。

「そういえば、今日は公子さんも来るんだったわね。お母さん、あの人とはこの前ホテルで会って以来でしょう。あのときちょっと気になったのよ。お母さん、あの人に兄さんと夫婦じゃないとかなんとか言ってたけど、あれ、まずいんじゃゃない？」

そんなことを言ったような気もするが、よく覚えていなかった。公子がもう少し自分に味方してくれると思ったのに、明確な意思表示をしなかったから、苛立っていたことは覚えているけれど。

「公子さんは、言いたいことをはっきり言えない人みたいだから、気を遣ってあげないと。案外、傷つきやすいみたいだし、言葉には注意したほうがいいと思う」

「やっぱり香織ちゃんもそう思う？　公子さんってはっきりしない人よねえ」

香織が振り返って眉を寄せた。香織がなんでそんな目で自分を見るのか、芳子には分からなかった。香織は大げさにため息をつくと、肩をすくめた。

「別に私はそれが悪いって言ってるわけじゃないからね。結構、苦労した人みたいだから、慎重なだけでしょう。そこがいいってお母さんも言ってたじゃない」

「まあねえ」

「とにかく、今日は公子さんに感じよくしてあげることね」

香織は美容体操のつもりなのだろうか、体をひねりながら、廊下に出ていった。

芳子は誰もいなくなったテーブルを布巾でぬぐい始めた。パンくずがいくつも落ちている。言うことは一人前だが、やっぱり香織は子供だ。

芳子は、公子に対する自分の態度に問題があるとは思わなかった。だが、公子に対して違和感を覚えていることも確かだった。それを香織は敏感に感じ取っているのだろうか。

　耕一が公子を家に連れてきたときのことは今でもはっきり覚えている。正直に言うと、失望した。三十代の後半という年齢は、耕一自身の年を考えると仕方がないような気もしたが、彼女には両親がいなかった。最終学歴も芳子が知らない短大だ。そういうことを言いたてるものではないと頭では分かっていたけれど、一人息子の結婚相手には芳子なりに夢を持っていた。

　落ち着いているし、苦労している人だから慎重でよいと言ったのは、裏を返せば、ほかに褒めるところが見つからなかったからだった。耕一の目から見ると、きっと別のよさもあるのだろうと自分を納得させるしかなかった。

　そのよさが何なのか。芳子には今もよく分からない。ただ一つ、はっきりしていることはあった。夫はあてにならない。香織もよく分からないところがある。耕一を尊厳死させないためには、公子を味方につけるしかなかった。

　時計を見た。そろそろ着替えをしたほうがよさそうだ。芳子は布巾をきれいにすすぐと、エプロンで手を拭いた。

　病室に入ると、公子がベッドの上にかがみ込むようにしていた。耕一に向かって、言葉をかけているようだ。低い音量でジャズピアノが鳴っていた。美しいというより、気持ちを逆撫でされるような旋律だった。

香織が自分を横目で見ていることに気付き、芳子はできるだけ明るい声で呼びかけた。

「公子さん、ご苦労様」

公子は振り向き、硬い表情で二人に向かって頭を下げた。今日の彼女は、この秋流行しているジップアップタイプのグレーのカーディガンに黒のタイトスカートを合わせていた。いつもより数段垢《あかぬ》抜けて見えた。目元がはっきりしているのは、アイラインを入れているせいだろう。髪の毛も軽くウェーブがかかっている。

「どうぞ」

公子はそう言いながら、枕元を離れた。

「あら、どうもありがとう。悪いわね」

今日の耕一は目を閉じていた。みじろぎもしない。時々、目を開いたりするのだが、今日は機嫌が悪いのだろうか。でも、昨日よりわずかに顔色がいいような気がする。手を握ってみる。反応はないけれど、きつく握ると血が流れているのが分かる。こんなにもしっかり心臓が動いているのだから、いつか目を覚ましてくれるはずだ。そして芳子の手を握り返してくれるはずだ。

耕一に話しかけようとしたが、さっきから流れている音楽が気になった。嫌な感じの和音のピアノが、快適とはいえないリズムで鳴っている。

「公子さん、この音楽は何なの？」

「耕一さんが好きなジャズピアニストの曲なんです。音を聞かせるのは、意識回復に役立つかもしれないって先生がおっしゃったから」

「あらそうなの。でも、この曲はなんか嫌な感じだわ。気が滅入《めい》るようなメロディーじゃない。もっと明るい曲はないの？」

公子は目をしばたたくと、「すみません」と言って、ベッドサイドのテーブルに置いてあったCDプレーヤーのスイッチを切った。

香織が芳子の袖を引っ張った。

だが、芳子は自分の言ったことが間違っているとは思わなかった。こんなヘンテコな曲を耕一に聞かせて、意識の回復に役立つわけがない。もっと明るい曲がいい。生きる希望が湧いてくるようなもの……。

「耕一は薬師丸ひろ子が好きだったわね。お母さんが明日、持ってくるから」

芳子は耕一に向かって話しかけた。耕一の頬が少し明るんだように見えるのは、気のせいだろうか。だが、芳子は自分のアイデアに有頂天になった。帰りにレコードショップに寄ってみよう。大きな店なら、ベスト盤を置いてあるはずだ。

「薬師丸ひろ子って。お母さん、何年前のことよ、それ」

香織が苦笑を浮かべながら言ったが、芳子はすかさず言い返した。

「若い頃に好きだった音楽っていうのは、記憶に残るものなのよ」

そのとき、背後でノックの音が聞こえた。振り返ると、病室の入り口に三十歳前後に見える女性が立っていた。

肩まで伸ばした髪は美しいつやを帯びており、大きな目は憂いを含んでいる。おとなしいデザインのワンピースを着ているが、それでもにおい立つような華やかさが、彼女の全身を包んでいた。腕には目の覚めるようなターコイズブルーのコートをかけている。

石田あかねという人らしい。

芳子は彼女と耕一が並んでいる姿を想像した。なんてお似合いなんだろう。公子のほうを見ると、瞬きもせずに石田あかねを見ていた。芳子はさすがに決まりが悪くなった。

香織が如才なく戸口に歩み寄った。

「石田あかねさんですね。連絡を差し上げた妹の香織です」

芳子も慌てて頭を下げた。

「耕一の母でございます。今日はわざわざお越しいただいてありがとうございます。耕一に替わってお礼を申し上げます」

「いえ、こちらこそ連絡をありがとうございました。三島さんは……」

石田あかねは小ぶりのハンドバッグを胸に抱えながら、病室の中を覗き込むように背を伸ばした。

公子は何も言わずに壁によりかかるように立っている。公子を紹介したものかどうか芳子は迷ったが、とりあえずは来客に耕一を見舞ってもらうことだと思った。

「さあ、どうぞ」

芳子は微笑むと、石田あかねを病室の中に招き入れた。

石田あかねはベッドサイドまで来ると耕一の顔を覗き込み、目をしばたたいた。悲しそうに眉を寄せる。

「たまに目を開けるようになったんですよ。この調子で回復して意識が戻ってくれればいいんですけどねえ」

芳子が言うと、石田あかねはうなずき、「ご家族の方のご心痛、お察しします」とつぶやいた。

芳子は耕一の手を取り、さすり始めた。

「こうしているとね、耕一がそのうち私の手を握ってくれるような気がするんです。耕一、分かる？　石田さんが来てくださったのよ」

耕一の頬がいっそう赤みを帯びてきたような気がする。彼女に来てもらってよかった。

そのとき、ふいに香織が口を開いた。

「石田さん、兄とはどういうお知り合いだったんですか？」

不躾《ぶしつけ》だと思わないでもなかったが、芳子も聞きたいと思っていたことだった。公子にしても同じだろう。

「ネットの掲示板で、映画の感想なんかをやり取りしていたんですよ。その後、オフ会でお目にかかりまして。仲良くしていただいていました」

「そうだったんですか。こんなきれいなお嬢さんとねえ」

香織が両目を大きく見開き、舌打ちをするように顔を歪めた。芳子は自分が失言をしたと気付いたが、公子は無表情で耕一に視線を向けていた。

「あの、そちらの方は？」

公子のほうを見ながら、石田あかねは尋ねた。

「兄の婚約者なんです。大木公子さん」

「そうなんですか……。それはお辛いですね」

石田あかねはあくまで上品に言うと、公子に向かって微笑んだ。

「三島さんがお元気になったら、またメールなど交換させてくださいね」

公子は唇を真一文字に引き結んだまま、石田あかねを見ようともしなかった。石田あかねの笑みがこわばった。その場の空気が張り詰めていく。芳子は、何か言わねばと焦った。しかし、ヘタなことを言えば事態は一層悪くなりそうだ。そんな空気を破ってくれたのは、香織だった。

「ま、そのあたりは兄さんが回復したら話し合ってくださいな」

香織はおどけ気味に肩をすくめると、「自分の夫がこんなキレイな女友達と二人で会ったりしたら、私は嫉妬《しっと》しちゃうかも」と言って笑った。

公子がようやく微笑んだ。気弱そうな笑みだった。芳子はほっとした。

「まあ、大丈夫でしょう。公子さんは心が広いもの。実は私、今日、こういうふうに石田さんをお呼びしていいものかどうかも、ちょっと迷ったんです。でも、公子さんは、快諾してくれたわ」

香織が公子を引き立てるように言った。芳子は胸を撫で下ろした。ところがそのとき、石田あかねが強い視線を香織に向けた。

「三島さんは、私を親しい友人と考えてくださったから、呼んでくれた。そういうことですよね」

「ええ、それはそうですけど」

香織は明らかに戸惑っていた。芳子も首をひねりたくなった。だが、石田あかねは、明らかに気分を害している。

「公子さんが反対したら私は呼ばれなかった。ということは三島さんの意思を、あなた方は握りつぶすことも考えていたわけですね」

芳子は自分の耳を疑った。上品で優しそうな彼女の口からこんな激しい言葉が飛び出すとは思いもよらなかった。香織の目にもさっと怒りが走った。

「そんな……。兄の希望は分かります。でも、公子さんは兄の婚約者です。公子さんの意見を聞くのは当然でしょう」

芳子もうなずいた。石田あかねがなんでそんなことで突っかかってくるのか分からなかった。

石田あかねは三人から注がれる視線に臆する様子を全く見せなかった。むしろ、挑戦するように、美しい顎を振り上げた。

「私は夫がもし倒れたら、彼の望むことはなんでもかなえたいと思います。たとえ、それが私の気持ちに反することであってもそうします」

芳子の喉元に不快なものがせりあがってきた。うまく自分の中で説明ができなかったが、石田あかねの言葉は、許しがたいもののように思えた。

　そのとき、ノックの音がして、看護師が入ってきた。そばかすが顔中に浮き出ている明るい感じの娘だった。

「あ、お客さんだったんですね、すみません。点滴だけチェックさせてくださいね」

　歌うように看護師は言うと、ベッドサイドに歩み寄った。

　看護師が作業をする間、誰もが無言だった。視線を合わせようともしなかった。明らかに異常な空気を看護師は敏感に嗅《か》ぎ取ったようだ。あるいはドアの外に声が筒抜けだったのかもしれない。看護師はそそくさと自分の仕事をすると、軽く頭を下げて立ち去った。

　ドアが閉まると、それまでずっと黙っていた公子が、視線を上げた。そして、まっすぐに石田あかねを見た。芳子は、はっとした。

　こんな彼女の表情は初めて見た。美しい、と思った。顔の造作の問題ではなく、凛《りん》とした空気を全身から漂わせている。

「お言葉をそのまま返しますけど、耕一さんだって、私の気持ちを踏みにじろうとはしないはずです。私が嫌だといえば、あなたを呼んだりしなかったと思いますよ、きっと」

　公子の声は穏やかだった。

　石田あかねは考え込むような顔つきになった。そういう表情も絵になる女だった。しかし、芳子は心の中で軍配を公子にあげた。

「そろそろ、耕一を休ませたいので、申し訳ありませんが」

芳子は石田あかねに向かって、作り笑いを浮かべた。石田あかねの眉が跳ね上がったが、彼女は肩をすとんと落とすと、「それではまた来ますね」と耕一に声をかけ、病室を出ていった。

彼女の姿が入り口から消えるやいなや、公子が顔を手で覆った。泣いているようだった。

香織が彼女の背に手を当てて、なだめている。

「感じが悪い人だったわね。呼ばなければよかった」

芳子は言った。

「お母さん、終わったことだからもういいじゃない。でも、私も腹が立ったわ。後で電話して、二度と来てほしくないと釘《くぎ》を刺しておくわね」

「香織ちゃん、ちょっとそれ、キツすぎない？」

「いいのよ。ああいう人には、そのぐらい言ってやらないと分からないんだって。だから、公子さんも安心して」

香織が差し出すティッシュで顔をぬぐうと、公子は赤い目をしてうなずいた。

「すみません。ご心配かけて」

こういう顔を見ていると、さっき、彼女のことを美しいと感じた自分の感覚が信じられなくなる。だが、まあ、そういう人なのだと芳子は自分を納得させながら、時計を見た。次の見舞い客がそろそろ来る時間だった。

「公子さん、疲れたでしょう。今日はもう帰ったら？」

芳子が言うと公子は一瞬、首をかしげたが、そうさせてもらうと言い、ＣＤプレーヤーをバッグにしまうと背中を丸めながら病室を出ていった。

芳子と香織は同時にため息をついた。

「安土さんは、まともな人だといいんだけど。この間は少ししか話せなかったからよく分からないわね」

香織はそう言うと、飲み物を買ってくると言って部屋を出ていった。

芳子はベッドサイドの椅子に腰を下ろすと、耕一の顔を見た。まつげ一本すら動かない。胸が締め付けられるようだ。

ついさっき自分の頭上で繰り広げられたいざこざも、この子には全く分かっていないのだろうか。

そんなことはない。何も言えなくても、目を閉じていても、意識はあると信じたかった。

耕一の手を握ると、芳子は彼に向かって語りかけた。

「小学生のとき、お弁当に卵焼きが入っていないと嫌だったのよね」

「あなたが一生懸命作った昆虫の標本を誤って捨ててしまったら、三日も口を利いてくれなかったわね。あれが反抗期だったのかしら」

「望遠鏡を買ってほしいと言って、半年間、欠かさず夕飯の後片付けをしてくれたときには、本当に粘り強い子だと思ったわ」

よみがえってくる耕一の思い出はどれも小さなものばかりだったけれど、忘れられないものだった。自分の生きてきた歴史は、そっくりこの子の人生と重なる。耕一を死なせるわけにはいかない。

芳子は耕一の手を握り締めた。


約束の時刻の五分前に、安土は現れた。年季が入ったツイードのジャケットに黒いタートルネックといういでたちは、なかなかしゃれていた。背筋はぴんと伸びており、肌もよく焼けている。きちんとかりそろえた口髭には、威厳めいたものが漂っている。

「いや、先日は失礼しました。お騒がせしてしまって。動転していたんです。面目ない」

「とんでもございません。それより今日はわざわざ恐縮でございます。どうぞ見舞ってやってください」

芳子が言うと、安土はベッドに歩み寄った。耕一の姿を見て言葉もないようで、沈痛な表情を浮かべている。

「三島君。はやく元気になってくれよ。一緒にハゼ釣りに行く約束をしたじゃないか。この冬の東京湾は、なかなか期待できそうだぞ。今年は私を超えてみせるんじゃなかったのか」

「そうでしたか、釣りに行く約束を……。意識が戻ってくれれば、そういう日も来るかと思うんですが」

「事故からもう一ヶ月ぐらいになりますよね。三島君は、ずっとこんな具合ですか？」

「ええ、そうなんです」

安土は髭を撫でると考え込むような目つきをした。

「そういえば、あの件はどうなりましたか？　事故の翌日、ご主人にたまたまお目にかかって以来、気になっておったんですが……」

「あの件とおっしゃいますと？」

安雄からは安土に会ったという話は聞いていなかった。香織の顔を見たが、彼女も何も知らないようだ。

安土は困ったように目をしばたたいた。

「いや、これはまたもや勇み足をしてしまいましたかな。どうも、年寄りはせっかちでいけません」

「安土さん、主人に何を？」

芳子は気になったので尋ねてみた。安土は決まり悪そうに、足元を見つめている。

「差し支えなかったら、教えていただけませんか」

重ねて頼むと、ようやく安土は目を上げた。

「三島君は、尊厳死を希望していたのではなかったかと」

突然、耳に飛び込んできた尊厳死という言葉は、芳子を激しく動揺させた。それでも何のことだか分からないというように、首をかしげてみせた。自分の笑顔が引きつっていることが分かり、冷や汗が出てきた。

安土は言葉を続けた。

「二人で並んで糸を垂らしていたときに、そんな話をしていましたよ。ご家族にも当然、そういうお話はあったんでしょう？　そういえば、書面まで作ってあると言っておられたけれど。ちょっと気になったものだからご主人にその話をしたんですよ。いや、余計なお世話かなと思ったんだが」

「いえ、それは……。そんなものは、特に……」

安雄は一言もそんなことを言っていなかった。怒りが湧いてきたが、この場を収めることが先決だ。

　香織に助け舟を出してほしかったが、香織も余裕を失っているようで、目が落ち着きなく揺れている。どうすればこの場をやりすごすことができるのだろうか。

　そのとき背後で咳払いが聞こえた。再び芳子の心臓が飛び跳ねた。

　恐る恐る振り向き、絶望的な気分になった。すぐ近くに白衣に身を包んだ医師が立っていた。主治医の早川ではなかった。脳神経外科部長の若田部だった。ドアを開け放しにしてあったので、勝手に入ってきたようだ。ドアを閉めなかった自分の迂闊《うかつ》さを芳子はのろった。

「お見舞いですか。ご苦労様です」

　若田部は何気ない調子で安土に向かって言うと、ベッドサイドに歩み寄った。芳子は体をずらした。若田部は耕一の手を取り脈拍を確かめると、口元に当てた呼吸器の位置をわずかに直した。

「安定しています」

　そんなことは、言われなくても分かっている。それより、安土の言葉が若田部の耳に入ったかどうかが問題だ。安土の声は大きい。部屋の入り口でも十分に聞き取れたはずだ。

　腋《わき》の下に汗が滲み出してきた。

　香織がうわずった声で、若田部に話しかけた。

「先生、兄の顔色が最近、よくなってきたように思うんですが。あと、私たち、毎日話しかけているんです。効果、ありますよね」

香織の目には、強い意思のようなものがこもっていた。彼女も自分と同じことを恐れているのだ。

「ああ、それはいいことだと思いますよ。効果があるという話も聞きますからね」

若田部は青々とした髭の剃《そ》り跡を指でなぞるようにしながら言った。

「音楽なんかもいいんでしょうか？」

芳子は尋ねた。ほかの話に持っていくのだ。安土に、さっきの話をここで繰り返させてはならない。

「そういう話も聞きますね」

「そうですか。それでは、今度、先生のお時間があるときに、一度ゆっくりお話を聞かせていただきたいです」

話を終わらせるつもりで芳子は言った。だが、若田部は眼鏡の奥の目をしばたたいた。その瞬間、芳子の背中を汗が流れ落ちた。

「さっきちょっと聞こえたんですが……。三島耕一さんは尊厳死を希望されているのですか？」

「いえ、そんなことは……」

即座に答えた。だが、声が自分のものではないように、かすれていた。どうして肝心なときに、こうなるのか。泣きたい気持ちで、香織の顔を見た。香織の目には、絶望の色が浮かんでいたが、それでも香織は気丈に若田部を見返した。

「兄からそういう話を聞いたことはありません」

若田部が、ほう、というように香織の顔を見た。これなら、ごまかせるかもしれない。芳子が気持ちを立て直しかけたとき、安土が若田部に話しかけた。

「差し出がましいようですが、こういうことは、黙っておいていいとは思えないので私から申し上げてよいでしょうか」

「どうぞご遠慮なく」

若田部が重々しくうなずくと、安土はとつとつと話し始めた。

「私は彼の友人なんですが、尊厳死を希望する意思を書面に書き記したと聞いています」

芳子は惨めな気分でうつむきかけたが、香織が必死に目で合図を送ってきているのに気付いた。そうだ。まだあきらめてはいけない。

若田部は安土に続きを促した。力を得たように、安土が前のめりになって話し始める。

「彼はそりゃあ熱心に話をしていました。思いつきという感じじゃあなかった」

「なるほど」と若田部がうなずいた。

「どうです、ご家族の皆さんは一度、三島君の自宅を探してみたほうがいいのではないですかね」

「部屋は一応、整理しましたが、そんなものは見当たりませんでしたよ」

香織の言葉に、芳子も激しくうなずいた。

「それに先生、耕一はそんな事態にはなりませんよね。意識は絶対戻りますよね」

「お気持ちは分かります。ですが、これは三島さんにとって大切な問題だと思うんです。探してみてはいかがでしょう」

「申し訳ありません。やはり私が差し出がましいことを言ったみたいで」

安土は恐縮するように肩をすぼめた。悪気はないのだろう。でも、この年寄りは爆弾を投下したようなものだ。やりきれない思いが芳子の胸に広がった。

若田部は、安土と芳子を見比べていたが、やがて穏やかに言った。

「三島さん、尊厳死の要望書があるのかどうか、もう一度調べてみたらいかがですか？　確かに大切なことですからね」

芳子には、もはや表情を取り繕う余裕はなかった。香織が、訴えかけるような目つきでしきりと合図を送ってきたが限界だった。

芳子は床を見つめた。ウォーキングシューズの紐が解《ほど》けかかっていた。自分の目から涙がこぼれ落ちるのを、どうすることもできず、芳子はいつまでも紐の結び目を眺めていた。

7

セロニアス・モンクの「ソロ・オン・ヴォーグ」をかけながら、公子は耕一の指を一本一本撫でた。時折、人差し指や中指を握り締める。そのたびに確かな血の流れを感じて、公子はほっとするのだった。

モールス信号のように、血流のリズムに乗って耕一が何か自分に伝えたがっている。そんな気がしてならなかった。自分にそれを理解する能力がないことが悲しい。早川医師が言うには、外界からの刺激に反応できなければ、目を開けていても体が多少動いても植物状態には変わりがないらしい。逆に言えば、血流が反応してくれれば、植物状態とは言えなくなるのではないだろうか。

去年の今頃だっただろうか。卸売り業者とちょっとしたトラブルがあり、気持ちが沈んでいたことがあった。耕一に心配をかけたくなかったので、吉祥寺で日曜に会っているとき、いつもどおりに彼と接した。それでも耕一は敏感に公子の心の鬱屈《うっくつ》を感じ取り、冷やかしで入ったインテリアショップでコーヒーカップを二客、買ってくれた。それはデンマークの老舗《しにせ》ブランドのもので、一客数千円もした。そんな高価なものを買ってもらうわけにはいかないと言う公子に耕一はこう言った。

「他人の言葉に傷つくことは誰にだってあるよね。そういうときに、買い物っていうのは、案外、きくんだよ」

耕一は、自分のことを分かってくれた。でも、自分に彼のことは分かっていなかった。それとも分かろうとする努力が足りなかったのだろうか。耕一は尊厳死について何か言おうとしたことがあったかもしれない。

「あっ、こんにちは」

背後から朗らかな声がした。振り返ると、看護師がそばかすの浮いた頬に笑みを浮かべて立っていた。この前、石田あかねが来ていたときに、点滴を点検しに来た看護師だった。胸に「坂下」というネームプレートがかかっている。

坂下は手に持っていた点滴のバッグを軽く上げてみせると、「失礼しますね」と言いながらベッドサイドに近づいた。手際よく点滴バッグを交換すると、呼吸器の装着部を手で触って確認した。坂下は公子に向かって「三島さん、肌の色がよくなってきましたよね」と言うと、「もう少しですね、頑張ってください。大木さんも待ってますよ」と耕一に声をかけた。

彼女の体からあふれ出す若さと生気が公子にはまぶしかった。それが耕一にも伝わり、彼を助けてくれそうな気がする。

公子の表情が緩んだのを見計らったかのように、坂下が上目遣いに公子を見た。

「あの……。こんなことを言ってはいけないのかもしれませんが」

坂下は迷うようにしばらく唇を噛んでいたが、思い切るように顔を上げると話を始めた。

「この前、石田さんという方がお見舞いに来ていましたよね」

公子は反射的に目を伏せた。石田あかねのことは思い出したくなかった。

「あの人、帰り際に廊下で私に声をかけてきたんです。ご家族がお見えになる可能性が低い時間帯を教えてくれないかって」

坂下はそう言うと、公子の目を覗き込むようにした。

「立ち聞きしたわけじゃないんですけど……。あの日、病室でなにか揉めていましたよね。差し出がましいようですみません。嫌だったら話、やめますけど」

坂下は気遣うように言ったが、公子は彼女が何を言おうとしているのか気になった。

「いえ、かまいません。それより、石田さんになんて答えたんですか？」

「ああ、家族がいらっしゃる時間なんて、まちまちで分かりませんって言っておきました。それで逆に私、言ってやったんです。なんで、そんなことを聞くんですか、お見舞いにいらっしゃるなら、家族の方に声をかけてから来るのが常識ですよって」

坂下はそう言うと憤慨するように小鼻を膨らませた。

「大木さんも、三島さんのご両親や妹さんも皆さん、本当に一生懸命に看護されているのを私はずっと見ていました。なかなかできることじゃないです。皆さん、本当にご熱心で。何があったのかは知りませんけれど、私は大木さんたちの味方です。石田さんが、皆さんがいらっしゃらないときにこっそり来たら、ご連絡しましょうか？　大木さんの携帯電話の番号は、ナースステーションで調べれば分かるので」

公子は少し考えた後、うなずいた。

石田あかねには、二度と耕一の前に姿を現してほしくなかった。だが、彼女が今後、来ないとは限らない。そして、自分が知らないうちに、彼女が耕一と会ったとしたら、許せないような気がした。

そのとき、ふいに空気を切り裂くような音が鳴った。心臓が嫌な感じで動いた。坂下が驚くほどすばやい動作で人工呼吸器に歩み寄った。

「何か問題でも？」

坂下はスイッチや液晶パネルを真剣な目つきで点検し、いくつかのボタンを押した後、装置の脇にあるスイッチを押した。

「大丈夫です。よくあることなんですよ。患者さんが動くとチューブがはずれたりするから、結構鳴るんです。あ、でも三島さんの場合は……」

坂下はきまり悪そうに下を向くと、念のために後で専門の人間に見てもらうと言った。

「えっ、すぐにでも交換したほうがいいんじゃないですか」

「いいえ、そんな大きな問題ではないです。正直言って、ウチの病院の機械はどれも古いですからね。でも、アラームのスイッチさえ入っていれば、何かあったら私たちがすぐに駆け付けて対処しますから」

「そういうものですか……」

「私がついていますから、安心してください」

坂下はガッツポーズを作ると、空の点滴バッグをてきぱきと片付け始めた。作業はすぐに終わった。

「それではまた」

感じのいい笑みを浮かべながら頭を下げる坂下を見送りつつ、公子は石田あかねの顔を思い浮かべていた。

彼女と耕一の関係は結局よく分からない。気にしすぎてはいけないと思うけれど、もやもやとしたわだかまりが残っていた。自分は疑り深すぎるのだろうか。でも、石田あかねが部屋に入ってきたとき、芳子の目に浮かんだ光を忘れることはできなかった。

この人のほうが息子の嫁にふさわしい。

彼女は言葉にこそ出さなかったけれど、表情ですべてが分かった。

公子は耕一に視線を戻した。人工呼吸器の音に合わせ、耕一の胸は規則正しく上下している。ベッドの下に置かれた容器へと誘導されている採尿管からは尿が排出されているし、腕に差し込まれた点滴の針からは、栄養と薬が彼の体の中に確実に送り込まれていた。

公子は耕一の腕を撫でた。この人に意識があれば、自分は惨めな思いをせずにすむ。でも、そんなちっぽけなことを考えてもしょうがない。

こういうふうにいくつものチューブにつながれた状態をスパゲティ症候群と呼ぶらしい。でも、耕一の体はこんなにも温かい。目を開くことだってある。皮膚の下には血が流れ、内臓は日夜問わず活動している。脳だってそのうち、という気になる。非科学的だ、という耕一の声が聞こえてきそうだけれど、自分の思いは彼に伝わっていると思う。

アルバムの最後の曲が終わり、リピート設定にしたCDプレーヤーは一曲目の「ラウンド・アバウト・ミッドナイト」を再生し始めた。耕一が最も好きだと言っていた曲だ。

公子は耕一に笑いかけたが、唇の端はすぐに力を失った。微笑みは相手が返してくれない限り、長くは続かない。

「私もいろいろ大変なの」

公子は耕一に心の中で語りかけた。

最近、毎日店を五時で閉めている。相原康子には家庭があるので、夕方以降の店番を頼むことはできなかった。

店の売り上げも落ちていた。日中、ぼうっとしてしまい、売れ筋の商品を欠品させることもしょっちゅうだったし、来店する客に笑顔を向けたり世間話をしたりすることもなくなっていた。棚のカップのふちに埃が積もっていてぎょっとしたことすらあった。

相原康子の問いかけるような目も最近、気になっていた。耕一の詳しい容態については、話す気になれずにいた。

結婚して落ち着いたら、新しい店を出すつもりだった。そうなったら、パートではなく正式に従業員になってもらえないか、と内々に打診していた。それが、ほぼ不可能になったことを、彼女に伝えなければならない。不満を言うような人ではないと分かっているだけに心苦しい。

公子はピアノの旋律に合わせ、耕一の腕をそっと叩いた。

そのとき背後で人の動く気配がした。振り向くと安雄がいた。公子はCDプレーヤーを止め、枕元からベッドの裾へと移動した。

「来てくれていたんですね。ありがとう」

安雄は公子に声をかけると、耕一の顔を覗き込んだ。

「変わりはないみたいだね」

「血色はいいような気がします。今日はお仕事帰りですか？」

「ええ、まあ……」とうなずくと、安雄はベッドから顔を上げた。「そうだ、ちょうどいい。公子さん、これから時間はありますか？」

「はい」

「実は今夜は若田部先生に呼ばれて来たんですよ。例のことで……。事情は香織から伝わっていますよね」

「例のこと」が何であるかはすぐに分かった。石田あかねと会った日の夜、香織から電話をもらい、耕一が尊厳死を希望する書面を残している可能性があることが、病院に知れてしまったことを聞いた。要望書を探すようにという指示を受けたという。

「よかったら同席しますか？　書面のことを今はまだ病院側に伝える気にはなれんのですよ。ですが、向こうが話をしたいと言ってきているからには出てこなければ、かえって不自然だと思って。実は今日のことは、家内には内緒なんです。あれは、尊厳死の話を持ち出すと癇《かん》癪《しゃく》を起こしてしまうものだから、とりあえず私だけで話を聞こうと思ったんだが……」

「同席させてください」

公子は即座に言った。聞きたくない気もしたが、何がどうなっているのかを自分の耳で確かめたかった。

「分かりました。ただ、申し訳ないが口は挟まないようにお願いします。書面が存在することも知られないように気をつけてください」

公子はうなずいた。医師たちと安雄の話に自分が割って入ることができるとも思えなかった。

「そろそろ時間ですね。行きましょうか」

安雄は自分を鼓舞するように、腰のあたりを勢いよく叩いた。

いつか来たことのある小部屋で待っていると、若田部が早川を従えて入ってきた。

「こんな時間にお呼び立てして申し訳ありません」

席に着くなり、若田部は張りのある声でそう言った。隣に座っている早川が、申し訳程度に頭を下げた。

「先生、耕一の状態はどうなんでしょうか」

安雄が聞くと、若田部が早川に目配せをした。早川は早速、なめらかな口調で話し始めた。

「自発呼吸が残念ながら完全には戻ってきません。脳幹という部分が——脳の奥のほうにあって、呼吸など基本的な生命活動をつかさどる部分なんですが、そこの傷みが思った以上に大きかった可能性があります。あとは意識ですね。こればかりはもうしばらく様子を見ないとなんとも言えないです。溜まっていた血液は完全に取り除きましたし、薬剤治療計画も万事遺漏なく進めております。あとは時間という薬が効いてくれるのを祈るばかりです」

「これまでとあまり変わらないということですな」

安雄がぼそっと言った。

「最善を尽くしております」

早川は軽く受け流した。

最善を尽くす……。響きはいいけれど薄っぺらな言葉だ。しかし、そうと言うわけにもいかず、公子は膝に重ねた自分の手元を見つめた。それまで黙って腕組みをしていた若田部がおもむろに口を開いた。

「今日、お越し願ったのは、この間、気になることがあったからです。奥さんとお嬢さんから話を聞いていらっしゃるかもしれませんが」

隣に座っている安雄がびくっと動いたように見えた。だが、それは思い過ごしだったようで、安雄は落ち着いた口調で話を始めた。

「尊厳死の要望書を息子が書いていたのではないか、ということですよね。ええ、聞いております。気になったもので改めて息子の部屋を探してみましたが、そういうものは特になかったようです」

営業の第一線に立ち、何度も修羅場《しゅらば》をくぐってきた彼には、内心の動揺を表に出さないことぐらいたやすいに違いない。公子は安雄ほど堂々とした態度を保ち続ける自信がなかったので、顔を隠すようにうつむくと、若田部の言葉に神経を集中した。

「なるほど。それはそれとしてですね、尊厳死を希望する人が作っている団体についてご存じですか？　ＤＷＤ協会という名前です。ＤＷＤというのはDeath With Dignity。つまり尊厳死という意味です」

「はあ、聞いたことはあるような気が」

「三島さん、どうでしょう。一度、息子さんがそこの会員でないかどうか問い合わせてみてはいかがですか。要望書を登録する仕組みになっていますから、登録されていればすぐに分かるはずです」

公子は気付かれないよう、唾をそっと飲み込んだ。

「……なるほど、そういうこともあるんですか」

「ええ。アメリカではこの手の協会に登録している人に、病院から直接、問い合わせることができるようになっているんです。日本ではまだそこまでシステマティックではありませんが、ご家族の方からの問い合わせなら受けてくれると思いますよ」

「確認してみる必要があるかもしれませんね」

安雄はうなずいた。だが、すぐに顔を上げて若田部を見据えた。気迫のこもった目つきだった。

「ですが先生、まるで意識が戻らないような話し方をされるのはどうも……。目を開くようになったわけだしまだ回復の見通しはあるのでは？　そのへんのことについて早川先生からもっと丁寧な病状説明を伺うほうが、私たち家族にとってはありがたいんですがね。尊厳死云々《うんぬん》の話は、その後で伺いますよ」

公子は思わず大きくうなずいた。尊厳死をどう考えるかは、今の自分たちにとって最重要課題ではない。まずは耕一の回復を祈りたかった。それなのに早川は様子を見ましょうというばかりで、何の見通しも示してくれていない。

早川の顔が少し赤くなったようだ。口を開いてよいか、と問いかけるように若田部を見た。だが、若田部は自ら話を始めた。

「説明はもう少し丁寧にさせましょう。ですが、何度かご説明したように、身体はともかく意識のほうは回復しているとは申し上げにくい状況です。尊厳死のことを申し上げるのは、ご家族のことを思ってのことです。その点は是非ご理解いただきたい」

「家族のためって……」安雄が唇を歪めた。「金のことですか？　それなら心配は無用です。幸い、蓄えがありますから。尊厳死云々と先生がおっしゃるのは、病院側に治療を続けたくない理由があるということですか？」

「それは違います」

若田部はセルフレームの眼鏡をはずし、ハンカチでレンズを丁寧に拭き始めた。自分の気持ちを落ち着けているようでもあり、これから話すべき言葉を選んでいるようにも見えた。ようやく眼鏡を掛けなおすと、若田部はゆっくりと話を始めた。

「この間の様子から拝察するに、ご子息はご家族に自分の意思を告げておられなかったのではないかと思ったんです。あの場にいらしたご友人の言うことが全くのでたらめだとも思えなかったですし」

隣で安雄が息をのむのが分かった。若田部もそれに気付かないはずはなかったが、彼は同じ調子で話を続けた。

「非常にデリケートで難しい問題だと思います。ですが、目を背けてはいけないと思うんです。本人の意思が書面として残っているなら、もし、尊厳死が容認されるような症状に陥ったとき、本人の意思を尊重してあげてもよいのではないでしょうか」

若田部はそこで言葉を切ると、自分が知っているある患者について話をさせてほしいと言った。若田部の気迫に押されたように、安雄が顎を引いた。

「もう何年も前のことですが、ある人物の父親がご子息と同じような状態になりました。半年以上、体中をチューブにつながれて生きながらえていた。耕一さんよりも容態は多少、良かった。目で光を追ったりしていましたからね。その男は経済的にはそう不自由もしていなかったし、父親に資産もあったので金を惜しむ気持ちはなかった。それでも、父親を死なせてやりたいと思っていた。なぜなら彼は父親が元気な頃に、全身にいくつものチューブをつけられて生かされるスパゲティ症候群だけは勘弁してほしいと何度も口にするのを聞いていたからです。意識がなければ生きている意味がないというのが父親の考えでした」

若田部はそう言うと、スパゲティ症候群とは何か知っているかと尋ねてきた。公子はうなずいた。隣で安雄もうなずいていた。

「しかしその人物がどんなに願っても、父親の希望をかなえることはできなかった。なぜなら父親は自分の意思を書面に残していなかったからです。当然、その男は担当医に何度も父の意思を訴えた。聞き入れてもらえなかったので、思い余って院長の自宅まで押しかけて玄関先で土下座をした。それでも、病院側は首を縦に振ってはくれなかった。規則に反するからという一点張りでしてね。男はいっそ自分の手で父の命を終わらせようかとも考えたが、病院側はそれを見越して、そんなことをすれば殺人罪で訴えると言ってきた。結局、その男はチューブにつながれている父親を黙って見ているしかありませんでした。父親はそれから四年間ほど生きましたが、最後は肺炎で亡くなりました。父親が亡くなってからも男の心が晴れることはないそうです。なぜなら、彼は父親に本人がもっとも嫌がっていた死に方をさせてしまったからです。悔やんでも悔やみきれないと言っていました」

安雄はうな垂れていた。こみ上げる思いに耐えるように、両手で膝をつかんでいる。公子も上体をまっすぐに起こしているのがやっとだった。

「そういう家族もいるのだということを知ったうえで、尊厳死についてゆっくりと考えてみませんか。今は考えるだけでいいんです。そして意識の回復を待ちましょう」

公子は気付かれないようにそっと息を吐いた。耕一の希望をかなえなければ、家族は後悔する。若田部はそう言いたいのだろう。反発を覚えた。でも一方で、若田部の言葉を無視する気にもなれない。

耕一を死なせたくない。これまでそのことばかり考えてきた。それだけでは駄目なのだろうか。

空調の音が耳障りだった。まるで思考を妨げようとしているみたいだ。

公子は意味もなく爪の先を撫でた。そしてふと気付いた。爪の先がぎざぎざに割れていない。商品に値札のシールを貼ったりはがしたりといった作業から遠ざかっている証拠だ。

安雄の上ずった声が、公子を思考の世界から白い小部屋へと引き戻した。

「しかし先生、うちの場合だって書面が見つからないわけで……。本人の意思を確認できなければいかんともしがたいわけですよね。いや、その協会とやらに確認してみなければ分かりませんが」

半ば裏返った声で安雄が言った。芳子や香織のいない場で、うかつなことは言えないのだ。公子も表情を引き締めた。今自分にできることは、じっと無表情を装って聞いているだけだ。いかなる予断も若田部に与えてはいけない。揺れる気持ちが透けて見えないように、公子は軽く目を閉じた。公子の予想に反して若田部はそれ以上、踏み込んでくることはなかった。

「分かっています。今日は私の話を聞いていただきたかっただけです。相談があれば、いつでも連絡をください」

若田部はテーブルの端に両手をかけると、伝えたかったことが伝わったかどうかを確かめるように、安雄と公子の顔をじっと見た。安雄は繰り返し瞬きをしていた。小鼻のあたりがひくひくと震えている。

「それでは私はこれで。あとは、早川のほうから病状説明をさせますので、知りたいことは何でもお聞きになってください」

若田部はそう言うと、部屋を出ていった。

早川がまるで金縛りから解けたように、息を吐き出した。そしてテーブルに載っていたファイルを開いた。ＣＴ画像を指し示しながら、説明を始めたが、彼の言葉は公子の耳を素通りしていった。


ＤＷＤ協会という尊厳死を推進する団体について安雄から説明を聞き終えると、いいようのない怒りが芳子の胸に湧き上がってきた。

「どうしてそんな勝手なことをしたのっ！　私に黙って病院とそんな話をするなんて、信じられない」

自分の気持ちを抑えることができず、芳子は目の前に座っている安雄に怒鳴った。

「だいたいあなたは隠し事が多すぎるのよ。安土さんが尊厳死について話していたことだって教えてくれていたら……。そうしたらこの前、あの人が突然あんなことを言い出したとき、うろたえたりしなかったのに」

安雄は外出先から帰ってきたままの服装で、ソファに浅く腰をかけ、悲しげに眉を寄せた。

「呼び出しがあったんだから、しょうがないだろう。それに俺は、要望書が見つかったとは一言も言っていない」

「当たり前でしょう、そんなこと。だいたい三ヶ月は保留にしておこうと言ったのはあなたじゃありませんか。私は納得していなかったけれど、あなたの意見に従ったのよ。それなのにあなたは……。私は反対です。そのＤＷＤ協会とかいうところに問い合わせをする必要なんかありません。万一、耕一が入会していたら殺されてしまうわ」

芳子は肩で大きく息をした。こめかみの血管がはちきれそうなぐらいに脈打っていた。落ち着くことなどできそうになかった。

安雄の話を聞く限り、若田部という医師は、要望書が存在している可能性が高いと考えている。それを暴きたて、耕一を尊厳死させようとしている。

耕一は生きている。紛れもなく生きている。それを死なせるだなんて、納得できるわけがない。

そのとき、玄関のドアが開く音がした。香織がコートを脱ぎながらリビングルームに入ってきた。彼女の頬は少し赤かった。

「香織ちゃん、あなたお酒を飲んできたの？　お兄ちゃんがこんなときだっていうのに」

芳子の声の険しさに驚いたように、香織は目をしばたたくと、安雄と芳子の顔をすばやく見比べた。

「ちょっとだけよ。新しい仕事を紹介してくれた人がいて、その人に付き合ったの。それより何かあったの？」

芳子はとりあえず飲酒の件は置いておくことにして、香織を手招きした。香織はコートをダイニングテーブルの椅子の背にかけると、首を回しながらソファに座った。

「私、お茶が飲みたいな。外、すごく寒かったんだもの」

「ああ、そうだな。母さん、お茶を淹れてくれ」

安雄までが言う。芳子は憤慨しながらも、キッチンに立った。やかんに水を張り、ガスレンジに載せていると、安雄が話す声が背後から聞こえてきた。

「今日、病院で若田部っていう医者と話してきた」

「例の要望書のことで？」

「そうだ」

安雄は、さっき芳子に話したことを繰り返した。

「ふーん。じゃあ、若田部先生は要望書があると思っているのね」

「はっきりそうとは言わないけどな……」

「あのとき、安土という人が、余計なことを言ってくれたからね。まあ、今それを悔やんでもしょうがないわね。で、お父さん、そのＤＷＤ協会とやらには連絡をしてみるの？」

「そうしようかな、と思っているんだが、香織はどう思う？」

芳子は急須にお湯を急いで注ぐと、手早くそれを盆に載せてソファに戻った。

香織は安雄の顔を探るように見た。芳子は急いで二人の間に割って入った。

「連絡なんかしちゃ駄目よ。もし、耕一が登録をしていたら、協会から病院に連絡が行くかもしれない。そうしたら病院は耕一のことを死なせてもかまわない患者だと思うわ。受けられる治療だって受けられなくなるかもしれない」

香織が珍しく自分で急須を手に取り、湯飲みにお茶を注ぎ始めた。自分の中で、気持ちの整理をしているのだろうか。だが、それにしてはあまりにも無表情なのが気になった。

「しかしなあ……」香織が淹れたお茶をすすりながら、安雄が脚を組み替えた。「香織もお母さんも聞いてくれ。若田部先生の話を聞いて、ちょっと思うところもあったんだ」

芳子は聞きたくない気がした。だが、香織は顔を上げ、小首をかしげて安雄の顔に見入っている。それに気をよくしたように安雄が話を始めた。

「俺だって耕一を死なせたくない。どんな形でも生きてほしいと思っている。そんなことは当たり前だろう。だが、俺はあいつが何故あんな要望書を書き残したのか、ずっと考えていた」

芳子は言葉に詰まった。そんなふうに考えてみたことはなかった。香織を横目で見ると、彼女は相変わらず表情を変えずに、湯飲みを両手で挟むようにしていた。

「これは俺の想像にしかすぎない。だが、耕一は俺たちに負担をかけたくないと考えたのではないだろうか。ほら、がんにかかったときも、入院費を頑《かたく》なに自分の貯金から出して、俺たちには一銭も払わせなかったじゃないか」

「お金だなんて。それに、親子の間でそんな水臭いこと……」

「水臭いとかそういうことではないと思う。死ぬときは誰にも迷惑をかけたくないっていう美学のようなものではないだろうか。なんとなく分かるような気もするんだ」

安雄はそう言うと、芳子を見た。さっきまで迷うように揺れていた視線は、しっかりと芳子をとらえていた。芳子の背筋がすっと冷えた。

「はっきり言おう。俺は耕一を死なせたくない。母さんも同じ気持ちだと思う。だが、俺たちの希望を無理に通そうとするのは、親のエゴではないだろうか」

芳子は思わず立ち上がっていた。

エゴ……。

耕一に生きてほしいという自分の願いを、そんな汚らわしい言葉に置き換えられたことが我慢できなかった。親が子のことを思うのは、当然ではないか。それをエゴだなんて……。

安雄は続けた。

「俺は耕一に対して、卑怯なことはしたくない。卑怯なことをするなと教えたのは俺だ。あいつの気持ちを握りつぶしてまで、自分の希望を押し通すっていうのはどうも……」

「お父さんは、私が卑怯だって言うの？　どうして？　さっぱり分からないわ」

「もう少し多角的にモノを考えないか。耕一から見たら、要望書を隠している俺たちは、あいつの生き方を邪魔する人間なんだぞ」

芳子の体が震え始めた。自分が耕一を邪魔している？

「いい加減にしてくださいっ」

芳子は怒鳴った。胸が苦しかった。頬が熱かった。いつの間にか泣いていた。

「お母さん、落ち着いてよ」

香織の言葉で我に返り、芳子は腰を下ろした。体が震えていた。お茶を飲んでみたが、さっぱり味がしなかった。だが、少しは気持ちを落ち着けるのに役立ったようだった。

「お父さん厳しすぎるんじゃない？　そんなふうに考えなくても」

香織が言ったが、安雄は首を横に振った。

「尊厳を踏みにじってくれるな、と耕一は書いている。それがあいつの気持ちなんだ」

芳子は呼吸を整えると、安雄をにらんだ。自分が何を言いたいのか、ようやく考えがまとまった。

「子供を助けたいのは親として当たり前のことでしょう。エゴなんてことはないわ。それに、仮にエゴだったとしても、それがなんだっていうんですか？」

芳子の言葉を嚙み締めるように、安雄は目を閉じた。そして唇を舐めると、今にも食いつきそうな表情を浮かべた。

「じゃあ、聞くけどな。母さんはどうなんだ？　自分が仮に同じような状態になったとして、自分の親に負担をかけてもかまわないと思うか？」

「それは……」

ずるい。そんな仮定を持ち出されても困る。芳子の両親はすでに他界していたから、確かめようもない。だが、そんなことはこの際、どうでもいい。耕一を死なせないことを一番に考えるべきだ。そう思ったから芳子は胸を張った。

「親が自分を助けたいと思ってくれたなら、たとえどんな状態であっても私は生きます。親の願いをかなえるのは子の務めだわ」

安雄は苦りきった表情を浮かべると、香織に「どう思うか」と尋ねた。香織は困ったように床を見つめた。この娘にしては珍しいことだった。

香織は投げやりな目をした。

「分からないわ。私より公子さんはなんて言うかしら」

芳子は救われた思いがした。そうだ。公子がいる。

「公子さんは耕一を死なせたくないはずよ。当たり前でしょう」

芳子はぴしゃりと言った。安雄は申し訳なさそうな目つきをして、しきりに唇を舐めた。そしておずおずと口を開いた。

「実は今日、彼女が見舞いに来ていたもので、若田部先生に一緒に会ってもらったんだ。公子さんは、少し考えてみると言っていたよ」

芳子は自分の顔色が変わったのがはっきりと分かった。

「お父さん、それはひどい。ひどすぎるわ。私のことは無視しておきながら、あの人を同席させるなんて……」

公子に対しても腹が立った。母親である自分を差し置いて医師の話を聞くなんて。遠慮をするのが筋ではないだろうか。

芳子はもはや自分が何に対して憤っているのか分からなくなっていた。

誰も彼もが自分をないがしろにする。そして耕一を死なせようとする。そんな理不尽なことがあっていいわけがない。

「協会に確認なんてする必要はありません。病院には適当なことを言っておけばいいでしょっ！」

「ちょっとお母さん、そんなに興奮しないでよ」

「そうだ。落ち着いて話をしないと」

そのときふと芳子にある考えが浮かんだ。

この話し合いに耕一が参加していない。それが問題なのだ。安雄は、親のエゴだと言うけれど、耕一を前にして、彼を死なせる相談などできるはずはない。

芳子は傲然と顔を上げた。

「分かったわ。それじゃあ皆で耕一の前で話し合いましょう」

香織が呆《あき》れたように顔をしかめた。

「兄さんは意識がないのよ。無意味じゃない」

「意識がないってどうして分かるの？　私たちの話すことは耕一に聞こえていると思う。目だって何も見ていないとは思えないのよ。公子さんだって、そう考えているわ。お父さんが尊厳死にこだわるなら、耕一の前で堂々とそう言ってください」

安雄がひるむと思った。だが、それは甘かった。

「じゃあ、そうするか。香織は公子さんの都合を聞いて、日程調整をしてくれないか」

「分かった」

香織は短く返事をすると、疲れたような足取りで二階の自分の部屋に上がっていった。芳子は三人分の湯飲みを手早く盆に載せた。安雄は難しい顔をして、黙り込んでいる。長年見慣れた顔なのに、どこか違う人のように見える。

「お風呂に早く入ってくださいね」

安雄の顔を見ずにそう言うと、芳子はキッチンに向かった。

リビングルームで一人になると、安雄は深いため息をついた。

耕一のことをどうするのがよいのか、判断しあぐねていた。仕事ではこんなことは一度もなかった。

だが、そんな自分も息子のこととなると、はっきりとしたことを言えない。

キッチンで芳子が食器を洗う音が響いてくる。

エゴだからなんだ、と開き直れる芳子が羨《うらや》ましかった。

自分だって耕一を死なせたくない。金が足りなくなったらこの家を売ってもかまわない。

本音の部分では、芳子と同じことを考えている、安雄には芳子のように明快に割り切るだけの決断力がなかった。

父親と息子というのは、妙な関係だと思う。もちろん親子であることは間違いないが、耕一が成人し、勤めるようになってからは、戦友のような感情を持つようになっていた。

耕一は安雄とは畑違いの技術者だった。彼が心血を注いでいるＩＣ開発の話を聞いても、理科系の知識に乏しい安雄にはさっぱり分からなかった。それでも、目の前の仕事に全力投球することで、この社会になんらかの貢献をしたいという思いが、耕一の話からは伝わってきた。それが心地よかった。

地味な仕事であっても真摯《しんし》に取り組めば、めぐりめぐって誰かの幸せにつながる。そこに、仕事に力を注ぐ意味があるのだと耕一ははっきりと理解していた。それはまさに安雄が自分の仕事に対して抱いていた思いだった。

言葉に出して教えたことはなかったが、自分の生き方が確かに息子に伝わっていることが、安雄には嬉しかった。

それなのに、耕一は志半ばで倒れてしまった。

なぜ、耕一でなければならなかったのか。志など持ち合わせていない人間は、世の中にいくらでもいるのに……。しかも耕一は一度、死の淵から生還を果たした身だった。何故、二度も同じ人間に試練を与えるのか。神というものが存在するならば、ずいぶんと理不尽なことをするものだ。

先週、加害者が謝罪に病院を訪れた。まだ中学生のような顔をした若者は、気味悪そうな目つきで耕一を見た。彼がぼそぼそと吐き出す言葉はあまりにも空疎だった。拳を振り上げたくなる衝動を抑えるのに苦労した。

仕事に戻ることは無理かもしれないが、耕一にはせめて生きてほしい。

しかし、そう考えるたびに安雄の胸には、耕一が残した要望書の重みが迫ってくるのだ。あれは、三島耕一という一人の男が、考え抜いて作成したものだった。同じ志を持っていた男として、社会で戦い抜いてきた戦友として、まっすぐに受け止めてやる義務が自分にはあるのではないか。

彼女は、耕一が自分の腹を痛めた子だから、耕一のことが誰よりも分かると考えているふしがある。だが、父と息子にだけ通じる心というものも存在する。それは情で片付けられない分、母子の関係より厄介だった。

安雄は深いため息をついた。

親である自分の気持ちを大切にしていいのか。それとも、同じ志を持っていた男同士として息子に接してやるべきなのか。どちらの道を選ぶにしても、後で悔やむことになりそうで恐ろしい。

そして認めたくはなかったが、自分にはずるい部分がある。

芳子が声高に親の情を叫ぶとき、うんざりした顔をしてみせている。だが、内心ほっとしていた。芳子の願いを聞き入れる形で、尊厳死の要望書を闇に葬れないものか。心のどこかでそんなふうに考えている。

可能であるなら、公子にも香織にも、芳子と同じように自分にはむかってほしい。反対されればされるほど、息子を裏切る罪悪感は薄れる。

ふと、耕一の部屋で見つけたアイヌ人形が頭に浮かんだ。すべてを見透かされているような気分になり、安雄は低くうめいた。

8

症例検討会が終わり、会議室を出ようとしたとき、早川正志は部長の若田部に呼び止められた。

「俺の部屋まで来てくれないか」

部屋に呼びつけられて、褒められることはまずない。気がすすまなかったが、上司の命令に逆らえるほど早川の神経は図太くなかった。首をかすかに動かすと、若田部の後に続いて部屋を出た。

早川が母校の大学病院からこの病院に移ってきて半年を超えた。早川は初めて会ったときから若田部のことが苦手だった。その思いは最近、さらに強くなっていた。向き合うと威圧感のようなものを覚えてしまうのだ。いかつい体つきのせいなのか、鋭い眼光のせいなのかは分からないが、肉体の勝負となったら絶対に勝てないという劣等感を覚えてしまう。もちろん、取っ組み合いをするわけではないのだが、力では必ず負けると分かっている相手と対《たい》峙《じ》するのは、あまり気分がいいものではない。

大学病院にも高圧的で嫌なボスはいた。早川が在籍していた第一外科の教授は、まさにそういうタイプだった。だが、教授は枯れ枝のような老人だった。地位や実力ではかなわないが、体力勝負だったら勝てるという思いがあったから、それほど怖くはなかった。

だが、のっそりと前を歩いていく若田部の背中は広く大きい。医者としての腕、男としての器、そして体力。若田部には何もかもかなわないと思う。しかも、若田部が自分のことを気に入っていないことも薄々分かっていた。おそらく軽い男だとみられているのだ。髪を染めていたり、看護師と軽口を叩いたりするところが、気に食わないのだろう。

外科部長室はうなぎの寝床のような細長い部屋だった。日当たりはもちろん悪く、昼間だというのに薄暗かった。入り口にもっとも近い位置に古びたソファセットがあった。若田部は電気のスイッチを入れると、資料の束をテーブルにどさっと投げ出し、ソファに腰掛けた。

早川も体を縮めるようにして座った。

若田部は背もたれに体を預けると、気難しそうに眉を寄せた。

「君が担当している三島さんのことだが……。尊厳死の要望書についてあの後、家族から何か言ってきたか？」

やっぱりそのことか、と思いながら早川は首を横に振った。

「特に何も。せかすようなことではないと思いますので、こっちからも話はしていません」

若田部の目が早川を脅すように光った。

「ちゃんとフォローしろよ。この件をいい加減に扱ったら俺は許さないからな」

「はあ」

許さないとはあまりに高圧的な物言いだ。それに、この前、若田部が三島家の人たちに説明をしたときにも感じたことだが、まるで尊厳死を奨励するような態度が腑に落ちなかった。早川にも信念というものはある。何があっても最善を尽くすことが、医者の務めだ。患者の希望があるからといって、医者としての務めを放棄するのが正しいとは思えない。

頭の隅から「揉め事を起こしてはいけない」という声が聞こえた。だが、自分で自分を制する前に、言葉が口から飛び出していた。

「先生、お言葉を返すようで恐縮ですが、僕はどうも尊厳死ってぴんとこないところがありまして。できる限りの治療をするほうが、医者も家族も悔いが残らないのではないですか？」

言い過ぎたと気付いたときにはすでに遅かった。若田部は不機嫌そうに目を細めると、ポケットから煙草を出して火をつけた。明らかに怒っている。だが、そんな彼を見ていると、もうどうにでもなれ、という捨て鉢な気分になってきた。寝不足で思考能力が低下しているのかもしれない。あるいは自分は本音を抑えながら生きるのに向いていないのだろうか。

若田部は頬をすぼめて煙を吸い込んだ。医者のくせによくそんなものを吸う気になるものだ。しかも早川は非喫煙者だった。副流煙の害について、知らないはずはないのに。

早川は咳払いをしてみせたが、若田部は全く気にする様子もなく、盛大に煙を吐き出した。

「まず一つ言えることは、君に悔いが残るかどうかなんて関係ない。もう一つ言えることは、患者の希望をかなえないほうが、家族には悔いが残る」

もう黙っていられないと思った。婚約者の顔が頭を掠《かす》めたが、まさかすぐにクビにされることはないはずだ。

「先生がこの前、三島さんの家族にした話。あれはかなり特殊なケースではないですか。尊厳死させろって家族を責めているようで、僕は正直言って、どうかなと思いました」

若田部の濃い眉がぎゅっと吊り上がった。

ああ、本当に言ってしまった。でも、一度口に出した言葉をかき集めて飲み込むわけにもいかない。それに、少し気分がよかった。若田部が煙草を指に挟んだまま固まっていたのだ。

早川は覚悟を決めて、若田部を正面から見た。

「僕自身は、できれば最後まできっちり治療を続けたいと思っています。ご家族の同意があればそうしたいと思います。そのほうが、家族も悔いがないでしょうし」

若田部が鼻で笑った。

「正義漢ぶって、気分がいいか？」

これにはさすがに早川もむっときた。だが、反論を考えるまもなく若田部が早川に向かって指を突き出した。

「君は全体像ってものを考えたことがないだろう」

「全体像、ですか……」

「ああそうだ。三島耕一さんの意識が戻らなかったとする。そうしたら、これから長い間、人工呼吸器や経管栄養に頼って生きていくことになるわけだ」

「ですが、あのお父さんは金のことは心配するなと」

若田部の目が意地悪そうに光った。

「だから全体像が分かっていないと言っているんだ。日本にどれだけ医療を必要としている患者がいると思っているんだ」

首をかしげるしかなかった。正確なところは早川には分からないし、あまり考えたこともなかった。

「三島さんが植物状態に陥ったら回復する可能性は極めて低い。一方、助かるにもかかわらず、適切な治療を受けられずに死んでいく患者もいる。この病院だって満室だ。昨夜も一人急患を断ったらしいぞ。金の問題も当然ある。保険は国民皆で出し合う財源だ。回復する可能性が低いうえに、本人が尊厳死を希望している患者を無理やり生かすというのは、庶民が頑張って払った保険料を無駄遣いしていることにはならないか？　財源に余裕ができれば、現在限られた人しか受けられない先進的な医療を広く一般の人が受けられるようになるかもしれない」

若田部は早川の反応を確かめるように、目を細めた。

「目の前の患者を診るのはいいことだ。だが、その陰で何千人、何万人もの患者の不利益になることを自分がやっていないかどうか、考えてみることだな。結局、君が主張していることは、医者の自己満足にすぎない」

そう言うと、若田部は言葉を切った。目元が少し和らいだようだ。

「家族にはエゴってもんがある。これはもうどうしようもない。エゴを捨てろと言っても無理だろ。俺にしたって、自分の息子を尊厳死させる決心はなかなかつかないと思う。だが、医者は家族に共感しすぎてはいけないんじゃないのか。少なくとも、家族にいい医者だと思ってもらうために、治療をしまくるのは、青臭い馬鹿だけだ。最近は、訴訟沙汰《ざた》を避けたいから家族の顔色ばっかり見ているやつもいるけどな」

早川は黙って歯を食いしばった。若田部の言うことには一理あるが、大切な何かが欠けているような気がする。少なくとも素直に「はい、そのとおりです」と同意はできない。

若田部はそんな早川の様子を見ると、表情を和らげた。

「もちろん、本人が希望していなければ尊厳死などさせてはいけない。それでは人殺しになると自分は思う。この点は、誤解してくれるなよ。だが、本人が希望していれば、容認してもいいんじゃないか。本人のためにも、家族のためにも。そして、顔が見えない大勢の患者にとっても」

若田部は足を組んだ。そしてふっとため息を洩らした。

「あのとき、三島さんに話した事例のことだが……。親に不本意な死に方をさせてしまった男というのは、実は俺のことだ」

早川は、一瞬、言葉を失った。唾を飲み込み、呼吸を整える。

院長の家に押しかけて土下座をしたとか言っていたが、それを目の前にいるこの男がやったとは。絶対に人に頭など下げないタイプかと思っていた。

そんな早川の思いを読み取ったかのように、若田部は苦笑いを浮かべながら煙を吐いた。

「まあそういうわけだ。こういうことは、その立場になってみないと分からないこともあると思う。もし、君がフォローしたくないというなら、俺がやる。だが、そうなれば君は主治医失格ということになる」

　若田部はそう言うと、悠然とした態度で煙草を吸い続けた。

　早川は自分の膝がかたかたと動いているのに気付き、慌てて足を組んだ。だが、再び膝が動き出した。

　試されているのだと思った。

　なんで尊厳死なんか……。

　若田部の言うことに真っ向から反対する気持ちは薄れていたが、何かが違うという気持ちを捨て去ることはできなかった。

　延命のためにできることはなんでもやるのが、医師としての道だ。その考えを改めるなんて、早川にはできそうもなかった。

　全力を尽くしても患者を救えなかったと、医師も患者の家族も納得してこそ、患者を見送れる。身内や患者を亡くす悲しみを乗り越えられるのは、一生懸命やったという達成感が医師にも家族にもあるからではないか。それを自己満足だとかエゴだとかいって中傷されると、これまでやってきたことをあざ笑われているような嫌な気分になる。

　使用する医薬品や手術の方式を変えろという指示ならば、本意ではなくても従う。だが、医師の本質と思える部分で唯々諾々《いいだくだく》と従ってしまったら、自分を失うのではないか。

若田部の顔を盗み見た。逆らうことは許さないと、眼鏡の向こうの目が語っている。かなわないなと咄嗟に思った。下唇を嚙みながら婚約者の顔を思い浮かべた。

組織の中で生きている以上、自分の考えを押し通すことはできない。自分の気持ちと組織の掟《おきて》の間で、なんとか折り合いをつけてやっていくしかない。それで彼女を幸せにできるならば、それも一つの生き方なのではないか。

今、自分が直面している問題は、担当患者とはいえ赤の他人に関するものだった。この病院に運び込まれてこなかったら、顔も名前も知ることがなかったはずの人間の問題だった。しゃかりきになるほどのことでもないのではないか。

深呼吸をした。副流煙を吸い込み、むせそうになりながら、ここは折れるしかないと思った。

若田部に向かってうなずきかけた。だが、そのときあることに気付いた。

もし、要望書があったとする。意識も戻らなかったとする。その可能性は高い。そうしたら、三島耕一を尊厳死させるのは主治医の自分の役目ということになるのではないか。

背筋を冷たいものが走り抜けていった。人工呼吸器のスイッチを自分が切らなければならないのか。それをすれば、三島耕一が死ぬと分かっているのに……。

めまいがしそうになり、早川はこめかみを指で強く押した。

そんなことは到底できない。この手で人を殺すなんて……。

「分かったな」

早川の動揺を抑え込むように若田部が低い声で言った。

「この件については逐一、報告をしてもらうからそのつもりで」

「ですが先生……」

俺は人を救うために医師になったんだ。人を殺すためじゃない！　そう叫びたかった。だが、言葉は頭の中を渦巻くばかりで、出てこなかった。口の中がからからに乾き、腋の下は汗で濡れていた。

「そろそろ外来の時間だろう。準備をするんだな」

若田部は冷たく言い放った。


公子はレジカウンターの向こう側にいる相原康子に向かって何度も頭を下げた。

「ごめんなさい、今日も無理を言って」

相原は、ふっくらした頰をほころばせて首を振った。

「気にしないでください。私、今日は暇だったんです。夕方まで店番をするぐらいなんでもないですよ。それより、この間の日曜日、家族で六本木に行ったときに買ってきたんですが」

康子はそう言いながら、小さな包みを差し出した。

「チョコレートです。電車を待っている間にでもちょっとつまんだら？　大木さん、このところ顔色が悪いから心配しているんです。大変なのは分かりますけれど、自分の体も大事にしてくださいね」

オレンジの包装紙で包まれたそれを受け取りながら、涙が出てきた。康子に甘えすぎてはいけない。でも、今は彼女の気遣いがありがたかった。

私鉄とバスを乗り継いで、中野駅には三十分ほどで着いた。ネットで調べて印刷してきた地図を頼りに、駅から南方向に向かって十分ほどの雑居ビルの前で、公子は足を止めた。

築二十年は経っていそうな古びたビルで、よく見ると表面に細かな亀裂が入っている。二階の窓に「ＤＷＤ協会」という小さな看板が出ている。ここで間違いない。

ビルの一階は自転車店になっていて、店主らしき男が古びた子供用の自転車のタイヤの修理に精を出している。

冷たい風が頬を撫でた。コートの襟元をかき合わせる。

数日前、若田部という医師が口にしていた尊厳死を希望する人たちの団体に、耕一が要望を登録していたかどうかを確かめに来た。その結果を受けてどう行動するかは、まだ決めていない。でも、少なくとも耕一の本当の気持ちを自分で確かめたかった。もし、協会に登録がなされていたなら、耕一の気持ちは固まっていたと考えてもよいのではないか。

三ヶ月という期限がくるまで、要望書のことを考えるのはよそうと考えていた。だが、笠原と若田部の話を聞いて、気持ちは揺れ始めた。

仮にこのまま彼の意識が戻らなかったとしても、耕一を尊厳死などさせたくない。でも耕一の真意は知っておきたかった。今までの自分は、耕一の声を聞こうとしなかった。要望書があったからといって、それが耕一の本心とは限らないという芳子の言葉も耳に残っていた。だが、若田部の話を聞いて、そんなふうに自分を納得させることが、耕一にとって本当にいいことなのか自信が持てなくなっていた。本人の希望をかなえられなかったことを悔いているという人の気持ちを想像すると、やりきれない気分になったということもある。そして何より、公子は耕一の本当の声を聞きたかった。

三島家に相談なくDWD協会の事務所を訪問することに、後ろめたさを覚えていたけれど、相談したら反対されるような気がしたので、勝手に来てしまった。あとで非難されるかもしれない。でも、耕一の気持ちを確かめたいという思いは抑えられなかった。

店先で自転車を修理していた男がいぶかしむような視線を送ってきた。公子は唇を強く結ぶと、店の脇にあるビルのエントランスに足を踏み入れた。

階段で二階まで上ると、すりガラスの扉をノックしてみた。応答がなかったので思い切って扉を押す。

二十畳ほどの部屋だった。入ってすぐのところに衝立《ついたて》で仕切られたスペースがあり、応接セットが置いてあった。その奥に事務机が五つほどと、会議用のテーブルが一つ。その他のスペースは資料を詰め込んだキャビネットで占められていた。

机の前の三人のうち、最も奥の席に座っている女性が顔を上げ、公子を見た。女優のようにはっきりとした顔立ちの中年女性だった。公子は慌てて頭を下げた。

女は花柄のスカーフの結び目を直しながら近づいてきた。間近で見ると、はっきりとした顔立ちはアイラインやノーズシャドーを駆使した成果だと分かった。分厚く塗ったファンデーションも、頬に散らばるそばかすを隠しきれてはいない。女は気さくなたちのようで感じのいい笑みを浮かべると、いたずらっぽく言った。

「セールスなら申し訳ないけどお断りよ。なにせうちは貧乏所帯だから」

「いいえ、そうではなくて尊厳死の登録について伺いたくて」

「あらまあ、そうですか」女は外国人のように大げさに両手を広げた。「いいわ。ちょうど一休みしようと思っていたところだから。そこに座ってくださいな」

灰色がかった紫の布を張ったソファに座って待っていると、女はパンフレットを手に戻ってきた。それをどさっとテーブルに置くと、「事務局長の喜多です。うちの会のことは、調べていただいているの？」と言った。

「いいえ、詳しくは知らないんですが、尊厳死を希望するという要望書を登録できるとか」

「そうなのよ。これが見本ね」喜多はB４サイズの紙をテーブルに広げた。「でも登録する前に、いろいろ資料を読んでもらいたいんです。雰囲気だけで決めることではないし、家族の人とも話し合ってもらいたいから。でも、資料を読んでもらえば分かると思うわ。やっぱりね、これからの時代、必要なことなんですよ。新聞やテレビが取り上げてくれるようになって、ようやく私たちの活動も理解され始めてね。うちの会員も急増しているのよ。ああ、私ったらせっかちね。別に今日、登録しようと思って来たわけじゃないのよね。ええっと……」

「大木です。大木公子といいます」

喜多はうん、うん、とうなずくと、「これから読むといいわ。簡単にまとめたQ＆Aの冊子だから。あと、一番よく分かるのはビデオね。ビデオは有料になっていて……」

機関銃のように、資料についての説明を始めた喜多を、公子はおそるおそる遮った。

「えっと、そうではなくてですね。実は私の婚約者が登録しているかどうか、確かめたくて来たんです」

喜多の眉毛がつり上がった。だが、気を悪くしたという感じではなく、濃いアイラインに縁取られた目をぱちくりさせている。

「それは、どういうことですか？」

「実は……彼、三島耕一っていうんですが、事故に遭ってしまって意識不明なんです」

喜多の顔に厳しい表情が浮かんだ。気持ちがひるんだ。あれこれ細かいことを言われたらどうしよう。病院に押しかけたりしないだろうか。そんな不安が胸をよぎったが、それでも確かめたかった。

「彼、尊厳死を希望するようなことを言っていたかもしれなくて、もしそうならばこちらに登録しているんじゃないかと思って来てみたんです」

声が震えてしまったけれど、なんとか言いたいことを口にできた。喜多は大きくうなずくと、最初に広げた用紙を手にとった。

「自宅にこの用紙のコピーはなかった？　うちに登録した人は、必ずコピーを手元に置いてもらっているんだけれど。あともう一通を家族か近親者が持っているはずよ」

「いえ、その用紙は見たことがありません」嘘ではない、と思いながら公子は言った。「でも、お友達の話では尊厳死に深い関心を持っていたみたいなので気になったんです」

喜多は考え込むように眉を寄せた。

「プライバシーの問題があるから、私から勝手に登録情報を教えることはできないんですが……。でも気になりますよね」

「そうなんです。なんとか調べていただけませんか？」

「三島耕一さんという方は、尊厳死を希望していたようだけれど、今の状態ではそれを証明できない、という理解でいいんでしょうか」

「そうです、そうなんです」

公子が勢い込んで何度も首を縦に振ると、喜多は腰を上げた。

「患者さんの希望が埋もれてしまっては忍びないわね。いいわ。調べてみます。ちょっと待っていてください」

喜多はスカーフを翻しながら、勇ましく胸を張って去っていった。急に周りの空気の温度が下がったような気がした。

考えた末の行動だったはずだ。でも、いざ結果を知るとなると、怖かった。

もし耕一の名前が登録されていたら、耕一は間違いなく尊厳死を望んでいたということになる。そのとき、自分はどうするのだろう。

耕一の体は温かい。自分の声だって、モンクのピアノだってちゃんと聞こえているはずだ。それなのに、彼を死なせるなんて。

たとえ目を開けてくれなくてもいいから、この世に存在していてほしかった。耕一がいない世界のことなど、考えるだけでぞっとする。

いつの間にか震えていた。暖房がきいているのに、鳥肌が全身にたっているのが分かる。賽《さい》を投げたのは自分だった。惨めな気分で公子は唇を嚙んだ。

十分ほどそうして待っていただろうか。喜多がブースに戻ってきた。公子は彼女の顔を瞬きもせずに見つめた。派手なスカーフが目に痛かった。息が苦しくなるような時間が過ぎた後、喜多がようやく唇を開いた。

「登録者名簿に、三島耕一さんの名前はありませんでした」

公子の体から力が抜けていった。大きく息を吐き出した。その拍子に涙が滲みそうになったが、それをぐっとこらえた。

「本当ですか？」

滑稽《こっけい》なほど声がかすれていたが、喜多はあっさりうなずいた。

「ええ。コンピューターのデータベースを検索したから間違いはありません。念のために、似た名前の方のデータをチェックしてみましたが、年齢などから考えて、三島耕一さんに該当する方はいらっしゃいませんでした」

そこまでしてくれたのなら間違いない。

自分が抜き差しならぬ事態に追い込まれずにすんだことを公子は神に感謝した。

だが、公子の気持ちを知るはずもなく、喜多は同情するように眉を寄せた。

「書面で意思が残されていないと、本人が希望しているといっても、病院側はなかなか認めてくれないでしょうね。お気の毒だわ、あなたの婚約者。意識が戻りそうもないんでしょう。こういうことが起きるから、もっとこの問題について、社会に周知しないといけないと思うのよ。本人の意思と関係なく生かされるなんて、こんな残酷なことはないわ。ご家族だって大変でしょうに。私たちに何かできることがあればいいんですけど」

喜多はまるで耕一や公子たちが不幸だといわんばかりの口ぶりだった。

本当にそうだろうか。生きてほしいと家族に思われている耕一は不幸なのだろうか。家族だって大変ではあるけれど、それでも耕一という存在を失うよりは、何倍もましなように思えた。

気後れを感じたが、問いかけてみずにはいられなかった。

「あの、最後まで頑張って治療に取り組むのはいけないことなんでしょうか」

喜多は、悲しそうな目をした。

「大木さん、あなた、ギリシア神話に出てくるプロメテウスって知ってる？」

名前は聞いたことがあったが、どんな神だったかは覚えていなかったので、首を横に振った。

「細かい説明は省くけれど、要は、彼はゼウスの怒りを買って岩山につながれるの」

そういえばそんな話を子供の頃、読んだ覚えがある。

「大鷲が彼の肝臓を毎日のようについばみに来るのよ。だけど、肝臓は元どおりになっちゃうから、毎日そういう地獄が繰り返されるってわけ。プロメテウスは死にたいと思ったでしょうね。植物状態で生きているっていうことは、そういうことなんじゃないかな」

公子は体中の血が、逆流をし始めたような怒りを覚えた。会ったとき、気さくで感じのいい人物だと思った自分も許せなかった。体から湯気が立ちそうだ。

慌てたように喜多が手を振った。

「ごめんなさい。ちょっと譬《たと》えが悪かったわね。まあ、尊厳死を受け入れるかどうかは人それぞれだから、他人が口を挟む問題ではないわね。私だって、愛する人を失いたくないっていうあなたの気持ちは分かるつもりよ。でも、患者の身になって考えてあげることも必要ではないかしら」

公子はプロメテウスの話に続きがあったことを思い出した。怒り狂っているのに、思い出せたのが不思議だった。

「プロメテウスを誰かが殺したら、彼を苦しみから解放することになるのかもしれません。

でも、確か神話では、プロメテウスはヘラクレスに解放されるんですよね。そして、再び自由を手に入れる。殺してしまったら、それで終わりになってしまうじゃないですか」

反撃されるとは思っていなかったのだろう。喜多が困惑したように目をしばたたいた。

「まあ、そうだったわね。でも、意識不明がずっと続いているんでしょう？　解放される可能性にかけるっていうのも残酷なことだと私は思いますけどね。目で光を追うとかそういう表面的なことにこだわる気持ちも分からなくはないけれど、冷静に考えないと」

これ以上、喜多の話を聞いていたら、自分の心がボロボロになってしまうような気がした。

「気を悪くしたのならごめんなさい。だけど、大木さん、もう一度あなたの婚約者の部屋を探して、書置きのようなものがないかどうかを確認してみたらどうかしら。もし、三島さんが尊厳死を望んでいるとしたら、その希望を彼と一番近かったあなたがかなえてあげてほしいの。それがあなたの務めじゃないかしら」

それ以上、喜多の話を聞いていられなかった。ひどい暴言を吐いてしまいそうだ。あるいは、怒りで倒れてしまうか。

「失礼します」

公子は硬い声で言うと、喜多に背を向けた。

言葉に詰まると逃げ出すか黙り込むしかできない自分が情けなかったけれど、これが自分なのだから仕方がない。

ビルを出ると、駅に向かって歩き出した。

喜多の言ったことは忘れようと思った。それに、結局耕一は登録をしていなかったのだから、自分にとっては望ましい結果だったということになる。

耕一の気持ちは固まっていなかったのだ。もし、固まっていたなら、彼の性格だから必ず協会に登録しただろう。混乱を招くような方法を彼が取るとは思えない。

安雄は尊厳死を認めてもよいような雰囲気だったけれど、芳子は断固反対している。公子は、自分も自信を持って、芳子とともに自らの意見を主張しようと思った。

はっきりものを言えない性格は一時期だけ返上しなければ。耕一を守るためなのだから、それぐらいのことは自分にだってできる。

駅前の信号で公子は足を止めた。

何気なく周りを見回すと雑貨店があった。自分の店と同じように、たいして大きくもなく、おしゃれでもない店だ。

店先のワゴンには、赤いチェックの縁取りが愛らしい洋皿が重ねられている。店先の看板も埃一つなく拭きあげられていた。

何の変哲もない店だと通りがかりの人は思うかもしれない。だが、公子にはその店主が愛情を込めて育て上げてきた店だと一目で分かった。

　そのとき、公子の胸にぐっと押し寄せるものがあった。耕一が公子の店を初めて訪れたときのことが、胸に鮮やかによみがえった。

　あれは去年の夏頃だ。耕一が店を見たいと言ったので、しぶしぶながら連れていった。内心、ひやひやしていた。自分にとっては、父と母から受け継いだ大事な店だったけれど、客観的に見たら商店街の中にある昔ながらの平凡な店だ。耕一の目には、みすぼらしいものに映るのではないかと案じていた。

　その少し前に耕一から結婚しようと言われていたが、返事はしていなかった。耕一のことは好きだったが迷っていた。結婚するとしたら、店を畳まざるを得ないと思っていたからだ。耕一の給料があれば、十分楽に暮らしていける。たいしてもうかっていない店を続ける意味はあまりないが、それを決断するには勇気がいった。確かに小さな店だ。他人から見れば、こだわる理由などみつからないだろう。だが、店はそれまでの自分を支えてくれた大切なものだった。父と母が築き、自分が継いだ。それを自分の都合で手放すのは辛かった。

　耕一は店に入ると、棚の間を歩き回り、商品を丁寧に見て回った。そして「いろんな思いが染み込んだいい店だね」と言った。

　その言葉は、耕一からそれまで聞いた言葉の中で一番嬉しかった。自分を認めてくれたのだと思った。分かってくれたのだと思った。

そして耕一は、結婚したら店を続けられるよう、店の近くに住もうと言ってくれた。研究所の仕事は楽ではない。大病を患ったこともある身なのだから、職場から離れて住めないだろうと公子は案じたが、耕一は実に朗らかに笑い、「もし、やってみて無理だったら引っ越せばいいだけの話だから、とりあえずはこの町に住もう」と言ったのだ。

「大切な人が切実に望んでいることを、妨げたり気付かないふりをしたりするのは、ひどいことだからね。僕はそういうことは極力しない。あなたも、そういうことはしない人だと思う」

そのときの耕一の声や表情がまざまざと脳裏に浮かんだ。それは思いがけないほど鮮やかだった。まるであのときのあの空間に放り出されてしまったみたいだ。

公子は歯を食いしばって、喉元にこみ上げるものをこらえた。

やっと分かった。自分は要望書を見たときから、あのときの耕一の言葉を何度も思い出しかけていた。でも、思い出すことを無意識に避けていた。本能が思い出すことを拒んでいたのかもしれない。

思い出してしまったら、自分のとるべき道が分かってしまうから。それは、自分にとって耐え難いものだから。

信号が再び点滅していたが、公子は歩き出すことができなかった。体の表面は寒気にさらされ冷え切っているというのに、体の中では熱くどろどろとしたものが渦を巻いていた。そのあまりの激しさに、胸が苦しくなった。

雑貨店の店先に、丸い体つきの中年女が出てきた。ばら色の頰にはかすかな笑みが浮かんでいる。女の視線が公子の視線とぶつかった。女の顔に、心配するような表情が浮かんだ。たぶん自分は今にも死にそうな顔をしているに違いない。

公子は信号を確かめると、駅に向かって歩き始めた。

9

新宿駅からタクシーに乗った安雄は、窓の外を流れるきらびやかな風景を眺めた。カーラジオからは、「ラスト・クリスマス」が流れてくる。昨年のクリスマスの思い出を女性ボーカルが切々と歌い上げている。彼女がラスト・クリスマスと言うたびに胸が痛んだ。最後のクリスマスと聞こえたからだ。耕一にとって最後のクリスマスがやってくると言われているようだった。

事故から二ヶ月以上過ぎた現在も、耕一の意識は戻らない。日に日に痩せ衰えていく息子を見ていると、悲しみを通り越して痛々しい気持ちになる。

今日、これから耕一の病室で行われる話し合いのことを考えると、安雄の気持ちは落ち込んだ。

ＤＷＤ協会に耕一が登録していたかどうかを確認するべきか。

安雄の心は決まっていた。確認すべきだと言うつもりだ。芳子が言うように、耕一に自分たちの声が聞こえるとは思えなかった。だが、耕一を前にして、彼の意思を踏みにじるようなことを言うわけにはいかなかった。

芳子は反対するに決まっている。公子、そしてもしかしたら香織も反対するかもしれない。安雄はむしろ、彼女たちが強固に反対してくれることを内心、期待していた。

病室に着くとすでに三人は集まっていた。

安雄がコートを脱いでベッドサイドに歩み寄ると、公子がすっと体を後ろに引いた。

耕一は今日も無言だった。血色はそんなに悪くはない。だが、頰のあたりの肉は落ち、一気に十歳は老け込んだように見えた。

安雄は耕一に語りかけた。

「耕一、今日はみんなで話し合おうと思って集まったんだ」

三人は思い思いの格好で、安雄の言葉を聞いていた。人工呼吸器の音が、安雄の耳にやけに大きく響いた。

「お前の部屋で尊厳死の要望書を見つけたよ。あれは、お前の本心なのだろうか。それを確かめたいと思うんだが……」

芳子がベッドの上に大きく身を乗り出した。

「耕一、あんなもの気にしなくていいわよね。お母さんはずっとあなたに生きていてもらいたいわ」

芳子はそう言うと、静かに泣きながら耕一の手を取った。香織は所在なさげに、その場でぼんやり立っていた。公子は思いつめたような表情を浮かべて、唇を噛んでいる。

安雄は本題を切り出すことにした。

「今日は一つ決めなければならないことがある。若田部先生の発案なんだが、お前がDWD協会に尊厳死の要望書を登録しているかどうか確認することを迷っている。もし登録されていたら、お前の意思は、公のものだということになる」

「確認なんて必要ないわよね」芳子が言った。「頑張って治療を受けましょう」

芳子は耕一を元気付けるように、握り締めた彼の手を振った。耕一のパジャマの袖が力なく揺れた。そのとき、安雄は公子が震えていることに気付いた。彼女の唇は色をなくしていた。今日の集まりの趣旨を詳しく公子に告げていなかったことを思い出し、安雄は少し気まずい気分になった。

安雄が声をかけようとしたとき、公子がゆっくりと口を開いた。

「すみません……。私、その協会に行って確認してきました」

静かな声だった。だが、その場の空気を凍りつかせるには十分だった。安雄もにわかには信じられなかった。

芳子が顔を歪めた。

「どうしてそんな勝手なことをしたの？」

香織が芳子の腕を押さえたが香織も非難がましい目で公子を見ている。

「お母さん、今さら遅いわよ。それより公子さん、どうだったの？　兄さんは登録をしていたの？」

香織は公子の生白い顔を見据えていた。安雄も公子の顔から目が離せなかった。

公子はもう震えてはいなかった。軽く目を閉じるとうっすらと微笑んで首を横に振った。

「登録はされていませんでした」

芳子は満面に笑みを浮かべた。

「これで決まりね。こんな話し合い、する必要もなかったんだわ」

上機嫌で芳子は公子に笑いかけた。安雄も肩の荷が下りた気分だった。

「そうか、そうだったのか」

最悪の事態は免れた。すべてが決着したわけではない。協会に登録していなかったにしても、あの要望書をどうするかという問題は残っているが、少なくとも要望書が公のものではなかったということで、気分はずいぶん楽になった。

そのとき公子が一歩前に進み出た。安雄が体を引くと、公子はベッドサイドにひざまずき、耕一の手を取った。

今日の公子はろくに化粧をしていなかった。髪の毛も後ろで一つにまとめている。地味な格好だったけれど、凜とした雰囲気が漂っていた。

公子はおもむろに耕一に語りかけた。

「登録されていたとか、されていなかったとか、そういうことが問題じゃないよね。あなたは、あの要望書を書き残した。私たちに自分の希望を伝えた。私はあなたの希望をかなえたいと思う」

低いがはっきりとした声だった。その場の空気が動きを止めたように感じられた。安雄の心臓も止まりそうになった。信じられない思いで公子を見た。

公子は、目に涙を溜めて、耕一の顔を見つめている。唇がひくひく動いている。今にも泣き出しそうだ。だが、耕一の目をまっすぐに見つめる彼女の目は澄んでいた。

「なんてことを言うの！」

突然、芳子が金切り声を上げた。ベッド越しに公子につかみかからんばかりの形相を浮かべている。安雄も公子の細い肩をつかんで揺さぶりたい衝動に駆られた。

どうして突然、そんなことを言い出すのだ。耕一を死なせたくないという思いが、この女性にはないのだろうか。

混乱しながら安雄は芳子の背中に手を当てた。しかし、芳子の興奮は高まっていくばかりだ。

「あなたは耕一に死ねって言うの？　今の言葉を撤回してくださいっ！」

「お母さん、声が大きいわ。人が来てしまう」

安雄ははっとした。香織の言うとおりだった。安雄は改めて公子を見た。芳子も同じことを考えたようで、口をつぐむと肩を大きく上下させた。公子さんは、要望書を病院に見せるべきだというわけですね」

「公子さんは、要望書を病院に見せるべきだというわけですね」

安雄が言うと、公子ははっきりとうなずいた。「耕一さんが望まない状態で生きていたくないというなら、私は彼の意思を尊重したいと思います」

「あなた、自分の言っていることが分かっているの？」

芳子がかすれた声で言うと、耕一の手を取り、公子の目の前に突き出すようにした。

「ほら、耕一の手はこんなに温かいのよ。今は眠っているけれど目を開けることだってあるじゃない。私たちの話していることだって、耕一には聞こえていると思うわ。あなただって、耕一には私たちの言っていることが分かっていると言っていたじゃないの。それなのに、よくそんなひどいことを言えたものね」

「私も耕一さんが、私の言葉を聞いていると思います。だからこそ、彼の気持ちを尊重したいんです。これまで耕一さんは私たちのために、頑張って生きてくれました。今度は私が耕一さんの気持ちを慮《おもんぱか》ってあげたいんです」

公子はそう言うと、嗚咽をこらえるようにうつむいた。公子の頰は涙で濡れていた。だが、気持ちは確かなようだった。

「嫌よ、そんなの認められないわ」

芳子は声をしのばせるようにして泣いていた。耕一の手を両手で握り締め、顔を押し付けるようにした。

安雄は公子に視線を戻した。

公子が耕一を死なせたいわけがない。だが、彼女は自分の気持ちを押し殺し、耕一の意思を生かす道を選ぼうとしている。安雄の胸に羞恥心《しゅうちしん》がこみ上げてきた。頭では、耕一の意思を尊重しなければと分かっていた。それでも、感情の部分で納得がいかず、決断を下せなかった。それどころか、芳子や香織が反対してくれればいいなどと、無責任なことを考えていた。それに対して公子はどうだ。彼女の小柄な体に、強靭《きょうじん》な意思が潜んでいたことを安雄は初めて知った。そして、耕一が何故、彼女を伴侶に選んだのか分かったような気がした。

そのとき、芳子が奇声を上げた。

「握り返した！　今、確かにこの手が動いた」芳子は泣き笑いのような表情を浮かべ、耕一の手に頬を押し付けた。「私がぎゅっと握ったら、ぴくって反応した。意思があるのよ、耕一には」

「ほ、本当か？」

安雄は芳子を押しのけると耕一の手を取った。手のひらに力を込めてみる。温かい。血が流れているのが分かる。だが、力を感じ取ることはできなかった。

「どうも……分からないが」

正直に言ったが、芳子は目を輝かせて訴えた。

「でも、私は確かに感じたのよ。本当よ。こんなことで嘘なんてつかないわ。今のは絶対に耕一の意思だと思う。私、先生を呼んでくる！」

芳子はそう言い残すと、小太りの体を鞠《まり》のようにはずませながら病室を駆け出していった。

公子の顔色が変わっていた。恐怖にかられたように目を大きく見開き、何度も何度も、耕一の手を自分の顔に押し当てている。

「どうだ？　公子さん」

「私には……」

公子はうなだれた。深い悔いが、彼女の表情からはありありと感じ取れた。

そのとき、早川を従えて芳子が戻ってきた。額に汗の粒をいっぱい浮かべ、肩で息をしている。

「先生、右手です、動いたんです！」

早川はベッドサイドに寄ると耕一の手を取った。同時に呼吸器や心電モニターの数値に視線を走らせる。

「先生、意識が戻る兆候がありますよね」

早川は耕一の手を離すと、ゆっくりと首を横に振った。茶髪がふわりと揺れた。

「どうでしょう」

「でも、確かにぴくって……私の手を握り返したんですよ」

「前にも申し上げたように意識が戻っていなくても、そういうことはあります。反射のようなものですね。それに意思の疎通ができるというのは、そういうことではなくて……」

「そんな……」

芳子がその場に座り込むように腰を落とした。安雄の胸に苦いものが広がった。

早川はその場にいる全員の顔をちらちらと眺めながら、白衣の襟元をいじっていた。安雄には彼が何か告げたがっているように見えた。案の定、早川は茶髪をかき上げると、早口で言った。

「それより皆さん、今日はおそろいなんですね。あの……。僕から申し上げるのもヘンなんですが、尊厳死の要望書の件、協会のほうに確認されたのでしょうか。若田部が気にしておりまして」

安雄は即座にうなずいた。

「確認した結果、登録はされていないことが分かりました」

嘘ではない。そして、それがこの場でベストな答えだろう。

その瞬間、早川の目がぱっと明るんだ。

「そうですか。となると、三島さんご本人の意思は確認できないということですね。では、そのように若田部に報告しておきます。また何かあったら、お知らせください」

自分の役目はそれで終わったというように、早川はさわやかな笑みを浮かべると白衣の裾《すそ》を翻して去っていった。

安雄は吐息をついた。もっといろいろ聞かれると思っていたので拍子抜けする思いだ。ほかの三人もほっとしたように表情を緩めていた。

「でも、握り返したのよ。あの先生の言うことが正しいとは限らないじゃないの。そのうち、もっともっと動くようになるかもしれないわ。呼びかけにもこたえられるかもしれない。こうして可能性が見えてきたわけだから、耕一を死なせるわけにはいかないわ」

芳子が言い訳がましく皆の顔を眺め回した。公子はじっと目を閉じている。

安雄は、体をその場に横たえたくなるほどの疲労を覚えた。

ずるいと言われてもいい。もう少し、結論は先延ばしにしたい。

「もう少し様子をみようか。公子さんも、それでよろしく頼みます」

安雄は耕一の顔をまともに見ることができなかった。

「分かりました」という公子の声からは、なんの感情も読み取ることができなかった。

芳子は夕食の後片付けをすますと、リビングルームのソファに座り、傍らの籠から編みかけの膝掛けを取り出した。

香織は自室に引き取ってしまった。安雄はクッションを枕に床に寝そべってニュース番組を見ている。だが、安雄の背中はゆっくりと規則正しく上下していた。おそらく、まどろんでいるのだろう。

シルクが混入されている毛糸は、手にやさしかった。編み棒をするするとすべり、気持ちがいい。編み物などするのは、二十年ぶりだった。香織が小さい頃は、マフラーやセーターなどを作ってやっていたが、やがて手作りのものを嫌がる年頃になってしまった。

それでも、手指はどう動けばいいのか、忘れていなかった。半分ほど編みあがった膝掛けに見事に浮き上がっている模様を眺め、芳子は少し誇らしい気分になった。

来週中には仕上がりそうだ。耕一にそれを持っていく日のことを考えると、心が少しだけ浮き立った。耕一は手を握り返してくれた。明日もそうかもしれない。そうしたら、いまいましい尊厳死の話は立ち消えになるはずだ。

そのとき、電話が鳴った。安雄の背中がびくっと動いた。

「お父さん、出てくれない？」

編み棒から手を放さずに言った。安雄は深くは眠っていなかったようで、すっくと立ち上がるとダイニングテーブルの脇の電話に向かった。

安雄は受話器を取ると、一言二言、相手と言葉を交わした。芳子はしばらくやり取りに耳をすませたが、病院からの電話ではないと見当をつけると、編み物に没頭した。

突然、目の前に安雄が立った。グレーのカーディガンがだらしなく歪んでいた。注意しようと思ったが、安雄の表情にただならぬものを感じて、芳子は息をのんだ。

「香織を呼んできなさい」

安雄は厳しい声で言った。

「どうしたの？」

「いいから呼んでくるんだ！」

安雄はそう言うと、ソファにどっかりと腰を下ろした。背筋を伸ばし、険しい顔つきをしている。芳子は編みかけの膝掛けを籠に戻すと、二階への階段の上り口へと急いだ。

「香織ちゃん、下りてきて！」

声をかけると、しばらくして階上でドアが開く音がした。それを確かめるとリビングルームに戻り、安雄の隣に腰を下ろした。

姿を現した香織は、スウェットの上下を着込んでいた。

「なあに？」

香織は一人がけの椅子に座ると、肘《ひじ》掛《か》けに体を預けたが、安雄の様子を見るなり、顔をこわばらせた。芳子は胸騒ぎがした。安雄の怒りがさっきの電話にあることは間違いないのだが……。

「お前は耕一を尊厳死させることに賛成なんだな」

香織が大きく両目を見開いた。

「どういうこと？　私は別に……」

「たった今、アメリカのフェニックスとかいう会社から電話があった」

香織が息をのむのが分かった。香織はうなだれると、やりきれないというように首を振った。

「お前は家のごたごたは来年の二月には決着するから、その頃には渡米できると先方にメールで伝えたそうだな。その確認のための電話だったよ。後で折り返しかけると言っておいた」

芳子はたまらず口を挟んだ。

「どういうことなの？　私にはさっぱり分からないんだけど」

安雄が芳子をちらっと見た。そして、深いため息をついた。

「香織はアメリカの会社に再就職するそうだ。九月頃に内定していたらしい。家でごたごたがあって、しばらく日本を離れることができないといって保留にしていたようだが、今日、メドがついたといって相手に承諾のメールを送ったそうだ」

芳子は香織をまじまじと見つめた。香織は顔を上げようとしない。唇を引き結んで、何かに耐えるように体を縮こめている。

その姿を見ていると、芳子はなんともいえない気分になった。不思議なことに香織を責める気持ちは湧いてこなかった。むしろ、可哀想なことをしてしまったという気持ちのほうが強い。

香織の考えも、手に取るように分かった。これまで尊厳死に対して意見を求められても、口を濁していたのは、自分には発言権がないと考えていたからだろう。

「何とか言ったらどうなんだ」

安雄が厳しい口調で言うと、香織は目だけを上げた。芳子は息を詰めて香織の言葉を待った。香織は天井を仰ぐようにしたかと思うと、覚悟を決めたように安雄をまっすぐに見た。

「返事をせかされていたの。今日の感じだと公子さんの心は決まっているわよね。お父さんだって、そういうことをこの間、言っていたでしょう」

安雄がひるんだように目を伏せた。香織は淡々と続けた。

「私は初めから、兄さんの希望はかなえるべきだと思っていたわ。あの書面が出てきた以上、兄さんは尊厳死を望んでいるわけでしょう。それを握りつぶしていいとは思えなかった。でも、お父さんやお母さん、公子さんの気持ちを考えると、言い出せなかった。私より兄さんに近い人たちが嫌なら、しょうがないと思っていたの。だけど、こんなふうにも考えたわ。もしかすると、私は自分が自由になりたいから兄さんに死んでほしいと思っているかもしれないって。少なくとも、お母さんは、そう考えるだろうなって」

香織はそこで言葉を切ると、苦しそうに顔を歪めた。

「だから、何も言えなかった。でも、お父さんと公子さんが賛成するなら、私も賛成する。お母さんは私のことをひどい人間だって思うでしょう。自分の都合のために兄さんを殺したって。それでもかまわない。私には私の人生があるし、尊厳死を希望することが悪いことだとも思えないもの。私は兄さんと同じようになったら、死にたいと思う。たとえば、私と兄さんが逆の立場だったら、私は死なせてほしいと思う。回復する見込みがないのに、自分のせいで兄さんが、人生を狂わされてしまったらと思うと、ぞっとするの。兄さんの足を引っ張りたくないもの。兄さんは、そういう思いもあって、あの要望書を書いてくれたんだと思う」

香織は泣いていた。

「勝手な理屈だよね。自分でも分かってる」

芳子は息をするのも忘れて、香織を見つめた。彼女が一人で苦しんできたことは分かった。

そして、彼女を苦しめているのは自分だった。

耕一には生きてもらいたい。香織には、自分のやりたいことを存分にやってほしい。

どちらも芳子にとっては大事なことだ。しかし、どちらかの希望を捨てなければならないとしたら、自分はどういう判断を下すのだろうか。

香織が指で涙を払いのけると笑った。

「ごめん。なんだか話していたら、やっぱり自分がひどいことをしようとしているような気になってきた。兄さんの意思を自分に都合よく解釈するのは、やっぱりおかしいよね。今の話は忘れて。アメリカには、行けないって連絡をしておくから」

芳子の胸が痛んだ。

そんなふうに自分を犠牲にしなくていい。香織には自由に生きてもらいたい。

それは、偽りのない気持ちだった。

安雄が赤い目で香織を見た。

「ちょっと待てよ。香織の気持ちはよく分かったけど、自分の仕事と耕一のことを結び付けて考える必要はないんじゃないか？」

「どういうこと？」

安雄は肩をすくめた。

「アメリカに行けばいいよ。耕一のことは心配するな。俺と母さんの二人で看病はできる。ウチで療養するとなると人手がいるけれど、入院しているわけだから、別に三人がかりで看病しなきゃいけないってわけじゃないだろう」

芳子もうなずいた。

「そうよ。香織ちゃんが気にすることはないわ」

香織は寂しそうに笑った。

「でも、現実問題としてお父さんは血圧が高いじゃない。お母さんは腰痛だし。私、調べたんだけれど、兄さんみたいな状態で何年も生きることは、珍しくないらしいよ。二人だけではとても無理だと思う」

それから長い間、三人は黙りこくったまま座っていた。つけっぱなしになっているテレビから流れてくる明るい声が耳障りだったが、芳子はスイッチを切る気力もなかった。

「香織は責任感が強いからな。耕一もそうだが……」

安雄がぽつりと言った。芳子もその点については同じ気持ちだった。

香織は、耕一が生きている限り、日本を出ることはないだろう。香織はそういう娘だった。

そのとき、ふいにある考えが浮かんだ。

耕一は、こういう事態を想定して、あの要望書を書いたのではないだろうか。

その考えは、芳子を混乱させた。

耕一は、香織が身動きが取れなくなっていると知れば、必ず悲しむ。そのことは、確信できた。ということは、尊厳死に反対している自分は、耕一を悲しませているということになるのだろうか。

安雄は目を閉じてこめかみを揉んでいた。夫もまた、自分と同じことを考えているように思えた。

安雄は両手を膝に置くと、芳子と香織を交互に見た。

「要望書を病院に出そう。俺はそれがいいと思う」

香織がうろたえたように腰を浮かせた。

「やめて。やっぱり私、そんなことをされたら困る。自分が兄さんを殺したことになりそうで……」

「いや、違う。お前のせいじゃない」安雄はきっぱりと言った。「耕一は、いろんなことを考えて、要望書を書き残した。それを尊重してやるのが、親の務めだ」

「でも……。私のことはほんとに気にしないで。日本でだって、職は探せるんだし」

香織はすがるように言ったが、安雄は首を横に振った。そして、芳子の顔を見た。その目には、強い決意が宿っているように芳子には見えた。

――香織に罪悪感を抱かせてはいけない。香織の将来を閉ざしてはいけない。

安雄はそう訴えかけている。

芳子は泣きたくなった。熱に浮かされているようで、思考がうまくまとまらない。

「母さんはどう思う？」

安雄が尋ねた。

芳子は目を閉じた。嗚咽が洩れそうになったが、それを飲み下した。耕一の顔を思い浮かべた。ぼんやりとまぶたの裏に浮かび上がった彼は正気のない顔をしていた。認めたくないからそのことについて一切、考えないようにしていたけれど、耕一がもういないのではないか、と思ったこともあった。

「要望書を、出しましょう」

親のエゴだとか、お金の問題だとか、そういうことに対してなら、いくらでも反論できる。なんと言われたってかまわない。でも、香織のことを考えると、折れなければならないと芳子は思った。

「分かった」

安雄が静かに言った。

その瞬間、耕一の顔が脳裏に浮かび、芳子は叫び出しそうになった。

自分はたった今、彼を殺すことに同意してしまった。

芳子は口元を押さえた。吐き気がしてきた。口から出した言葉をかき集めて、腹の中に戻したい。

芳子の目の端に、背中を丸めて嗚咽している香織の姿が目に入った。

頭の中が激しく混乱して、目の前の光景がぼやけた。まるで現実世界から離脱してしまったみたいだ。

「香織もいいな。俺も母さんも、公子さんも、耕一の希望をかなえたいと思っている。お前がなんと言っても、事態は変わらないんだ」

ぼやける視界に、肩をすぼめている香織が映った。香織はやがて、かすかに顎を引いた。

芳子の頭の中で、様々な映像が浮かんで消えた。耕一の子供の頃の顔、制服姿の香織。どちらも、自分にとってかけがえのない子供たちだ。

耕一は子供の頃、大人しすぎたから、いじめられやしないかと気を揉んだ。それでも穏やかで優しい性格のせいか、友達に恵まれたし、勉強もできるほうだったから、胸を撫で下ろした。香織は兄とは対照的にやんちゃで、いつも揉め事に巻き込まれていたが、正義感が強く、いつの間にかグループのリーダーになっているようなところがあった。

どちらも、自分にとっては大切な存在だ。どちらかを選ぶことなんかできない。

芳子は手探りで、編みかけの膝掛けをつかんだ。

息が苦しかった。まるで、水の中に放り込まれたようだ。

「母さん、ありがとう」

安雄の声が聞こえた。芳子は、何か言おうと口を開きかけた。だが、何も言うことができなかった。

二部

10

年が明けた。公子は店を定刻より三時間前の四時に閉めた。まだ松の内だから、客はあまり入らず、相原康子にも来てもらっていなかった。

電線の上に広がる空は青く、夜の気配を感じ取ることはできなかった。ひと月前と比べて、日が暮れるのがわずかだが遅くなっている。太陽の光を楽しめる時間が、ほんの少しずつ長くなっていくこの季節が、公子は好きだった。だが、今年は日が長くなることが悲しかった。三が日が明けてすぐに、三島家から呼び出しがあり、尊厳死の要望書の存在を病院に伝えることにしたいと告げられた。公子はそれに同意した。

耕一は、やはり目を開いたり多少、首を動かすことがあっても、問いかけには全く無反応だった。そして日に日にやつれが目立ってきた。顔色自体は経管栄養のせいで悪くはないのだが、顔つきがもう耕一とはかなり違っていた。これ以上、苦しませたくはなかった。最後まで反対していた芳子も、安雄や香織に説得されたようで、しぶしぶながら了承したようだった。

そして、今日いよいよ病院に要望書を持参することになった。

気持ちが揺れないといったら嘘になる。

何も言わなくてもいい。目を閉じて横たわっているだけでもかまわない。耕一がこの世に存在してくれているだけで、自分にとっては生きる勇気となる。

だが、それは耕一の望むことではなかった。

いつもどおり西武線で新宿に出て、病院に徒歩で向かった。風が冷たかった。今夜あたり東京では初雪が降ると天気予報で言っていた。

防寒着に身を固めた人たちが、忙しく街を行き来する。高層ビルが灰色の空を突き刺すように聳《そび》え立つ。目に見えるものは何もかも、現実味がなかった。肌を刺す冷気だけが、自分が生身の人間であることを思い出させてくれる。

三島家の三人はすでに病室に来ていた。かじかむ手をこすり合わせながら、軽く会釈をした。

「ああ、公子さん。耕一に声をかけてやってください」

安雄は泣き笑いのような表情を浮かべながら、枕元のスペースを公子のために空けてくれた。

ベッドに近づき、耕一の手を取った。温かすぎる。頬を撫でる。あまりにも滑らかだ。

この体が消えてしまうなんて信じられない。胸が張り裂けそうな気分になり、公子は喉の奥からこみ上げてくる嗚咽をのみ込んだ。

長いまつげ、すんなりと通った鼻筋、滑らかな頰。公子はその一つ一つを自分の脳裏に刻み込むように、目でたどっていった。

「私は大丈夫だから。心配しないでね」

そのとき、背後でドアが開く音が聞こえた。看護師の坂下が半身だけ病室に入れると、早川医師の手が空いたので、相談室に行くようにと告げた。

「じゃあ、耕一、行ってくるぞ」

安雄の言葉には、あらゆる感情がこめられているように思えた。決別の言葉のようにも思えたし、励ましの気持ちがこめられているようにも思える。

「兄さん、今日は穏やかな顔をしている気がする」

香織がつぶやいた。

安雄を先頭に四人は廊下に出た。最後になった芳子が、泣き出しそうな顔をして病室を振り返った。だが、迷いを振り切るようにドアを静かに閉めた。

パタンという小さな音は、耕一から自分が切り離されることを告げるようだった。

早川はいつもの部屋で待っていた。心なしか頬が引きつっており、目が落ち着きなく揺れている。簡単な挨拶《あいさつ》を交わした後、めいめいが腰を下ろすと、早川は素早く全員の顔を盗み見た。

「今日は……」

安雄はぎこちない手つきで、上着の内ポケットから白い封筒を取り出した。封筒の角はすっかり丸まってしまっている。安雄は震える指で封筒から例の紙を抜き出すと、丁寧に広げてテーブルに置いた。

「例の要望書です。遅くなりましたが、息子の部屋から見つかりました」

喉から無理に押し出したような声だった。早川の目に、おびえたような色が浮かんだ。茶色く染めた髪をしきりに撫でながら、唇を舐めている。

「あの、これは……」

「見てのとおりです。息子は尊厳死を希望しています」

「しかし……。ご家族は？　息子さんが希望しているといっても、こういう問題ではご家族の気持ちも大事なことですから。悔いが残っては……」

公子の耳には、早川の言葉が薄っぺらに聞こえた。まるでマニュアルを読み上げているようだ。自分たちがこれまでどんな思いをして、耕一が残した要望書と向き合ってきたのか、この人は知らない。三島家の人たちも同じ思いだろう。彼らだって耕一を逝《い》かせたくなんかないはずだ。揺れる心と耕一の意思を照らし合わせ、どうするべきなのかを血を吐く思いで探り、結論を出した。そのことが軽く扱われているようで悲しかった。

安雄は強い目で早川を見た。

「先生、ほかに打つ手が残っているのならば、おっしゃってください。たとえば外国から未承認の薬を取り寄せるとか。お金がいくらかかろうとかまわない。足りなければ家を処分します。何かできることがあれば、なんでもやります」

早川は気まずそうに視線をそらした。それは、これまで何度も病院側に申し入れてきたことだった。そして、一つとしてかなえられることはなかった。

芳子が一縷《いちる》の望みにかけるように、テーブルに身を乗り出した。肉付きのいい肩が大きく上下している。

「本当に、何もないんですか？　臓器移植とか、そういうので助かるならば私の体を使ってください。実験材料にしてくれたってかまわないです」

芳子の体からは、目に見えないエネルギーが発されているようだった。芳子の思いのほうが、自分の思いよりも強いのだろうかと考えたが、それを即座に頭から追い払った。

耕一とはまたいつかどこかでめぐり合う。分身というものはそういうものだ。そのときに彼に対して顔向けができないようなことはしたくなかった。

「それは……。脳の移植は技術的にも倫理的にもできないですから」

早川は口の中でもぞもぞと言った。

「ならば、やはり打つ手はないということですな。そうなると、この要望書のことを先生方に考えていただきたいと思います」

安雄が頭を下げた。公子もそれに倣った。引き返せない一歩を踏み出してしまった。

ふと隣を横目で見ると、芳子も頭を下げていた。何かに耐えるように、目を強く閉じており、目尻に深い皺が刻まれていた。

「ちょっと待ってください」

早川が言った。その声が上ずっていたことが意外で、公子は早川の顔を凝視した。早川は手に持っているボールペンの向きが逆さになっているのにも気付いていないようだ。

「治療をあきらめるんですか？」

思いがけない言葉に、その場にいる全員が動きを止めた。

今さら、尊厳死に反対しようというのだろうか。

「尊厳死の要望書を探すよう助言をくれたのは若田部先生です。早川先生は若田部先生と見解が違うということですか？」

安雄もいぶかしむように言った。

早川は額に滲み出した汗を丁寧にハンカチでぬぐうと、無言で目を伏せた。

時計の針の音が耳についた。狭い部屋に充満した五人の人いきれに、ふらふらとしてきそうだ。ようやく早川が顔を上げた。

「僕は正直言って、個人的にはあまり賛成はできないんです。最善を尽くすことがベストだと思います」

「しかし……」

公子は頭の中が混乱してきた。芳子と香織も明らかに心を揺さぶられているようで、落ち着きのない様子で互いに視線を交わしている。

安雄だけは、ゆるぎない姿勢でまっすぐに早川を見つめていた。耕一に代わって、彼の気持ちを伝えようとしているように見えた。公子も唇を引き結び、背中をしゃんと伸ばした。

「こうした書面があれば、医師が罪に問われることはないと聞いています。それでも何か不安があるというのであれば、弁護士と相談して万全の対策を取り、先生方には迷惑をかけないようにします。ですが、私には少々、解せませんね。尊厳死について考えてみるように言ったのは、そちらの若田部先生ですよ。先生の言葉どおり、我々は考えに考え抜きました。ここにいる一人ひとりにとって、それはもう地獄のような苦しみでした。それを乗り越えて出した結論を、どうして受け入れてくれないのですか」

早川の顔は蒼白《そうはく》だった。自分の言葉がおかしいことを早川は十分に理解している。それなのに何故、と公子が思ったとき、早川は子供のように口を尖《とが》らせ、ぼそっとつぶやいた。

「おっしゃるように、若田部は尊厳死について前向きなことを話しました。ですが、僕自身が完全に納得しているわけではありません。それでもたぶん私には、あなた方を止める権利はないのだと思います。余計なことを言って、申し訳ありませんでした。患者さんやご家族の意思を尊重するのが自分の務めでした。おっしゃるように、この要望書を活かす道を考えます。若田部はもちろん賛成するでしょう。でもですね……」

早川は思いつめたような目をして安雄を見た。それは、医師が患者の家族を見る目つきではなかった。

「僕にはできません、どうしてもできないです。人工呼吸器をこの手で止めるなんて。だって、僕は医者ですよ。患者さんを最後まで全力で救いたいと思って、仕事をやっている。自分の仕事を途中で放棄するなんて……」

早川は唇の端に泡を溜め、震えていた。白衣を脱ぎ捨て、生身の自分をさらしているように見えた。早川はぐっと背をそらしたかと思うと、食いしばった歯の間から押し出すように言葉を吐き出した。

「どうしてもというなら、ご家族の手でお願いします」

その場にいる全員がその言葉の意味を理解するのに、一瞬の間があった。理解した瞬間、公子は思わず小さく声を上げていた。芳子は香織の腕にすがりついた。香織は目を丸くして、体の動きを止めている。安雄の顔も突然大きく歪んでいた。

「馬鹿な！」

安雄が吼《ほ》えたが、早川はテーブルの端を両手でつかみ、青い顔で安雄をにらみ据えた。

「こっちの身にもなってください。嫌なんです。自分の患者を死なせるのが。こういう問題に正解なんてないんだ。一人ひとり答えが違う。ご家族の希望はご家族の手でかなえるというのが、もっとも合理的かつ人道的な方法だと私は思います」

「話にならんっ。あなたには、プロ意識というものがないのか？　嫌なことはやらないだなんて。もういい。今すぐ若田部先生を呼んでください」

早川は一瞬、ひるんだ様子を見せたが、あきらめたように、部屋の隅にあった内線電話を取り、若田部を呼び出した。

「すぐ来るそうです」

早川はそう言うと、視線をわざとらしくそらした。

それから誰一人、口を開こうとするものはいなかった。息を潜めるようにしてうつむいている。空気の重さに、胸が苦しくなってくる。

そして、公子は違和感を覚えていた。早川の言った言葉が、妙に胸に引っかかるのだ。安雄の怒りはもっともだと思うし、早川の態度には誠意のかけらもないと思う。それでも何かが違うという声が、心の奥から聞こえてくる。

あわただしいノックの後、ドアが開いた。

「先生……」

安雄が腰を浮かしかける。それを制すると、若田部は早川の隣に腰を下ろした。早川が早口でこれまでの経緯の説明を始めた。話を聞き終えると若田部は頭を下げた。

「申し訳ありませんでした」

早川が頰をひくひくと震わせた。若田部は早川を全く無視して、安雄に語りかけた。

「ご子息の希望をかなえようというご家族のお気持ちに、敬意を表します。さぞつらいご決断だったでしょうね。私どもで責任を持って、ご子息の要望に沿うようにします」

温かい言葉だった。この言葉を自分は聞きたかったのだと思った。だが、さっき感じた違和感は残っていた。それが何であるのか分かったとき、公子は膝の上で自分の手を強く握り締めた。脈が速くなった。

今、口を開かなければ、自分は一生後悔する。

「あの……」

公子は勇気を振り絞って声を出した。若田部の精悍な顔が、自分をまともにとらえた。緊張はさらに増した。それでもどうしても言わなければならなかった。

「私にやらせてください」

若田部が軽く瞬きをした。公子は、今度ははっきりと口にした。

「人工呼吸器のスイッチを私に切らせてください。耕一さんの希望を自分の手でかなえたいと思います。それが私にできるただ一つのことだから……。黙って見ているだけでは、いっそう辛くなると思うんです。だから私に……」

それ以上は言葉にならなかった。公子はすすり上げながら、何度も頭を下げた。

他人の手に耕一をゆだねるのは嫌だった。自分が耕一だったら、そうしてほしいと思う。だから、自分はやらなければならない。

「公子さん……」

安雄の声がした。公子は涙でぐずぐずになった顔をハンカチで拭くと、安雄の顔を見つめた。深い悲しみをたたえた目が、まっすぐに見返してきた。

「よく言ってくれた。あなたの言うとおりだ」安雄はそう言うと、若田部に向かって頭を下げた。「私にもやらせてください」

芳子と香織はうつむいたままだった。だが、二人も反対する気はないようだ。公子の体から力が抜けていった。

「分かりました。ご希望に沿うようにしましょう」

若田部が言った。それが合図だったかのように、すすり泣きがあちこちから洩れた。公子も泣いた。でも、これが最後だと思った。耕一を見送るまでは、もう涙は見せたくない。張り詰めている心が折れてしまいそうだから。

三島芳子はベッドに横たわっている息子の顔を見た。耕一の表情は今日も穏やかだった。頬には赤みすらさしている。

あと一時間もすれば、夫と香織が顔を出すだろう。もしかしたら、公子も。自分と息子が二人きりでいられる時間は、じれったくなるほど少ない。

あと五日。五日経ったら、耕一は自分の前から姿を消す。

芳子は耕一の息遣いに耳をすませた。人工呼吸器に助けられているとはいえ、耕一はしっかり空気を吸い、そして吐いていた。

生きている。なのにどうして死なせる必要があるのか。

またしてもあの疑問が芳子の胸に湧きあがってきた。

尊厳死に賛成してしまったのは迂闊だったのではないだろうか。香織がアメリカに行きたがっていると知った夜、混乱しながら出した結論は、間違っていたのではないかという気持ちがぬぐえない。耕一のことは置いておき、香織をアメリカに行かせるという道もあったはずだ。

芳子は耕一の手を握り締めた。脈がはっきりと感じ取れる。これを生きていると言わずしてなんというのか。

あのときは、耕一を目の前にしていなかったから、あんなことを言えたのだ。

そのとき軽いノックの音がした。公子でなければいいがと思いながら振り向くと、早川医師が立っていた。

「一応、回診です」

早川は硬い表情でそう言うとベッドサイドに歩み寄った。芳子は一歩下がって耕一の手を取る早川の横顔を見つめた。

まるで坊ちゃんだ。髪の毛を茶色く染めているなんて、医者らしくない。

だが、そのとき芳子は思い当たった。早川は尊厳死に前向きではなかった。今の自分の気持ちを分かってくれる人がいるとすれば、それは早川ではないだろうか。

「先生……」芳子は思い切って声をかけてみた。「本当にこの子の意識が戻ることはないのでしょうか」

早川はすっと目をそらした。口元は固く結ばれている。話をしたくないのだと分かったが、聞いてみずにはいられなかった。

「私には、この子は生きているようにしか思えないんです。体だって温かいし、手を握り返してくるように思えるときもあるんです。それなのに、尊厳死だなんて……」

早川は処置を終えたようだった。この場から離れたがっているようで、しきりとドアのほうを見ているが、芳子は彼を放すつもりはなかった。

「尊厳死って、日本人全員が納得しているわけではないですよね。一人ひとり答えが違うって先生だっておっしゃっていたじゃないですか。最後の最後まで治療を続けることが悪いことだなんて、私には思えないんです」

早川はようやく口を開いた。

「若田部の方針ですから」

「若田部先生だって神様じゃないでしょう。あの先生の上司、たとえば院長先生とかが反対をなさったら、取りやめていただけるってことはないですか？」

「しかし……」

早川の目に迷いの表情が浮かんだ。芳子はそれを見逃さなかった。

「お願いします。何か方法はないですか？　何かが間違っている気がするんです。だってほら……」

芳子は耕一の手を取って、早川の手に押し付けた。早川はおびえたように体を引いたが、芳子はかまわずに続けた。このチャンスを逃したら、永久に自分の思いをかなえることができないような気がした。

「先生だって、耕一は生きているって思うでしょう？　違いますか？」

「まあ……」

「誰か耕一を助けてくれる人はいないでしょうか。要望書があったら、絶対に死なせろっていう法律はないでしょう？　母親だったら誰だって今の私と同じ気持ちになると思うんです。誰か私の味方になってくれそうな人はいませんか」

早川の喉仏がごくりと動いた。明らかに迷惑がっている。芳子は祈るような思いで、息子よりも若い男の顔を見つめた。早川はあきらめたように、小さく息を吐き出した。

「確かに、尊厳死に反対している人たちはいます」

「やっぱりそうですか！」

もっと早く早川に相談をしておけばよかったと思ったが、今だって遅すぎるということはないはずだ。尊厳死に反対している人に事情を話せば、夫たちを説得してもらえるかもしれない。

「尊厳死を認めると、弱い立場の人たちに死を迫ることになりかねないという考え方もあります。尊厳死を希望する人は、家族に迷惑をかけたくないっていう気持ちもあるんじゃないかと思うんです。それを、はいそうですか、と受け入れるのが正しいことかどうか……」

椅子に載せてあったバッグを急いで引き寄せた。手帳とペンが入っていたはずだ。

「先生、その団体を紹介してもらえませんか？　連絡先だけでも分からないでしょうか」

「ネットでも調べれば分かるんじゃないですか」

ペンを握り締めたまま、芳子は思案した。

ネットは駄目だ。自分はパソコンを扱えない。夫や香織に頼んだら反対されそうな気がした。そうしたらその時点でこの計画は終わってしまう。

「お願いします。お手数をかけて申し訳ないんですが、調べていただけませんか。先生だけが頼りなんです」

芳子は精一杯の気持ちをこめて言った。

「息子をむざむざ死なせたくないんです。母親っていうのはそういうものなんです。先生のお母様だってきっとそう考えると思います。先生には決してご迷惑をおかけしないようにします。だから……お願いします」

　芳子は頭を深く垂れた。了承してもらえるまで顔を上げる気はなかった。

　早川がかすかに咳払いをした。

「夜になれば時間がとれるので、明日の朝、ご連絡します」

「ありがとうございます。先生だけが頼りです。お返事をお待ちしております」

　頭を下げながら、芳子は自分の体の中に、活力が湧いてくるのを感じていた。耕一を守れるかもしれない。いや、守らなければ。それができるのは、自分しかいない。

　早川は軽く会釈をすると、まるで逃げるように部屋を出ていった。芳子はベッドの傍らのパイプ椅子に倒れ込むように座ると耕一の手を握った。気のせいかもしれないが、かすかに指が動いたような気がした。

　そのとき再びノックが聞こえた。ドアのところに、見覚えのある老人が立っていた。確か安土とかいう男だ。そういえばこの男が余計なことを言ったばかりに、事態が動き出したのだった。芳子は苦々しい気分になった。しかし悪気がないから正面から非難もできない。

　自分と耕一との時間を、安土などに邪魔されるのは不快だったが、追い返すわけにもいかず、芳子はのろのろと立ち上がった。

「どうですかな、三島君は」

　どうぞとも言っていないのに、安土はずかずかと部屋に入り込んできた。そして、無遠慮にベッドにかがみ込んだ。耕一の顔色を確かめるようにしている。

「おかげさまで。大分、顔色もよくなってきましたわ」

芳子は不快感を隠さずに言った。安土は眉をかすかに動かすと、芳子の表情の裏にあるものを読み取るような目つきをした。

「以前、私が申し上げたことはどうなりましたかな」

「何のことでしたっけ？」

「尊厳死のことですよ。三島君の部屋を探してみましたか」

芳子は声を出して笑った。

「ああ、そのことですね。探してみましたが、そんなものは出てきませんでしたわ。耕一はああ見えてロマンチストなところがあるもんですから、ちょっと感傷的になっていたときに、そういうお話をしたのでしょう」

「ふーむ、そうですか」

安土は自分の顎をゆっくり撫でると、勝手にパイプ椅子を広げた。

「少し三島君と話をさせてもらいますよ」

「どうぞ」

芳子はベッドサイドのテーブルから急須を取り上げ、部屋の外に出た。歓迎してはいないけれど、見舞い客にお茶の一杯も出さないわけにはいかないだろう。

そういえば今日はこの後、耕一の親友の笠原も来るはずだった。笠原になら自分の気持ちを話してみてもいいような気がした。この前会ったとき、五歳になる娘がいるといっていた。同じ親なのだから自分の心を分かってくれそうな気がする。

だが、やはりやめておこうと芳子は思った。万一、このことが夫たちの耳に入ったら、耕一を救えなくなってしまう。慎重にならなければ。持てる限りの気力と知恵を振り絞って、耕一を守るのだ。

廊下の向こうから見覚えのある女性が歩いてくる。思い出すと同時に、芳子は急須の柄を強く握り締めていた。石田あかねだった。

「すみません、突然」

石田あかねはそう言いながら頭を下げた。昨年初めて会ったとき、嫌な思いをしたことを芳子は思い出した。だが、追い返す気力もなかった。

「どうぞ。今、別の方がお見舞いにいらしてますけど、よろしければ」

石田あかねは上品に微笑むと、頭を下げた。

あの二人が帰るまで、病室に戻りたくなかった。それより早く笠原が顔を見せてくれないものか。

お茶っ葉を缶から勢いよく急須に向かって振り出した。予想以上の葉が急須に落ちてしまった。

何もかもがうまくいかない。

悲しみとも怒りともつかない感情が、芳子の胸に広がったが、すぐに気持ちを引き締めた。時間はあまり残されていない。そして耕一の命は自分の行動にかかっている。落ち着いて事を進めなければ。

芳子は茶葉をスプーンで丁寧にかき出した。


西武新宿駅を出ると公子は地下街に向かった。病院に行く前に書店に寄るつもりだった。今朝の新聞の広告欄に、耕一が大ファンだった作家の新刊が掲載されていた。寡作な人で三年ぶりの書き下ろしだった。ＳＦがかったミステリーのようで、いかにも耕一が好みそうな内容だった。

間に合うかどうか分からない。でも、耕一に読み聞かせたかった。新作の登場をあんなに待ちわびていたのだから。

店頭のワゴンにその本は平積みになっていた。千六百円出してそれを買うと、病院へ急いだ。

耕一を見送るまで、店は閉めることにした。打撃には違いないけれど、店番をしていても気がそぞろで仕事にならない。できるだけ多くの時間を耕一のそばで過ごしたかった。

エレベーターを降りると、芳子の後ろ姿が目に入った。早川と何か話している。彼女と言葉を交わすのは気が重かったので、気がつかないふりをして彼女を追い越し、病室に滑り込んだ。

病室には安雄と香織がいた。

「やあ、公子さん、ご苦労さん」

安雄が疲れた顔でパイプ椅子から腰を上げた。彼の顔は少し赤かった。隣に座っている香織も同様だ。二人の手にはワイングラスがあった。ルビーのような深い色をしたワインがグラスに半分ほど注がれている。ベッドサイドの小さなテーブルにも、グラスが載っていた。

「公子さんも一緒にどう？」香織がグラスを少し持ち上げた。「今夜は兄さんと飲むことにしたのよ。カリフォルニア産のカルベネ。兄さんのお気に入りだったワインよ」

公子は部屋の隅から折りたたまれたパイプ椅子を持ってきて、二人とは反対側のベッドサイドに自分のスペースを作った。

「いただきます。少しだけ」

「そうこなくちゃ」

無理に作ったと一目で分かる笑みを香織は浮かべると、床に置いてあったバッグから真っ白なナプキンに包んだグラスを出してきた。安雄がそれにワインを注ぎ、手渡してくれた。

「じゃあ、もう一度乾杯しようか」

安雄が突き出したグラスに、公子は自分のグラスを合わせた。透明な音がした。グラスに唇をつけた。重厚な味だった。スパイシーな香りが鼻腔をくすぐる。そうだった。確かに耕一はこういう味のワインが好きだった。

「できるだけ、こいつが好きだったことをと思いましてね」

安雄が照れたように言った。温かい気持ちになった。

「喜んでいると思います」

公子は言うと、グラスをテーブルに置き、買ってきた本を取り出した。

「耕一さんが好きな作家の新刊なんです。ちょっと読んでもいいですか？」

「ああ、それはいいね」

「朗読してよ」

二人が即座に応じてくれたのが、嬉しかった。公子は耕一に本の表紙を見せた。

「ほら、やっと出たわよ。楽しみにしていたでしょう」

耕一は何も答えない。まつげの一本すら動かしてくれない。胸が詰まり、苦しくなった。

嗚咽と涙をのみ込むと、公子は本を開いた。

それからしばらく本を読んだ。婚約者にそっくりなアンドロイドと暮らす羽目になった男の悲哀を描いた前半は、テンポがよくて、読んでいるうちに引き込まれていった。

途中で看護師の坂下が、点滴バッグを交換に来た際も、公子は読み続けた。安雄と香織も、耕一と同じ時間を共有しようとするかのように、聞き入っている。声に出して本を読むことなどついぞなかったので、次第に声がかれてきた。

「じゃあ、続きは明日にしましょうか」

耕一に声をかけると、公子は本を閉じた。

「ありがとう、公子さん。なかなか面白いものだな。耕一がそういう本が好きだったというのは初めて知ったよ」

「ほんと。兄さんって小難しい理科系の本ばっかり読んでいるんだと思っていた」

公子は微笑んだ。

「耕一さん、案外、ユーモア系の話が好きなんですよ。難しいことばかり考えていると、かえって頭が固くなってしまうんですって」

「へえ、そういうものなんだ」

香織は感心したように言うと、グラスに残っていたワインを飲み干し、ベッドサイドの時計を見た。午後九時に近かった。香織がグラスを集めて入り口の近くにある小さな流しで洗い始めた。

「今日は笠原さんも来てくれたんだって。よかったわ」

「そうですか」

誠実そうな彼の顔を思い浮かべた。いつか笠原に、すべてを告げようと思った。それもたぶん自分の役目だ。

「そういえば、あの安土と石田あかねって人も見舞いに来たんだって。お母さんがえらく怒っていたわ」

安雄が大きく伸びをした。

「もういいじゃないか。それより耕一が好きだったことって、ほかに何があるかなあ」

「釣りでしょうか」

安土という老人が釣り仲間だと言っていたことを思い出したので公子は言ってみた。

「そうだよな。じゃあ、明日は釣り道具でも持ち込むか」

「お父さん、それはあまり意味ないんじゃないの？　それより音楽がいいんじゃない？」

「薬師丸ひろ子か？」

「それは高校の頃の趣味だって。公子さん、なんだっけ、あのジャズピアニスト」

「セロニアス・モンクですね」

「そうそう、明日はCDも持ってきてよ。もちろん、その本の続きも読んでね」

「それがいいな。公子さん、そうしてください」

「分かりました。そうします」

二人と目と目を見交わし、なんとなく微笑み合った。

11

その夜、布団に入ってから公子は何度も寝返りを打った。この世で耕一と同じ空気を吸っていられるのはあと五日だけだ。そう思うと、眠ってしまうのがもったいないような気がする。

でも、明日も元気な顔を耕一に見せたかった。そのためには睡眠を取っておいたほうがいいに決まっている。

いつの間にか、うつらうつらしていた。眠りを破ったのは携帯電話の着信音だった。

枕元で鳴っている携帯電話を手探りで引き寄せる。表示を見て血の気が引いた。香織からだった。もう午前二時を過ぎている。電子音が耳に突き刺さる。震える手で二つ折りの電話機を開いた。

「はい、大木です」

「兄さんが……兄さんが亡くなったって！　病院から連絡が……」

頭の中が真っ白になった。息ができなかった。体中の毛穴という毛穴から脂が滲み出した。

公子はパジャマの襟元をきつく握った。何かにすがりついていないと、体をまっすぐにしていることすらできそうになかった。

「詳しいことはよく分からないんだけど、とにかく私たち、これから病院に向かうから」

背後で安雄が怒鳴っているのが聞こえる。取り乱したような芳子の声も聞こえる。

「公子さん、聞こえている？」

「は……い」

かろうじて声を振り絞った。

「じゃあ病院で」

電話は突然、切れた。電話を握り締めたまま、公子はへたり込んだ。豆電球に照らし出された薄暗い部屋。目に映るのはおなじみの古いタンスであり、銀杏《いちょう》の葉が散った柄の襖《ふすま》である。だが、どこか異国に迷い込んでしまったような頼りなさを覚えた。

布団に突っ伏す。心臓が狂ったように打《どうこく》っていた。体の節々が悲鳴を上げていた。筋肉が、細胞が、自分を構成するあらゆるものが慟哭《どうこく》している。

信じられなかった。脳が信じることを拒否していた。

五日後にやってくるはずの別れは覚悟をしていたつもりだ。でも、風を抱いて空を舞う凧《たこ》が突然、糸を断ち切られるような、こんな終わり方であってよいはずがなかった。

電話の着信履歴を検索した。三島香織、二時十七分。紛れもなく、耕一の死を告げる電話はかかってきていた。

耕一は死んだのだ。

公子の脳はようやく事態を理解した。

「嫌っ！」

公子は掛け布団を力任せに壁に叩き付けた。


早川がタクシーで病院に着いたとき、時刻は午前二時を回っていた。医局に駆け込む。広い背中が目に飛び込んできた。若田部だ。若田部と向き合うように座っていたアルバイトの若い医者が、早川に気付いて立ち上がった。今夜の当直は確か、彼だった。

「どういうことなんですか」

腰を下ろしながら言うと、若田部が顔を上げた。浅黒い肌が、青みがかって見えた。いつも彼の体から発せられている威圧感のようなものはきれいさっぱり消えていた。

「電話で伝えたと思うが、人工呼吸器が止まってしまったらしい。それに誰も気付かず心肺停止状態になった。蘇生を試みたが結局、駄目だった」

若田部は疲れきっているように、こめかみを指で揉んだ。早川の全身から力が抜けていった。

人工呼吸器の故障による事故は、たまに新聞をにぎわせる。学会で医師仲間と雑談するときの話題に上ることもあった。

医療事故といえば真っ先に思い浮かぶのが、手術時の事故だが、これについては自分に過失があれば責任を取るよりほかない。診断ミスもしかり。プロとしての技術が未熟であり、そのために人命を失わせたのであれば、潔く非を認めるつもりだった。

だが、機械の故障となると話は別だ。正直言って電子機器は苦手だった。管理も臨床工学士や看護師にほぼまかせっきりというのが現状だ。

それでも、いったん事故が発生すれば、その責任は医者にも降りかかることがある。何年か前にある地方の病院で事故があったときに書類送検されたのは、看護師、病棟師長、付き添い婦ら、実際に呼吸器に触れたものばかりではなかった。そのとき確か、主治医も送検されていた。

まさか、そんな災難がこの自分に降りかかってくるとは……。血の気が引いていく思いだった。

「原因は分かっているんですか？」

早川の問いに若田部は首を横に振った。

「人工呼吸器が突然、止まっちまうことはないわけでもないからな。君だって経験ぐらいあるだろう」

「それはまあ……」

機械は万能ではない。制御回路に不具合があったり、患者自身が接続部を誤ってはずしてしまったりと、トラブルは結構あるものだ。だが、そうした問題が発生した際には、必ずアラームが鳴る。それを聞いて看護師が駆け付ければ、事なきを得られるのだった。機械の不具合を人手で補いながら、患者の安全を守る仕組みになっている。

「看護師はアラームに気付かなかったんですか？」

「聞こえなかったと言っているが……」

夜勤の看護師は三人いる。三人が三人とも忙しかったはずがない。彼女たちの怠慢のせいでこんな事態になったかと思うと、やりきれなかった。

「家族にはこのことは？」

若田部の顔が苦しげに歪んだ。

「いや。だが、とりあえず今晩中に簡単に報告せざるを得ない。私が話すが、君も来てくれ」

「先生、こんなことを言ってはなんですが……。容態が急変したということで納得してもらってはどうでしょう。人工呼吸器の事故となると」

恥も外聞もないことを言っているという自覚はあったが、自分の身を守りたいという気持ちのほうがそれに勝った。

「それは無理だ。患者の父親が詳細な説明を求めている。あの人はそう簡単には引き下がらないだろう。隠したことが後で発覚したら、やっかいなことになる」

それはそうかもしれない。早川は自分の肩から力が抜けていくのを感じた。自分はつくづく運のない男だ。あの患者はそもそも五日後に死ぬはずだった。

「じゃあ、警察にも通報することになるんですか。それとも、もう警察がこっちに向かっているとか？」

半ばふてくされながら尋ねた。

「まもなく院長と総看護師長がやってくる。私が呼んだ」

「えっ、院長が……」

早川は意外な思いで、若田部を見た。院長自らこんな深夜に出てくるというのは異例の事態だった。若田部は淡々と続けた。

「我々五人、そして当直だった看護師三人で並んで土下座をするんだ」

思わぬ成り行きに、早川は言葉を失った。

遺族の前で土下座をするなんて、そんな話は聞いたことがなかった。謝罪は必要かもしれないが、事故原因だってまだ分かっていない段階で、土下座とは……。

早川の疑問を読み取ったかのように、若田部が低い声で言った。

「土下座をして、警察への通報だけは、勘弁していただくようにお願いする。業務上過失致死の前科を前途ある若者たちにつけないでくれと、ひたすら頭を下げるんだ。それ以外に、君たちや看護師を守れる道はない。それに、三島耕一さんは尊厳死を希望していた。五日後には、いや正確には四日後には、それが実行されるはずだった。考えようによっては、その日が早まったというだけのことだ。そのことを理解してもらうには、遺族の怒りを最小限に抑えるしかない」

喉元に重いものが突き上げてきた。

若田部の描いたシナリオは、それは自分が罪を逃れるための最善の方法に思えた。院長や総看護師長にとっても同様だろう。警察沙汰、新聞沙汰になれば、病院の評判に傷がつく。それを避けるためには何でもするということなのだろう。

これだけのことを即座に考え付き、決断を下したばかりでなく、院長らを説得してしまった若田部のことを改めてすごい人物だと思った。

早川はようやく落ち着きを取り戻した。

「遺族は納得してくれるでしょうか……」

「分からん。だが、遺族だって三島さんが死を望んでいたことは知っていた。そして、三島さんは遺体の解剖を拒否している」

早川はあっと声を上げそうになった。

三島耕一がしたためていた尊厳死の要望書には、解剖を拒否することも明記されていた。警察に連絡をして、業務上過失致死での捜査がなされるとなれば、遺体は当然、解剖に付されることになる。それは三島耕一の望むところではなかった。

「もちろん遺族には慰謝料を支払うし、原因を調べて報告する。明らかに過失があったものには責任を取ってこの病院を辞めてもらう。全員で雁首《がんくび》をそろえて土下座した後、そのことを遺族に対して約束する。その約束があれば、遺族にしたって、警察に通報していいことなんて一つもないことを分かってくれると思うんだが」

淡々と自分のシナリオについて説明する若田部が、化け物じみて見えた。これが経験の差というものだろうか。だが、自分が三十年間、今の仕事を続けたとしても、若田部のような事後処理方法を思い付き、実行することは不可能のように思えた。

「異存はないね」

「すべてお任せします」

早川は深く頭を下げると、ぎりぎりと奥歯を嚙み締めた。


安雄は霊安室を出ると、めまいに襲われた。その場に膝をついてしまいそうになる。廊下の蛍光灯の青白さが、気分をいっそう滅入らせる。

子供に先立たれた親ほど情けないものはない。涙が止まらなかった。覚悟は決めていたつもりだった。五日後に自分の手で人工呼吸器を止めてやろうと思っていた。だが、こんな形であっけなく逝ってしまうと、なんともやりきれない。何か大きな仕事を遣《や》り残したような気がする。

「畜生……」

壁を叩いた。拳の痛みは、胸の痛みの何十分の一にもならない。獣のような奇妙な声が洩れた。

そのとき、廊下の奥の扉が開く音が聞こえた。安雄はセーターの袖口で、涙と鼻水でぐちゃぐちゃになった顔を拭いた。もしかして葬儀屋だろうか。安雄の父親が病院で亡くなったとき、揉み手をしながら近づいてきた男の顔がちらついた。

もし葬儀屋ならば怒鳴りつけてやるつもりで腹に力をこめたが、扉から姿を現したのは白衣をびしっと着込んだ若田部だった。

「先生……」

声をかけようとして、安雄は戸惑った。若田部の背後に、何人もが並んでいるのが目に入ったからだ。七、八人ほどはいるだろうか。主治医の早川の顔がかろうじて分かるぐらいだった。

「このたびは誠に申し訳ありませんでした」

若田部は腰を九十度に折って頭を下げた。

このものものしい雰囲気は何なのだろうと考えかけて、安雄ははっと思い当たった。耕一の容態は極めて安定していた。だからこそ、尊厳死を選ぶことにしたのだった。それが突然急変したのは何故なのか。そのことについて若田部は説明に来たのだと分かった。

唇を舐めて気持ちを落ち着かせる。

「何があったんですか？」

ようやく絞り出した声はかすれていた。若田部は沈痛な面持ちで目を伏せると、「耕一さんのご霊前で説明させていただきます」と言った。

　霊安室の扉を開けると、安雄が部屋を出たときと何一つ変わらない光景が目に飛び込んできた。

　芳子は耕一の体に覆いかぶさるようにして、声を上げて泣いていた。香織はベッドの足元に呆然としたように立ち尽くし、静かに涙を流している。そして公子は……。耕一の手を握り締め、床に座り込んでいた。彼女の顔には表情というものが何一つなかった。悲しみのあまり声も出ないようで、まるで蠟《ろう》人形のようだ。

　安雄たちが入っていくと香織だけが、軽く会釈をした。

　狭い部屋はたちまち人で一杯になった。安雄は芳子と公子に声をかけ、なんとか二人の体を白衣の集団のほうに向けさせた。耕一の遺体が安置されている台を背に、三島家と白衣の集団が向かい合う形となった。芳子がしゃくり上げる声が、やけに鮮明に響いている。

　小柄な男が一歩、前に進み出た。白髪で、こめかみのあたりにいくつも染みが浮いている。

「院長の豊橋です」と男は名乗ると、突然、両膝を床についた。白衣の集団がいっせいにそれに倣った。若田部、早川はもちろん、背後に控えている若い三人の看護師らも顔を伏せ、冷たいリノリウム張りの床に正座をしている。

　異様な光景だった。安雄は声を出すこともできなかった。

「申し訳ありませんでした」

豊橋が悲痛な声で言う。男女取り混ぜた様々な声がそれに唱和し、全員、額を床につけた。

「これは……」

豊橋が手を床についたまま顔を上げた。泣き出しそうに顔が歪んでいる。

「我々のミスです。人工呼吸器が突然、停止してしまったのです。それでご子息はこんなことに……」

「耕一を返してちょうだい」

芳子が突然、甲高い声で叫んだ。安雄は慌てて芳子の腕をつかんだ。

「申し訳ございませんっ」

再び、全員が床に頭をこすり付けた。

安雄は次第に落ち着きを取り戻していった。会社でそれなりの役職にあった安雄には、彼らの行動の意味が分かった。誠意をも感じた。不祥事を起こしたとき、とかく組織はそれを隠蔽《いんぺい》したがるものだ。責任者ではあるが、事故に直接は関係がない院長までが、こんな深夜に駆け付けてきて謝罪をするというのは、異例のことだ。

事故の責任は取ってもらうつもりだったが、誠意は誠意として受け止めなければならない。それが社会というものを知っている人間のとるべき態度だ。

「何があったのか聞かせていただけますか」

「はい、ご説明させていただきます」

口を開いたのは若田部だった。

「深夜一時の見回りの際、看護師の一人が、ご子息の部屋に入り、人工呼吸器が作動していないことに気付きました。すぐに医師を呼びましたが、心肺停止の状態になっていましたので即座に当直医が心肺蘇生を試みましたが、一時五十五分にご子息は永眠されました」

「人工呼吸器はなぜ停止したのですか？」香織が尋ねた。「それに、アラームに気付かなかったんですか？　前にも同じようなことがあったけれど、そのときはアラームが鳴ったからすぐに分かったと聞いていますけど」

香織は案外、冷静なようだった。そして、核心をついたようだった。若田部の顔が苦痛に耐えるように歪んだ。

「原因はこれから調査いたします。看護師たちはアラーム音は聞こえなかったと申しておりますが、これについても調査いたします。必ず調査して原因を突き止め、報告をいたします。また、二度と同じような悲劇が繰り返されないよう、事故防止策もとります」

豊橋が膝を一歩前に進めた。

「こちらの落ち度について、慰謝料もお支払いさせていただきます。ご子息の命が金に代えられるようなものではないことは、重々承知しておりますが、せめてもの誠意と考えております」

うがった見方かもしれないが、病院がここまで誠意ある対応をみせるというのは、何か裏があるからのように思えた。そこまで考えたところで、ようやく安雄は、彼らの狙《ねら》いがどこにあるのか分かった。

医療事故ということになれば、警察の捜査が入るのではないだろうか。そうなると、彼らにとっては厄介なことになる。病院のミスが新聞紙上を賑わせていることは知っている。そういう事態を避けるために考えた苦肉の策が、こうやって膝をつき、頭を床にこすり付けることなのだ。

白々とした気分が胸に広がった。息子が事故死したという事実を組織の論理で捻《ね》じ曲げようとしているなら、許せるものではないという気がした。

「警察へは通報されるのですか？」

皮肉をこめて言うと、豊橋の頬がさっとこわばった。

「いかがいたしましょう。ご遺族様のご意向も伺ってから決めようと思っていたのですが……。いえ、決して通報したくないというわけではなくて。こういう場合、ご遺族の方が警察沙汰にすることをお嫌いになる場合も多いものですから」

豊橋の口ぶりから、通報したくないのだと分かった。

「ご子息は尊厳死を望んでおられたそうで、そのこともお考えになっていただけないでしょうか。いや、こんなことを申し上げるのは筋違いだとは重々、承知しております。身勝手な理屈と分かっております。ですが、なにとぞお願いします」

安雄の体から力が抜けていった。

そもそも事故が起きなかったとしても、耕一は死ぬ運命にあった。事故の原因究明と責任者の処分は、譲れないところだ。だが、誰かに——おそらくは看護師ということになるだろうが——刑事的な責任を負わせることが、本当に必要なことなのか判断しかねた。

安雄は家族の顔を見回した。香織は硬い表情を浮かべ、唇を引き結んでいる。気丈な娘だ。そしておそらく彼女も、病院側の意図を見抜いている。芳子は事態をあまりよくのみ込めていないようで、呆《ほう》けたように院長と若田部の顔を見比べていた。そして公子は相変わらず、床にへたり込んだままあらぬ方向を見ていた。

「少し時間をいただいて、家族で話をしてもよいでしょうか」

「ええ、もちろんでございます。もしよろしければ、部屋をご用意させていただきます」

そのとき、若田部が顔を上げた。

「あの、こんなことを申し上げるのは心苦しいのですが、警察が捜査するとなるとご遺体の解剖が必須になるかと……。一応、お心にとめておいてください」

解剖、という言葉に反応して芳子が小さな声を上げた。安雄は目を閉じた。そういえば、耕一は解剖をしてくれるなと書き残していた。警察の介入を許すということは、彼の意向に背くことだった。病院側の提案はそのことまで計算に入れてのものだろう。

「とりあえず、家族で話をさせてください」

安雄は静かに言った。白衣の集団は再び頭を下げると、一人ひとり、ひっそりと部屋を出ていった。

とたんに、室温が下がった気がした。もともと遺体の腐敗を防ぐために低めに温度設定がなされている部屋だ。体の芯が冷え切っている。香織も寒そうに肩を縮めていた。唇が真っ青だ。

「いったん、部屋を出て話そう」

「耕一を一人にすることなんてできないわ」

芳子が唇を尖らせたが、安雄は強引に耕一から引き離した。

「母さんまで倒れてしまうぞ。それにこれは耕一にとっても重要な問題だ。家族で話し合わなければ。公子さんも一緒に来てください」

公子は目をしばたたいた。まぶたが重くて仕方がないという顔つきだった。今日の彼女は化粧けが全くなく、四十過ぎにも見えた。

「さあ、行こう」

安雄は三人を強く促した。

廊下に出ると、看護師らしい小柄な女性が待っていた。「お部屋を用意しています」と言い、先頭に立って歩き出した。

廊下の角を曲がってすぐのところにある小さな会議室のような部屋だった。温かいお茶の用意もされていた。看護師は手際よく茶碗にお茶を注ぐと、一礼をして出ていった。

安雄は芳子と並び、香織、公子とテーブルを挟んで座った。誰も茶碗に手をつけようとしなかった。

「今の話、どう思う？」

「解剖だなんてとんでもない。私は絶対に反対です。でも、事故がどうして起きたのかは調べてもらって、ミスした人に責任を取ってもらいたいわ。解剖をしなくたって、そのくらいわかるでしょう」

芳子が涙声で言った。

安雄はうなずいた。安雄自身もそれが妥当なところではないかと思っていた。

「私も同じ気持ちだわ。兄さんは、解剖はするなって意思表示をしていたわけだし」

香織は両肘をテーブルにつくと、手を組み、頭をそこに載せた。

「公子さんはどうだろう」

湯気のたっている茶碗をじっと見つめていた公子は、ため息をつくように肩を動かした。

「公子さん。あなただって嫌でしょう？　耕一の体が切り刻まれるなんて」

「まあ、母さん、落ち着いて。公子さんは、遠慮しないで自分の考えを言ってください」

公子は顔を上げた。泣きはらしているせいで目が真っ赤だった。

「私、本を読み終わっていなかったんです。あと四日あったら、最後まで読めたのに」

公子が今夜、耕一に読み聞かせていた本のことを言っているのだと気付くまでに数秒がかかった。

安雄はぐっと熱いものをのみ込んだ。先ほど、大きな仕事を遣り残したような気分だと思った。それがなんであったか、公子の言葉で気付かされた思いだった。

別れを告げようと思ったのだ。わずか四日。四日の違いでしかないと人は言うかもしれない。だが、その四日は自分たち、そして耕一にとってかけがえのない時間になるはずだった。それが突然、消えてしまった。時間が奪われたことが恨めしかった。その原因となった事故が恨めしかった。誰かに責任があるとしたら、その誰かが憎い。

一方で、安雄は自分の中に、ほっとしたような気持ちがあることも認めざるを得なかった。恨みや憎しみをぶつける先があるというのは、自分にとってありがたいことなのかもしれない。

苦しかった。耕一の意思を尊重すべきだと思ったから、そう決めた。間違っていないと何度も自分に言い聞かせたけれど、親が子の死を認めていいものかという疑問も頭から離れなかった。偶然起きた事故は、そうした苦しみから自分を解放してくれたともいえるのではないか。

だが、そんな感傷に浸っている場合ではなかった。安雄は重々しくうなずいた。

「分かった。何があったのかははっきりさせてもらおう。でも、警察沙汰にはしないでおこう。それで、みんないいかな」

芳子と香織は即座にうなずいた。

公子は目を閉じていた。まつげが神経質に震えている。何かを思案しているようだったが、ふいに疲れたように肩を落とした。

「はい。それでいいと思います」

これで決まりだった。

「病院には俺がきっちり話をする。この件をいい加減に片付けようとしたら、そのときにはこっちにも考えがあると強く言っておこう」

芳子が腰を浮かせた。

「お父さん、もういいでしょう。耕一をこれ以上、あんな部屋で一人きりにしておきたくないわ」

「ああ、そうだな」

安雄が言うと、三人はいっせいに席を立った。

12

早川は進路指導の面接が嫌いだった。自分が口に出す志望校が、担任教師の頭の中にあるそれと同レベルかどうか自信がなかった。そして、ハズしたときに相手の目に浮かぶ落胆とも哀れみともつかない光を見るたびに、胃が縮むような思いをした。

三十半ばにもなり、あの頃と同じような気分を味わうことになろうとは。苦々しい気分で副院長室の前に立った。

だが、すぐに神妙な気分になった。三島耕一の葬儀のときの光景を思い出したからだった。

母親は泣きはらして顔の形が変わっていた。婚約者は魂の抜けたような目つきをしていた。そして、あの父親の言葉だ。三島耕一の死因は表向き急性心不全ということになっていたが、意識不明の状態が続いていたことは、多くのひとが知るところだった。そのせいか、父親はこんなふうに切り出したのだ。

「私たちは、意識不明であっても、耕一にはできるだけ長く生きていてほしいと願っていました。彼がこの世に存在することが、我々にとって生きる勇気になっていました」

そこで母親がこらえ切れなくなったように、声を上げて泣き始めた。参列者の間からもすすり泣きが漏れた。

父親である三島安雄の言葉は、早川にとって意味が大きかった。尊厳死を受け入れないことは、罪悪のように若田部は言った。それが必ずしも正しくないことは、あの家族の様子をみたら明らかではないだろうか。

今度同じような状況になったら、いや、その前に、若田部とこの問題については徹底的に話し合いたかった。

そして三島家の無念を晴らすべく、なるべく調査には協力しようと思った。もっとも、早川の場合、組織人として上からにらまれない程度で、という但し書きがついてしまうわけだが。

内科部長兼副院長の溝口に呼ばれたのは今日が三度目だ。溝口は三島耕一の事故の原因を調査する委員会の委員長でもあり、関係者一人ひとりに事情を聴取している。

早川が話すべきことはあまりなかった。人工呼吸器の設定の指示やチェックはたまにしていたが、実際の調整などは看護師や臨床工学士に任せていたからだ。

報告すべきことは一つだけあった。事故があった日の昼間、早川は三島耕一の病室で、人工呼吸器をチェックした。その際に異常はなかった。そのことについては、これまでの調査で溝口に伝えてあった。それ以上のことを聞かれても困るというのが、率直な気持ちだが、主治医という立場上、そうも言っていられない。

副院長室はカーペットが敷き詰められており、入ってすぐのところに応接セットが置いてある。白い清潔なレースのカバーがかけられており、高級感があった。溝口に促されてソファに腰を下ろすと、秘書がコーヒーを運んできた。どっしりとした体つきで、付き添い婦といっても通りそうな中年女性だった。

「ご苦労さん。まあ、コーヒーでも飲みたまえ」

溝口はそう言うと、自分のカップに砂糖を山盛り三杯入れた。糖尿病の専門医とは思えない行動だ。体型もメタボリックシンドロームの判定基準に引っかかること間違いなしだ。

ブラックのコーヒーをすするといい香りがした。豆の種類など分からないが、酸味が強く早川の好みに合っていた。気持ちが少しだけほぐれた。

「先生、僕にはもう話すべきことはないと思うのですが」

「分かっているよ。君が三島さんの病室で機械をチェックしたのが午後三時頃。そのときには、機械は正常に動いていたということだったね。これはもう早川先生のことを全面的に信頼しているから心配しなくていい」

気さくな感じで、溝口は手をひらひらと振った。

早川は少し気分が軽くなった。

「君には関係者ということで、伝えたいことがいくつかあってね。それで来てもらったんだ。まず、あの機械の故障の原因を調べた結果が、メーカー側からあがってきた」

「何だったんですか？」

溝口は現段階で口外してもらっては困ると前置きした上で、電源ユニットの中にある電圧発生部の制御回路の一部が壊れていたと言った。物理に弱い早川は回路図を思い浮かべることもできなかったが、溝口もおそらくそうだろう。溝口は淡々とした口調で続けた。

「設計上の不具合というわけではなく、偶発的な故障だそうだ。メーカーはほかの病院に入れている機械で同じことが起きることを心配して、うちだけでなく都内のいくつかの病院に出向いて、無料の点検サービスと称して機械をひそかに調べたそうだ。その結果、異常はみつからなかったそうだ。まあ、あの機械はかなりの年代モノだしな。これまでにも何度かトラブルはあったようだ。我が院のメンテナンス体制にもぬかりはないぞ。これまでのところは、アラームが鳴って看護師が迅速に駆け付けていたわけだから。一つ悔やまれるのは、我が院の人工呼吸器の大半が古いものだったということだな。最近のものなら消音しても二分以内に自動でアラームが復帰するんだが。しかし、しょうがないよな。予算には限りがあるわけだし」

早川は唾を飲み込みながらうなずいた。

そもそも機械の故障やトラブルを皆無にすることは難しい。患者が人工呼吸器を自分ではずしてしまうこともあるし、停電など予知できないトラブルもある。そういうときのために人工呼吸器にはアラームがついている。

これまでは、それで事なきを得ていたのに、今回はそうではなかった。アラームに問題があったのか。あるいは、看護師たちが聞き逃したのか。もし後者だとしたら、彼女たちは責任を免れまい。

「ところで、坂下君のことなんだがね」

溝口は突然、看護師の一人の名を挙げると、探るような目つきをした。早川は手に持っていたカップをソーサーに戻した。

「彼女は亡くなった三島耕一さんやその婚約者、大木さんといったかな、彼女に好意を寄せていたらしいのだが。そのことについて、話をしたことはあるかい？」

「さあ、記憶にありませんが」

「いや、ほかの看護師から聞いたんだが……坂下君は大木さんにえらく同情していたそうだね。特定の見舞い客が来なかったかどうかを大木さんに報告したり、その、君には言いにくいんだが、君に対して憤慨していたらしい。君は尊厳死について、若田部君と意見が合わなかったそうだね。いや、それは別にかまわないんだよ。それぞれ意見はあるからね。最終的には上司である若田部君の判断を尊重しようとしていたわけだから君に落ち度はない。でも坂下君は、人工呼吸器を家族に止めさせようとするなんてむごすぎると言って、君を非難していたようだね」

「はあ……」

この後、どんな質問が来るのか、それにどう答えるべきなのか、早川には分からなかった。冷や汗が滲み出した。

「ところで坂下君は、人工呼吸器の扱いに精通していただろうか」溝口はわざとらしい笑みを浮かべた。「いや、これは君だけに聞いていることではないから、気楽に答えてくれたまえ」

坂下は確か二十代の半ばだったはずだ。決して美人ではないが、人懐っこい性質で患者やその家族の間で人気が高いというのもうなずけた。だが、技術となるとほかの二人と比べて、多少は劣るように思われた。確か、早川がこの病院に来た時期と前後して、整形外科から移ってきたはずだ。

一方で、未熟かというと一概にそうとも言えなかった。彼女は恐ろしく勉強熱心だった。そういえば、人工呼吸器の取り扱いについて、臨床工学士に熱心に質問をしているのも見かけたことがある。

溝口が坂下の名前を出したということは、坂下が何らかの形で事故にかかわっているものとみて間違いなさそうだった。そして、溝口は傍証として「坂下は未熟だった」という答えを自分から引き出したがっている。

早川は一瞬、迷ったが、すぐに不用意な発言は慎もうと思った。無実の人を罪に陥れる可能性があることは、口にしたくない。こういうところが不器用なのかもしれないが、と自嘲《じちょう》気味に思いながら、早川は話し始めた。

「確かに経験は浅いですが、彼女は勉強家ですから、実際には、ほかの看護師よりも優秀かもしれません」

「なるほどねえ。ほかにも同じような意見を聞いたよ。まあ、そんなところなんだろうね」

坂下を不利な立場に追い込まずにすんだようだった。早川はコーヒーカップを手に取った。たぶんこれで自分は用済みだ。ならば、滅多に飲めない美味なコーヒーを心置きなく味わっておこう。

責任を果たしたという安堵《あんど》が、早川の口を滑らかにした。

「彼女が何かミスでも？」

「そうと決まったわけではないんだが」溝口はそう言うと、部屋にほかの人間がいるわけではないのに声を潜めた。「実はあの日の朝、三島さんの部屋でアラームが一度、鳴ったそうだ。ちょっとした空圧の異常で、臨床工学部によるとさほど珍しくないトラブルだそうだ。それを処理したのが坂下君だった。いったんアラームの音を絞って機械を調整しなおしたそうだ」

溝口は太った体を左右に揺するようにしながら、コーヒーを口に運んでいた。そしておもむろに煙草を取り出した。

若田部ばかりでなく、この人も喫煙者だったのか。医師であるという自覚があまりにも乏しいように思えたが、溝口は当たり前のような顔をして、女のような手つきで銀色のライターを使った。煙を吐き出すと、ようやく溝口は早川の顔を見た。

「事故のあった夜、三人の看護師は誰もアラーム音を聞いていないし、両隣の部屋の患者さんたちも同じだった。となると、坂下君がアラームを設定し忘れた可能性がある」

いかにもありそうなミスのように思えた。

「彼女はなんと言っているんですか？」

「否定している。その後、誰も機械に手を触れた者がいないから厄介でねえ。まあ、難しい問題ではあるが、人間たるもの自分のミス、しかもそれが人命にかかわっているものを簡単に認めはしないよな。まあ、もう少し調査は続けるが、結論は見えてきたといったところだ。そういう単純なミスだから、君や若田部先生には、責任が及ぶことはないと考えていい。せいぜい形ばかりの始末書を出してもらうぐらいかな」

早川は複雑な気持ちになった。自分が救われたらしいことは分かったが、坂下が哀れな気がしたのだ。

溝口の口ぶりからすると彼女の後、誰も機械に触っていないということを確かめていない。ほかの看護師が嘘をついている可能性は否定できない。さらに、あの日、三島耕一の病室を訪れた誰かが誤って機械に触れてしまったことだって、あり得ないわけではない。そういう可能性をすべて無視して、坂下に責任をなすりつけようとしているように思えた。

余計なことを言うべきではないという声が頭の隅から聞こえてきた。せっかく自分が難を逃れようとしているのに、話をややこしくするのは得策ではない。

この病院に来たとき、かつてのように正論を不用意に口にするのはやめようと誓った。つつがなく勤務をこなし、新しい家庭を築くことが自分の目標のはずだ。

だが、唇をすぼめてコーヒーをうまそうにすする溝口の太った体を見ていると、嫌悪感を抑えられなかった。若田部の行動には、まだ納得がいくものがあった。警察沙汰にすることを避けたのは病院の都合ばかりではなく、三島家の意向に沿うことでもあった。誰もが傷つかずにすむ。それが正しいと言い切ることはできないが、臨機応変な対応と呼べる範囲のものだと思う。

だけど、溝口がやろうとしていることは、人の道から外れている。自分の青臭さを苦々しく思いながら、早川は口を開いた。

「今ある材料だけで坂下君がミスをしたと言うのは厳しそうですね。今後、あの日、病室に入った人全員の聞き取り調査をするんですか。そうなると、先生もお忙しくて大変ですね」

皮肉のつもりだったのに溝口は我が意を得たりとばかりにうなずいた。

「忙しくてかなわんよ。副院長なんてやるものではないな。今夜も、三島さんの遺族に話をしないといけないし」

「坂下君のことについて話すんですか？」

「いやいや、まだそこまではね。ただ、メーカーからあがってきた調査結果については話をする。アラームが入っていなかったことも話すしかないと思っているよ。最終的な調査結果は来週あたりにまとめることになるかな」

「そんな短期間で、調査できるんですか。見舞い客もいたわけでしょう？　そういう外部の人の聞き取り調査には、それなりに時間がかかりそうなものですが。確かあの日、病室に入った見舞い客は三人でしたよね」

溝口は、煙草を灰皿で揉み消すと、早川の若さを笑うような目つきをした。

「君、分かってないねえ。外部の人間の調査なんてできるはずがないだろう。そんなことをしたら、警察沙汰にならなくても、マスコミが嗅ぎ付けるかもしれないじゃないか。だいたい、偶然機械に触ってしまうなんていう可能性は、極めて低い。ゼロに近いといっても過言ではない。リスクを冒してまでそんなことを検証する必要はないはずだ」

「しかしそれでは……」

「それに、状況から考えて、坂下君は限りなく黒に近いグレーであることは確かだろう。そういえば早川先生もさっき、坂下君が経験不足だと証言したよね。参考意見として、記録に残させてもらうよ」

心臓をきゅっとつままれたような気がした。確かに経験不足という言葉は口にしたが、同時に勉強熱心だとも付け加えたはずだが、溝口は後半をすっぱり切ってしまうつもりのようだった。

「しかし、坂下君がすんなりと納得するものでしょうか」

若田部がこのことを知ったら、引き下がりはしないという気もした。若田部は厳しい人間ではあるが、腐ってはいない。

溝口は余裕めいた笑みを浮かべながら、太った体を持ち上げた。

「まあそこらへんは私に考えがある。早川先生の心配することではないな。それより、今回のことで病院内がどうも落ち着かなくていかん。患者さんたちのためにも、このことは早く決着をつけたいものだ。君も気持ちを引き締めて、診療にあたってくれたまえ」

早川はソファからすぐには立ち上がれなかった。だが、溝口は手を振ると、用は済んだから出ていけと目で伝えてきた。この場では、これ以上、何もできそうになかった。早川はのろのろと腰を上げると、一礼をして部屋を出た。

医局にまっすぐ戻る気にはなれなかった。幸い、三時からの外来が始まるまで三十分ほど時間があった。通りの向かい側にあるコンビニエンスストアで弁当でも買ってくるかと思いながら、廊下を歩き始めた。

昼過ぎの中途半端な時間のせいか、コンビニの棚に残っている弁当はから揚げとトンカツだけだった。カロリー過多になりそうだが、しょうがないのでから揚げ弁当のパックを手に取りレジへ向かう。

そのとき、奥の飲み物のガラスケースの前に、見覚えのある後ろ姿を見つけた。丸くふくよかな体つきは、坂下圭子のものに間違いなかった。彼女が手に提げている籠には、スナック菓子がぎっしりと詰まっている。彼女はガラスケースを開けるとビールの五百ミリリットル缶を三本、荒々しい手つきで籠に突っ込んだ。菓子だけならともかく、アルコールを勤務中に買うというのはおかしなことだし、よく見るとコートの裾から覗いているのは、白衣の裾ではなくジーンズだった。

深く考える前に早川は坂下に歩み寄っていた。声をかけると、坂下が振り向いた。いつものにこやかな笑みは、どこを探してもみつからなかった。そばかすの浮いた頬が歪んでいた。

坂下は早川の顔を見ると、決まり悪そうに目をそらした。

「どうしたの？　こんな時間に」

「いいんです。今日はもう上がりですから、寮に戻ります」

「何かあった？」

坂下の目が尖った。早川が聞いたことがないほど、感情的な声を出した。

「どうせ知っているんでしょう？　今日からしばらく自宅謹慎なんです」

「そうか……」

何を言うべきか分からなかった。だが、このまま彼女を帰してはいけないような気もした。

またしても、理想の組織人から一歩遠のいたと思ったが、早川は思わず口走っていた。

「自分が無実なら、きちんと主張したほうがいいぞ。泣き寝入りをしていいことなんかないんだから」

坂下の目が丸くなった。探るような顔つきで、早川の顔を見上げてくる。彼女の表情には、切羽詰まったものがあった。それを見たとき、早川は坂下がミスをしていないという自信を持っていることを感じ取った。

「だけど、誰も私の話をまともに聞いてくれないし……」

早川は内心、深いため息をついた。やっぱり自分は駄目だ。

「今夜でよければ、話を聞くよ。八時過ぎには病院を出られるから、その頃携帯に電話をくれないか」

そのとき、店の入り口に見覚えのある看護師の姿が見えた。二人で話している場面を見られるのはまずいような気がした。

「じゃあそういうことで」と言うと早川は、ケースの中からペットボトルのお茶を一本つかみ出すと、レジに向かって大またで歩き始めた。

坂下でないとすると、ほかの看護師がミスをしたのだろうか。あるいは、自分のミスや不注意を隠しているとか。たとえば夜勤の看護師はどうだろう。その日の夜勤者だった三人の顔を思い浮かべてみた。同僚に罪をかぶせるような陰湿なことをするとも思えなかった。

ほかに部屋に入った人物となると、遺族や見舞い客ということになるが、彼らが誤って機械に触れてしまったという可能性は、溝口が言うとおり限りなく低いのではないか。まさかわざとアラームを切るとも思えないし……。

そこまで考えたとき、衝撃が早川の体を貫いた。レジで金を払い、店の外に出ると、すぐさま携帯電話をポケットから取り出し電源を入れた。坂下の番号を検索して、彼女の携帯に電源が入っていることを祈りながら、通話ボタンを押した。店の外からさりげなく店内を窺うと、彼女は肩から提げたバッグに手を入れていた。驚いたような顔つきをしながら、携帯を耳に押し当てる。

「一つだけ教えてほしい」早川は早口で言った。「あの機械はこれまでにも何度か具合が悪くなっていたんだよな」

「はい。だから、アラームについては、私も慎重に確認したつもりだったんです。あの日だって……」

「いや、そうではなくて」

早川は道を行きかう車を見た。自分がこれから言おうとしていることが、自分でも信じられなかった。だが、確かめなければという思いを抑えることはできなかった。

「三島さんの家族は、機械が不具合を起こした現場に居合わせたことはあるだろうか」

三島耕一が亡くなった後、確か家族の一人がそんなことを言っていたはずだ。

「えっ、それはどういうことですか？」

「いいから答えてほしい」

「そういえば、大木公子さんがお見舞いに来ていたときに、アラームが鳴ったことがありました。でも、それが何か？」

それだけ聞けば十分だった。短く礼を言って電源ごと電話を切った。目の前を流れている風景が作り物のように思えた。信号が青に変わった。横断歩道を渡りながら、早川は何度も大きく息をした。

そんなことがありうるだろうか。だが、可能性としては否定できない。

尊厳死を望む人物と、そうではない人物が、あの家族の中にいた。

大木公子は三島耕一を尊厳死させることを希望し、信じられないことに自らスイッチを切るとまで言った。一方、患者の母親は、尊厳死を選ぶことが家族の総意として決まった後になって、早川に対して、それを阻止したいという相談を持ちかけてきた。

あのとき早川は、母親が騒ぎ立てたら尊厳死は先送りになるのではないかという気がしていた。それを嫌った大木公子が、アラームを切ったと考えられないだろうか。

だが、すぐに早川は自分の推理に決定的な穴があることに思い当たった。

機械がトラブルを起こす可能性など極めて低い。大木公子はアラームの音量を絞ることはできても、機械の不具合まで誘発することはできなかった。アラームだけをいじっても、何の意味もないのだ。

　やはりこれは家族の間のトラブルなどではなく、事故だろう。

　横断歩道を渡り切ったところで、早川は空を仰いだ。冬の空は透き通っていた。

　あいまいな根拠で人を疑うのでは、溝口と同じだ。あらゆる可能性を検討したうえで、何が起きたのかを考えるべきだった。やはり今夜、坂下から話を聞くことが、自分がやるべきことだった。

　しかし、面倒なことになったものだ。

　早川は病院の玄関を入りながら、ため息をついた。

　ここではスマートに世渡りをしていくつもりだったのに、今、どっぷりと泥沼に足を突っ込もうとしている。でも、もう片足ぐらいははまってしまったのだから、引き返せはしない。

　とりあえずは、から揚げ弁当を平らげて体力を養っておくことだ。

　早川は階段を一段飛ばしで上り始めた。

　ナースステーションを通り抜けるとき、ふと気になった。三島家、あるいは大木公子が事故と関係がないとすると、見舞い客のうちの誰かが何かをしたのかもしれない。もちろん、彼らが故意にアラームを切るとは思えなかったが、何かの拍子に機械を触ってしまったということはなきにしもあらずではないか。

看護師に断って見舞い客が名を記入するノートを広げ、事故当日のページを開いた。安土、石田、笠原。三人の名前が記入されていた。

彼らに当たってみようか。

一応、三人の名前を手帳に書きとめた。看護師に聞けば、もう少し詳しい情報が分かるかもしれない。

そのとき、背後から肩を叩かれた。立っていたのは若田部だった。

「何をしているんだ？」

「いえ、ちょっと……」

だが、広げたノートはごまかしようがなかった。

若田部は冷たい一瞥《いちべつ》をくれた。

「溝口先生にすべてをお任せすることだな。余計なことをすると、君のためにならないぞ」

「はあ……」

早川は、上目遣いで若田部を見ると、そそくさとその場を離れた。

三島芳子は、押入れからプラスチックの衣装ケースを取り出すと蓋を開けてみた。目に飛び込んできたのは草色のポロシャツだった。見覚えがあるものだった。去年、耕一の誕生日に自分が選んで買ってやったものだった。見ていられなくなって、ケースの蓋を閉じた。

耕一が亡くなってから、三週間が過ぎた。

葬式のことはよく覚えていない。泣きすぎて意識が朦朧《もうろう》としていたのだと思う。

それでも、いつまでも泣きながら家に引きこもっているわけにはいかなかった。さしあたり、耕一の住んでいた部屋を片付けなければならなかった。そこで今日、夫と香織と三人でやってきた。だが、部屋に足を踏み入れた瞬間、後悔した。わがままを言ってでも来るのではなかった。部屋のあらゆるところに耕一の気配が感じられ、それが芳子には懐かしいより辛かった。

「お母さん、食器は全部処分していいわよね」

キッチンから聞こえてくる香織の声で我に返った。病院関係者が近々、事故について報告を持ってくる。それを確認したら、彼女は渡米することになっていた。香織に余計な気を遣わせたくはなかったので、芳子は明るい声を出した。

「ちょっと待って、私が調べるから」

食器など持ち帰っても役に立ちはしないけれど、耕一の持ち物はできる限り自分の手元に置いておきたかった。

ダイニングキッチンでは夫の安雄がテーブルにつき、書類を広げていた。老眼鏡の度数が合わなくなっているのか、眼鏡をずらすようにしながら、細かい数字を目で追っている。

「お父さん、何を見ているの？」

安雄は顔を上げると生命保険の証書だと言った。耕一が入社したときに加入したものだという。反射的に顔をしかめてしまった。

「そんなお金、欲しくないわ」

「受取人は我々ではないようだよ。去年の秋に受取人の名義が、公子さんに切り替わっている。さすがにあいつはしっかりしているな。そういえば今度、公子さんにも一度ゆっくり会わないといけないだろうな。形見になりそうなものも何かあげたほうがいいだろうし」

安雄の言葉の最後のほうは、芳子の耳には届いていなかった。

耕一の命と引き換えの金など欲しくはないが、受取人が自分たちではなく公子だというのが、引っかかった。

「いくらなの？」

「ええっと、三千万円かな。まだ詳しく見ていないから確かなことは言えないが」

ふいに激しい怒りが湧いてきた。八つ当たりかもしれないと思ったけれど、公子に対する嫌悪感を抑えることができなかった。

結果論にすぎない。でも、彼女は耕一が死んで、三千万円を手に入れる。

怒りはすぐに、冷ややかな気持ちに変わった。

そういえば、耕一を尊厳死させようと言い始めたのは公子だ。

芳子は安雄に向かって言った。

「公子さんは、そのことを知っていたのかしら」

安雄が問いかけるような視線を投げかけてきた。夫の鈍さに腹が立った。

「あの人、保険のことを知っていたから尊厳死させましょうなんて言い出したんじゃないのかしら。耕一があの状態のままで生き続けたら、あの人は身動きが取れないでしょう。もちろん、縛り付けるつもりなんかなかったけれど、彼女にしたら、耕一を見捨てて生きていくっていうのは寝覚めが悪いでしょうし」

安雄が厳しい表情を浮かべた。香織もキッチンから出てきた。二人とも芳子を責めるような目つきをしている。

「もう終わったことじゃないか。耕一は結果的に事故で亡くなったわけだし」

「そうよ。今さらそんなことを蒸し返すのはやめてよ」

「でもあの人、保険金があれば、これからしばらく遊んで暮らせるんじゃないの？　あるいは店を新しく出すような話もしていたわよね」

「それ以上言うな」安雄が吐き捨てるように言った。「我々がこれからすべきことは、病院の調査結果をしっかり聞き届けて、二度と同じ事故が起きないということを確かめることだ。そして、それを耕一に報告することだろう。余計なことを考えるなよ」

芳子は黙るしかなかった。キッチンに入ると、小さな食器棚に並ぶコーヒーカップや皿を改め始めた。

自分は見当違いな怒りを公子に対してぶつけているのではないか。そんな気もした。安雄の言うとおり、耕一は結果的に事故で亡くなったのだ。尊厳死は結局、実行されなかった。

頭ではそうと分かっている。それでも、どうにもやりきれなかった。

耕一が亡くなった日の昼間、尊厳死を阻止できるかもしれないと思った。それが自分の使命だと思った。それなのに、あっけなく耕一は逝ってしまった。自分はそのことを受け入れられず、他人に難癖をつけようとしているだけかもしれない。それでもやっぱり、公子は許せないような気がした。耕一のことを本当に考えていたのは、結局、自分だけなのではないか。

芳子の手から、コーヒー茶碗が滑り落ちた。割れこそしなかったが、床にぶつかり鈍い音を立てた。

その音を聞いた瞬間、芳子はあることを思い出した。

耕一が亡くなった日、安土と石田あかね、そして笠原が見舞いに訪れた後、給湯室で茶碗などを洗って部屋に戻る途中、早川と会った。廊下での立ち話もなんだと思ったけれど、その前に頼んだことについて、念を押さずにはいられなかった。話している最中に、公子が廊下の向こう側からやってきたのだった。

あのとき、彼女は、自分たちの話を聞いたのではないだろうか。

芳子は胸が苦しくなった。

安雄や香織にこの話をしたら、怒られるだけだろう。

でも、胸の中に芽生えた灰色の感情は、一秒ごとに色濃くなっていくようだ。

公子は耕一の死によって大金を手に入れる。しかも、考えようによっては耕一から解放されたとも言えるのではないだろうか。肉親とそうでない人間の思いは違うと思う。

彼女は機会があれば、涼しい顔をして誰か別の男と結婚するかもしれない。もし、耕一が生きていたら、そんなこともできないだろう。公子は、耕一の死を強く望んでいたのではないか。

そこまで考えて、芳子は頭を振った。

いくらなんでも考えすぎだ。ただ、生命保険について知ったとき、公子に対して抱いた嫌悪感は、当分、解消できそうになかった。

ピンク色の制服を着た事務員の背中が止まった。彼女の目の前にある扉には、「副院長室」というプレートがかかっていた。事務員がノックすると、ドアの向こう側から男の声で返事があった。事務員は扉を押し開くと、片手をドアノブにかけたまま、深々と腰を折った。

「さ、入ろう」

三島安雄が一同の不安を和らげるような、穏やかな声で言った。公子は小さくうなずいた。

今日、病院から事故の原因調査の結果が報告される。

三島家の三人とは病院のエントランスで落ち合った。彼らと顔を合わすのは約二週間ぶりだった。芳子が沈んでいるのが気になった。こんなときだから自分だって朗らかに挨拶を交わす気分にはなれなかった。彼らと顔を合わすことで、耕一がいなくなったのだと改めて実感してしまうから、辛くもあった。芳子もそんな気持ちだったのかもしれないけれど、会釈をしても無視されたのにはちょっと傷ついた。

安雄と香織は廊下を歩きながら、体の具合をしきりと尋ねてきた。痩せたのではないか、食事はきちんと摂っているのか——。そんな質問ばかりだった。よほどひどい顔をしているのだろう。無理もないと思う。店はなんとか開けているけれど、眠れない夜が続いていた。喉に流し込むアルコールの量も日に日に増えていた。最近ではウィスキーのボトルを空けても酔いはさっぱり訪れず、道を挟んだところにあるコンビニエンスストアに深夜の二時頃、買出しに行くこともあった。

　正気のまま、目を閉じるのが怖かった。

　時折、耕一が今の自分を見たら失望するのではないかという考えが脳裏を掠めるときがある。だが、次の瞬間、耕一が自分に対して非難がましいまなざしを注ぐことはあり得ないという事実が、重くのしかかってくる。

　そして、日を追うごとに、虚しさがつのっていた。あの要望書を新宿のホテルで初めて見たとき以来ずっと封印してきた感情が、耕一の死を機に噴き出したようだった。

　耕一はなぜ尊厳死を希望していることを話してくれなかったのだろう。

　自分は信頼されていなかったのではないか。

　結局、そのことについての答えは出ていない。意識を取り戻すことなく、耕一は死んでしまった。

「公子さん、どうしたんだい？　早く入って」

　安雄の声で公子は我に返った。事故の原因が分かれば、少しは救われた気持ちになるのだろうか。自分が大切にしたかった最後の数日を奪った人間が誰なのか分かれば、その人間に怒りをぶつけることで楽になれるのだろうか。話を聞いてみないことには、自分がどんな気持ちでそれを受け止めるのか分からなかった。なんとなく落ち着かない気分で公子はベージュのカーペットが敷かれた部屋に体を滑り込ませた。

応接スペースには三人がけのソファと向かい合うように、一人がけの椅子が二つ並んでいた。椅子の前には初めて見る小太りの男と、若田部が立っていた。早川という主治医は、その隣に広げられたパイプ椅子の前で、しゃっちょこばっている。三人とも白衣を着ていた。診察するわけでもないのに、それが礼儀だとでも思っているようだ。

三人のうち、早川は明らかに落ち着きがなかった。しきりと目をしばたたいている。若田部はいつものように精悍な顔つきでどっしりと立っており、その隣の男はつやつやとした顔に、不敵にも見える笑みを浮かべていた。

「今日は、わざわざお運びいただいて申し訳ございません。私、調査委員会の委員長を務めております溝口と申します」

小太りの男が如才なく頭を下げると、席を勧めた。だが、すぐに彼の表情が固まった。ソファはどう見ても三人がけだった。

「おいっ、早く椅子を一つ持ってきたまえ!」

溝口はドアのところでかしこまっている女性事務員に向かって怒鳴った。顔が紅潮している。はじかれたように部屋を出ていった事務員は、すぐに重そうな椅子を引きずるようにして現れた。

「不手際で申し訳ございませんな。いや、お恥ずかしい限りです。ささ、どうぞおかけになってください」

「公子さん、ソファに座って。私は後ろでいいわ」

香織が公子の耳元でささやいた。この場で譲り合いを繰り広げるのはばかばかしいので、素直に彼女の言葉に従った。ソファの真ん中に座った安雄の右隣に公子は腰を落ち着けた。

「このたびは誠に申し訳ございませんでした」

溝口の言葉が合図だったかのように、三人がいっせいに頭を下げた。公子は冷え冷えとした思いで、彼らの頭頂部を眺めた。三島家の人々も同じ思いのようで、押し黙っている。

十秒ほどそうしていただろうか。まるで示し合わせたように三人が同時に顔を上げた。

「それで、事故の原因は分かったんですか？」

安雄が穏やかな声で尋ねた。

「はあ。先日、お話ししたとおり、機械の回路が焼き切れるという偶発的な故障が起きたのが第一の原因です。第二の原因は、アラームが鳴らなかったことです。不幸なことが二つ重なってしまい、残念な結果になってしまいました」

溝口が滑らかな口調でしゃべり始めた。

「故障については先日も少しお話ししたように、メーカーに調査をさせました。同じタイプの製品すべてに問題があるというより、当該機固有の問題だったそうです。そして、アラームが作動しなかった件についてですが……」

溝口は視線をいったん膝に落とすと、上目遣いで安雄を見た。

「聞き取り調査の結果、ウチの看護師が機械を再起動させる際に手順を誤ったことが判明しました。若い看護師の単純なミスです。いや、本当に申し訳ないことで、なんとお詫びをしたらよいものか……」

安雄は何かに耐えるように、唇を引き結んでいた。公子も膝に手を置いたまま、うつむいているしかなかった。

単純なミスという言葉が胸を突き刺した。人間だからミスをすることがあるというのは、頭では分かる。だけど、人の生死にかかわる問題でミスなんて許されないのではないだろうか。耕一が解剖を避けることを望んでいたから、警察に通報しないという病院の提案に、自分も三島家の人たちも同意した。それで本当によかったのかどうか、自信がなくなってきた。

溝口は上体を前に倒すと、安雄の目をまっすぐに覗き込むようにした。

「ミスをした看護師には、現在、自宅謹慎を命じておりますが、月内には辞表を出してもらいます。本人もたいそう反省しております。もちろん、監督責任もありますから、ここにいる若田部と早川、そして看護師長には始末書を書かせ、しかるべき処分をいたします。また、メーカー側も責任を感じておりまして、今日は同席を私が断ったのですが、後日、お詫びにお伺いしたいそうです。また、私どもで再発防止に向けて、人工呼吸器の取り扱いマニュアルを独自に作成し、全職員に研修を受けさせることにします。ご子息の事故を教訓に、二度と同じことが起きないように、細心の注意を払って業務に取り組んでまいる所存です」

「はあ……」

安雄はポケットからハンカチを取り出し、額をぬぐった。

「あと、こういうことを申し上げるのは不謹慎かもしれませんが、見舞金を受け取っていただければと。いやもう、我々に全面的に非があるわけでして、できる限りのことをさせていただく所存です」

溝口は再び頭を深く下げた。ほかの二人もそれに倣った。

「その看護師の方は？」

安雄が尋ねると、溝口が二重顎を引いた。

「坂下圭子というものです。本来ならば、この場に列席させるべきなのですが、本人もショックを受けておりまして、体調を崩しております。なにとぞご容赦を……」

公子は一瞬、自分の耳を疑った。坂下は、そばかすが頬に散っている感じのいい看護師だ。

手際もよかったし、何かと心を配ってくれた。信頼できる人だと思っていた。

そのとき、芳子が突然口を開いた。

「坂下さんを呼んでいただけませんか？　直接、彼女に確かめたいと思います。あの方には本当によくしていただきました。大変優秀な看護師さんでしたので、信じられません」

公子も同じ思いだった。

「いや、今日のところは」

溝口が体をすぼめるようにして頭を下げたが、芳子はなおも言い募った。

「彼女のミスだという証拠はあるんですか？　アラームの設定を変えることは、誰だってできるはずですよね。あの日はお見舞いの人が来ていたし、たとえば私たちのうちの一人でも可能ですよね」

「それは……」

面食らったように溝口が目をぱちくりさせていた。若田部は気難しそうな顔をして腕を組んでいる。早川だけが、目を大きく見開いて、芳子を見つめていた。

「私は調査結果に納得できません。私たちに何の話も聞いていないじゃありませんか。私に尋ねていただければ、はっきり申し上げましたのに。この中には、耕一の死を願っていた人がいます」

芳子の目は、何かに憑《つ》かれたようにぎらぎらと光っている。何か恐ろしいものを見てしまったような気がして、公子の背筋を冷たいものが走り抜けた。

「やめないか」

安雄がたしなめるように芳子の腕に手をかけたが、芳子はそれを振り払うと、まっすぐに公子を見た。公子の心臓が大きく跳ねた。

「尊厳死を強く主張したのは、公子さんです。私は嫌だったんです。最後まで治療を続けたかったんです。だけど、耕一を死なせようって公子さんが言い出したんです。それが決まってからも私は、なんとかやめさせられないものか考えていたんです。だからあの日、早川先生に、尊厳死に反対している方を紹介してくれるようにお願いしたんです。公子さんはそれを聞いていたと思います。それに、アラームのことも知っていたわ。一度、公子さんがいるときにアラームが鳴って、そのことについて看護師から説明を受けたそうじゃありませんか」

芳子は話しているうちに、興奮が抑えられなくなってきたようで、ついに立ち上がった。公子をまっすぐに指差す。

「耕一を死なせた原因を作ったのは、この人かもしれない。調べてください。そうでなければ、納得なんてできません」

芳子は早口でそれだけ言うと、丸い肩を大きく上下させた。興奮のせいか、鼻の頭が赤味を帯びていた。

何か言わなければと思った。だが、安雄に腕をつかまれた。安雄は目で「やめろ」と語りかけてくる。馬鹿な話に付き合う必要はない、と彼の表情は語っていた。

「早川先生、そういう話をしていたのかね？」

「はあ……。相談は確かに受けていましたが」

早川の煮え切らない返事を遮るように、溝口は、若田部に向かって言った。

「若田部先生は、この件について何か？」

若田部は濃い眉を寄せて目を閉じていた。心もち、顔を天井に傾けている。顎の裏側に剃り残した髭が数本、目に付いた。

「いや、私は何も聞いていません。尊厳死は三島耕一さんの希望であり、それが書面で確認できたので、家族の方の同意を得てそれを実行する。それが三島耕一さんに対して、自分ができる最大限のことだと考えていましたからね」

溝口が小刻みに何度もうなずくと、早川に向き直った。早川の頬は蒼白だった。茶色い髪が、すすけて見えた。早川は迷いを振り切るように、膝に手を置き背筋を伸ばした。

「確かに、お母様から相談は受けました。ですが、尊厳死を中止するなどとは一言も申し上げておりません」

「だけど早川先生と私の話を公子さんは聞いていたでしょう！　そのことだけでも証言してください。そしてこの人を問い詰めてください。なんだったら警察に突き出してもいいわ。耕一なんて死んでもいいと思っていたのよ。自分が一生、病人に縛られるんじゃないかとおびえていたんだわ。保険金が入ってくるっていう期待もあったんじゃないの？」

公子は口が利けなかった。頬が熱かった。怒りと情けなさがごちゃ混ぜになった感情が、体の中を駆け巡った。

耕一の死で、芳子の精神が不安定になっていることは分かる。そのことを割り引いても、あまりにひどすぎる。

「お母さん、いいかげんにしてっ！」

香織が悲鳴のような声を上げた瞬間、乾いた音がした。安雄が芳子の頬を張ったと気付くまでに数秒を要した。

「公子さんがそんなことをするはずがない。言っていいことと悪いことがあるだろう」

安雄の声は情けなさを嚙み殺すように震えていた。頬もかすかに震えていた。視線も無力感に打ちのめされたように揺らいでいた。

「だけどあなた……」

安雄は気を取り直すようにため息をつくと、芳子の肩に手を回した。

「事故だったんだよ。不幸な事故だったんだ……」

「だけどそれじゃあ、あまりにも耕一が……」

芳子がすすり泣きを始めた。白々とした空気がその場に漂いかけたが、それを嫌うように、かすかな咳払いが聞こえたかと思うと、溝口が緊張した面持ちでしゃべり始めた。

「坂下看護師は熱心ですが、未熟な点がございました。それが不幸な事故につながってしまいまして……。本当に申し訳ありませんでした。ただ、若いもののことです。もし、お許しいただけるようであれば、このまま警察には知らせずに、穏便にすませていただけないでしょうか」

溝口の言葉は、芳子の言ったことをまるで無視していた。病院側はまともに取り合うつもりがないようだった。

公子はほっと胸を撫で下ろしかけたが、強い視線を感じた。早川が自分を見つめている。疑われているのだと思った瞬間、公子の中で何かがはじけた。

耕一は、自分を信頼していなかった。それでも自分は彼のことを考えてできる限りのことをやった。自分の気持ちを抑えるために、血を吐く思いで尊厳死を提案した。それなのに、彼を殺したと疑われるなんて、あまりにも理不尽だ。

安雄の声が聞こえた。

「分かりました。坂下さんにはよくしていただいたと感謝しています。彼女の将来を閉ざすようなことは、私はしたくないし、耕一も同じだと思います」

「寛大なお言葉、ありがとうございます。それでは、具体的な手続きなどについては、後日改めてということでよろしいですかな」

溝口の声が流れている。だけど、それはラジオから流れる声のように、公子の頭を素通りしていった。

医局にある自分のデスクに戻ると、早川は冷や汗をぬぐった。

さっきはまずかった。三島芳子から、尊厳死を取りやめさせることについて相談を受けていたことが、あんな形で表沙汰になってしまうとは。あとで若田部から叱責《しっせき》を受けるかもしれないと思うと、憂鬱《ゆううつ》な気分になる。

さらに憂鬱なことがあった。もしかしたら大木公子が犯人ではないかと、自分は疑った。それと全く同じことを芳子が考えていたとは。

ただ、早川は、溝口や若田部が芳子の話に全く関心を示さなかったことに、なんとなく嫌なものを感じていた。まるで意図的に坂下を犯人に仕立て上げたがっているような気がする。

コンビニで坂下に会った日の夜、彼女をファミリーレストランに呼び出した。話を聞いてやろうと思ったのだ。だが、彼女の態度は一変していた。自分のせいかもしれないと、しおらしく頭を垂れてみせたのだ。

何かおかしいような気がした。だが、本人が処分を甘んじて受けるといっているのにそれを撤回させる必要があるのか分からず、彼女をそのまま帰してしまった。以来、連絡はない。だが、今日の溝口らの反応をみると、やはり何か匂う。大木公子もそうだが、ほかの見舞い客にも目をむけたほうがいいような気がした。手始めに誰を調べるべきかは早川の心の中で決まっていた。葬儀のときに、自分の直前に記帳をしていた石田あかねという女性が気になっていた。非常に美人だったからだ。下世話な想像だが、三島耕一と恋愛関係にあっても不思議ではないと思った。

彼女の自宅住所はその場で記憶し、直後にトイレで手帳に書き付けた。行こうと思えば行ける。

今日はこの後幸いなことに、手術も外来も入っていないから、このまま帰宅しようと思えばできた。

早川は若田部に見つからないよう、そそくさと帰り支度を整え病院を後にした。

石田あかねの自宅は巣鴨《すがも》にあった。山手線《やまのて》で一本だ。

駅前の交番で道を教えてもらってたどり着いたマンションは、なかなか立派なものだった。だが、古い建物のようでオートロックではなかったので、エントランスを入って、二階にある彼女の部屋のチャイムを押した。

年甲斐もなく胸がドキドキした。まるで探偵ごっこをしている子供のようだ。

すぐにインターフォンに本人が出た。三島耕一のことで病院から来たと言うと、石田あかねは押し黙った。

「ちょっと話を伺うだけでいいんです」

早川は懇願した。ここまで来て追い返されたのでは、格好がつかない。石田あかねは、夕飯の支度をしているので十分ほどしか話せないがと前置きをして、ドアを開けてくれた。

今日の彼女も美しかった。髪の毛をヘアバンドできりりとまとめている。

「あの、三島耕一さんのお見舞いにいらしたときのことなんですけど」迷惑そうな顔の彼女に早川は切り出した。「ペンを落としませんでしたか？」

石田あかねは眉を寄せると、そんな覚えはないと言った。

「人工呼吸器の裏に落っこちていたんだけど」と言いながら、婚約者が去年の誕生日にプレゼントしてくれた万年筆を出してみせた。

「石田さんが帰った後、人工呼吸器の位置が少しずれていたみたいだから、石田さんの落とし物ではないかって看護師が……。ぶつかったりしませんでしたか？」

人工呼吸器という言葉を出しても彼女の表情は変わらなかった。

「あなた、本当に病院の人ですか？　なんか話がおかしいわ。名刺を出してください。病院に電話を入れて確認しますから」

石田あかねが冷たい声で言った。

早川は唇を嚙んだ。

この程度のことしか自分はできない。こんなことをしても所詮《しょせん》、無駄だったのだ。正義漢ぶるのではなかった。

「いえ、石田さんのペンでなければ、それでいいんです」

惨めな気分で早川はきびすを返した。

どうすればいいのだろう。

階段を駆け下りながら、早川は思案した。自分は決して人あたりが悪いほうではないと思う。でも、こんな難しい調査を、相手に目的を悟られずに手がけるなんて、難しすぎる。

看護師に協力してもらえば、もうちょっとましなことができそうだが……。

若田部の精悍な顔が頭に浮かんで、早川の気持ちはしぼんでいった。

無理だ。自分には調査なんてできない。溝口は結論を出した。そして坂下も受け入れた。

だったらそれでよいではないか。

そのとき、携帯電話が鳴った。出てみると先輩医師からだった。

「おい、担当患者が急に苦しみ出した。エックス線でちょっとみてみたんだが、もしかしたら、緊急手術が必要かもしれない。すぐに戻ってくれ」

「は、はいっ」

早川は駆け出した。吐く息は熱いが白かった。

三島耕一は亡くなった。そして自分には救わなければならない患者がいる。こんなところで油を売っている場合ではない。

大人にならなければと早川は痛感した。

13

チャイムが鳴った。ちゃぶ台に突っ伏していた公子は、重い頭を上げた。その瞬間、発酵臭がして顔をしかめた。時計を見ると午後三時を指している。

昨日、調査報告を病院で聞いた後、大量のアルコールを買い込んで自宅に戻った。それからずっと飲み続け、いつの間にか眠ってしまったようだ。

チャイムが再び鳴った。そして、ドアが激しくノックされた。

「公子さん、三島香織です」

香織が何故ここに……。居留守を使おうかと思ったが、ノックの音はいよいよ大きくなる。

公子は舌打ちをすると玄関に立った。

ドアを開けると香織が目を見張った。

「どうしたんですか、その格好」

自分の姿を見た。クリーム色のトレーナーの胸元に、安い赤ワインの染みがべったりとついていた。頭に手をやった。髪の毛もぼさぼさだ。やはり出るのではなかったと思いながら

公子は尋ねた。

「何の用ですか?」

「お酒、飲んでるの? とりあえず、部屋に入れてもらいます」

香織は返事を待たずに靴を脱ぎ、背中を押すようにして部屋に上がった。

もうどうにでもなればいい。

やけっぱちな気分で公子は茶の間に戻った。改めてみると部屋はすごいことになっていた。酒に逃げたのは何も昨夜のことばかりではない。部屋の片付けも全くしていなかった。畳に空のウィスキーのボトルが転がっており、新聞や雑誌が散乱している。

香織はこわごわ部屋を見回していたが、新聞をどかしてちゃぶ台の前に座った。

「公子さん、まともなものを食べないで飲んでばかりいるんじゃないの？　何か買ってきて作ろうか？」

「放っておいてください。もう三島家の人とはかかわり合いになりたくないから」

香織が傷ついたように目を伏せた。

「昨日はごめんなさい。母があんなことを言ってしまって。精神状態が不安定なんです。本心じゃないわ」

「いいんです、もう」

「よくないわ。これからも公子さんとは付き合っていきたいと思うから」

公子は耳をふさぎたくなった。耕一のことは、一切忘れてしまいたかった。香織の言葉はわずらわしいを通り越して迷惑以外の何ものでもない。

「やめてください。そして帰ってください」

思わず怒鳴っていた。自分に怒鳴る気力が残っていたことが不思議だった。

香織は驚いたように体を引いたが、きかん気らしく口元を引き締めた。

「そんなことできるわけないでしょう。あなたは兄さんの婚約者だったんだから、放っておけないわ」

「関係ないです。だって……」公子はこらえきれずに嗚咽を洩らした。「あの人は私のことなんか信用していなかったんだから。私は……私だってお母さんと同じように、耕一さんを死なせたくなかった。でも、あの人の希望をかなえなきゃって頑張ったんです。それなのに……」

初めて自分の気持ちを口に出した。そのことに気付くと、涙が止まらなくなった。香織は困ったように見つめていたが、泣かせておいたほうがよいと判断したのか、部屋の片付けを始めた。新聞を手際よくまとめ、空き瓶をキッチンへ運ぶ。

ちゃぶ台を布巾で丁寧にぬぐうと、香織は公子に向かって微笑んだ。

「お風呂、沸かしましょうか」

いらないと言うと、香織はキッチンに戻って、濡れタオルを持ってきた。

「顔、拭いたほうがいいんじゃない？」

湯気が出ているそれは見るからに気持ちよさそうだったので、受け取って顔を拭いた。温かさがまぶたにしみた。少し気持ちが落ち着いた。そして、香織にはきちんと話しておこうと思った。

「この部屋、みすぼらしいでしょ。あなたたちの家とは大違い」

香織は遠慮がちに首を横に振った。

「私は尊厳死について、耕一さんに何も知らされていなかったことがショックでした。すごく傷つきました。耕一さんが亡くなるまでは、そのことは考えないようにしていたんだけれど、今はそのことばかりが気になって。でもよく考えてみると、それも仕方がないことなのかもなって。私はその程度の人間なんです。難しいことは分からない。耕一さんはきっと私のことが信用できなかったんだと思います。だから、もういいんです。耕一さんのことは、忘れようと思っているんです。三島家の人とのお付き合いもこれっきりにしてください」

香織が冷たい目で見つめていた。でも、心にあることを吐き出せて、気分は少し楽になった。

結局、そういうことだったのだ。

「そういうふうに自分を卑下するのは、みっともないと思うけど」

「だけど……」

あなたたちには分からない。公子は心の中でそうつぶやいた。

「それに、そういうことは言ってほしくないわ。兄さんが馬鹿にされているみたいだから。結婚しようとしていたんだから、信用していなかったなんてことはないわよ」

公子は黙り込んだ。

頭の中が混乱していた。香織がさっき出してくれたペットボトルの水を口に含んだ。干からびていた細胞が、生気を取り戻していくようだ。

自分は香織の言葉を信じたがっている。でも、それが難しいことも分かっていた。信じるためには、材料がいる。自分にはそういうものが何もない。

「とにかく、もう一人にしてください。もうこれ以上、傷つきたくないから」

何気なく口に出した言葉だった。だが、香織の顔がさっと紅潮した。

「自分だけが被害者みたいな顔をしないでよ」

香織の目がみるみるうちに潤んだ。

「兄さんの要望書で傷ついたのは、あなただけじゃない。父だって、母だって、それに私だって……」

そのとき、ふいに香織が両手で顔を覆った。今度は公子があっけにとられる番だった。

テレビ台に載せてあったティッシュの箱を取って香織に渡してやった。香織はそれで顔を拭くと、自分を落ち着かせるかのように、何度も深呼吸を繰り返した。

「私も後悔しているのよ」香織はつぶやくように言うと、赤くなった目で公子を見た。「私たち、なんで母が兄を尊厳死させる気になったのか話していなかったでしょう？」

公子はうなずいた。不思議に思っていたのだ。何故、あんなに感情的に反対していた芳子が、耕一の尊厳死を認める気になったのか。

香織は目を瞬くと、弱々しい声で話し始めた。

「私のせいなの。私、アメリカで再就職しようと思っていたんだけど……。兄が生きている限り、それは無理だった。自分でもひどいと思うんだけど、尊厳死という選択肢があるなら、それを選んでもらえたらありがたいっていう気持ちは消えなかったわ。そういう私の気持ちにウチの親が気付いてしまって……」

再び涙が香織の目からあふれた。

「父も母も本心では尊厳死なんて嫌だったのよ。自分たちで兄を死なせるなんて。だから事故で兄が死んだとき、ほっとした気持ちもあったの。人工呼吸器を私たちの手で切っていたら、私は自分のせいで兄が死んだんじゃないかっていう気持ちを一生、引きずっていたと思う」

公子の胸がぐっと詰まった。クールに見えた香織にも、彼女なりの葛藤があったのだ。

「でも、自分のために兄さんを殺そうとしていたのかもしれないっていう事実は消えないと思う。協会に登録もしていなかったし、誰も直接兄さんから話を聞いたわけじゃないから、本当のことなんか分からないのに」

公子の胸になんとも言えない気持ちが広がった。耕一の意思が見えない、声が聞こえないことに苦しんだのは自分一人ではなかった。そのことにもっと早く気付いていればよかった。そうすれば、彼の意思を確かめる方法を一緒に考えられたかもしれないのに。

そのときふと、公子は思った。

もしかしたら、遅くはないのではないか。耕一が死んでしまった今、彼の真意がどこにあったのか知っても意味がないと、他人の目にはうつるかもしれない。でも、自分にとっては大切なことだった。そしておそらく香織にとっても。芳子や安雄にとってもよいことのように思えた。

「香織さん、私、実は気になっていることがあって……」

香織が泣きはらした顔を上げた。

「耕一さんはなんで協会に正式に登録しなかったんだろうって……。らしくないような気がするんです。耕一さんの性格から考えると、尊厳死を本気で考えていたならまず登録をすると思うんです。そのほうが自然だし、確実でしょう。それなのになんであんな中途半端な形で要望書を残したのかが、よく分からなくて。絶対に協会の存在は知っていたと思うんです。そのぐらいのことすぐに調べられるはずですから」

香織はしばらく黙っていた。そして、渡米するのは二週間後だと言った。

「その間、できるだけ調べてみませんか」

公子の言葉に、香織は力強くうなずいた。そのとたんに猛烈な空腹を覚えた。

「とりあえず、御飯を食べに行きましょう。駅前に蕎麦屋さんがあるんです。ちょっと待っていてもらえますか？」

公子はそう言うと、シャワーを浴びるために浴室に向かった。

熱いお湯を浴びながら、香織に言われたことについて考えた。

自分だけが被害者という顔をするな。

耕一も同じことを言うような気がした。耕一は、大病をしたことについて、不幸ぶるようなことが一切なかった。苦しまなかったはずはない。でも、そのことをあからさまに口に出すことを良しとしない人だった。そして、自分もまたそうだった。自分の身に降りかかってきた災難を、歯を食いしばって一人で乗り越えた。

自分たちは同類だった。だからこそ、惹《ひ》かれ合うものがあったのだと思う。

ここで自己憐憫に浸ったら、耕一と過ごした時間が嘘になってしまう気がした。

シャンプーを泡立てると、ミントの匂いが鼻腔を掠めた。久しぶりに、胸のつかえが取れたような気がした。

14

公子は三島香織と待ち合わせをしているコーヒーショップに、約束の時間の十分以上前に着いた。品川駅構内にある店で、仕事の途中とみられるビジネスマンらで、席はほとんど埋まっていた。カウンターでブレンドコーヒーを注文すると、禁煙席でたった一つだけ空いていた二人がけのテーブルについた。

今日、二人で安土を訪ねることになっている。香織がアポイントを取ってくれた。安土は耕一から尊厳死について聞いていた。どんなふうに耕一が語っていたのか確かめたかった。

コーヒーは熱すぎて、味がよく分からなかった。でも、久しぶりに嗅ぐ香ばしい匂いは悪くないと思った。こんなふうに街中でコーヒーを飲んでいる自分が、不思議でもある。一昨日、香織がアパートに訪ねてこなかったら、今日もきっとあの部屋に閉じこもったままだった。

昨日、店で相原康子と話をして、しばらく店を閉めることを告げた。耕一のことを自分なりに決着させなければ、店を開けていてもどうせまた酒に溺《おぼ》れてしまうことは目に見えていた。この際、じっくり時間をかけて気持ちを整理して、その後、一から出直すべきだと思った。

平均寿命まで生きるとしたらあと何十年も自分は一人で暮らしていかなければならない。誰も助けてはくれない。頼れる人もいない。この手で、食い扶持《ぶち》を稼ぎ出さなければならない。このままずるずると堕落していくわけにはいかなかった。

康子はことの成り行きを予想していたようだった。店を再び開けるときに人手が必要だったら遠慮なく声をかけてくれと言ってくれた。そして、昼間なら自分は暇だから、気が向いたらお茶でも飲もうと誘ってくれた。彼女の気遣いがありがたかった。同時に、自分の悲しみや怒りにかまけて、彼女に迷惑をかけてしまったことを申し訳なく思った。

しかし、これでよかったのだと思う。働かなくても数ヶ月ぐらいは暮らしていける貯金はある。納得のいくまで、調べようと思った。

コーヒーを半分ほど飲み終えたところで、香織が現れた。今日はいかにも上質そうな、たぶんカシミアのロングコートを着ており、シックな装いだった。ショートカットの耳元で光っているピアスは、たぶん本物のダイヤ。一瞬、いつものコートにジーパンという自分の服装が恥ずかしくなりかけたが、耕一がそういうことを気にする性質ではなかったことを思い出し、自分も気にしないことにした。それに、昨日、髪を切ってさっぱりしたばかりだ。

カウンターでコーヒーを買ってきた香織は、公子と向かい合って席につくと、ふわりと笑った。

「髪、切ったのね。そのほうが似合うわ」

「そ、そうですか」

思わず頭に手をやる。

「体調もずいぶんよさそうじゃない。もう、大丈夫よね」

公子は軽く肩をすくめた。

「安土さんのことだけど、ちょっと驚いたわ。あの人、医者だったのよ」

「お医者さんですか……」

「今日行くのも、安土さんが経営しているクリニック。今日は休診なんですって。医者だから、尊厳死とかそういう話を兄さんとしたのね。ただの釣り仲間にそんな話をするのはヘンだと思っていたのよ」

香織が腕時計を見た。

「そろそろ出ましょう。歩いて十分ぐらいかかるらしいから」

駅前を走る第一京浜《けいひん》を南下し、線路を越えてすぐのところに、安土のクリニックはあった。雑居ビルの二階の窓に、古ぼけた看板がかかっている。階段を上ると、目の前にガラス戸があった。鍵はかかっていなかったので、中に入った。

「こんにちは、三島です」

香織が無人の受付の奥に向かって声をかけた。

奥で人が動く気配がした。安土が姿を現すまでの間に、公子はなんとなく待合室を観察した。ベージュのビニール張りのソファは、ところどころが破けているようで、ガムテープで補修してある。玄関に並んでいるスリッパも、金色の文字でプリントしたクリニックの名前がほとんど消えかけていた。

あまりもうかってなさそうだと思ったとき、受付の奥のドアが開き、白髪交じりの男が腰をかがめるようにして出てきた。釣りにしょっちゅう出ているせいか、顔は健康的な小麦色をしている。医者というより、趣味人といったような風貌《ふうぼう》だった。口髭を生やしているのも気障《きざ》な感じがする。耕一は、ファッションや流行とは縁がなかったし、男が服装や身なりに構うのをむしろ恥ずかしいと思っていたふしがある。安土が耕一と仲がよかったというのが、なんとなくしっくりこない気がした。

でも、釣り仲間なんてそういうものかもしれない。第一、年齢が二倍近くは違うはずなのだから、服装の趣味が合わないことぐらい、取るに足りない小さなことかもしれなかった。

「や、どうぞ。お待ちしていました」

安土は快活に言うと、二人を奥の部屋に誘った。それは執務室のようで、デスクのほかに簡単な応接セットがあった。

「休診のところ、申し訳ありません」

香織が如才なく頭を下げたので、公子も慌てて彼女に倣った。

安土は大げさと思えるほど首を振ると、神妙な目つきになった。

「三島君のことは本当に残念でした。こんな老骨が生きながらえていて、三島君のように前途ある青年が亡くなってしまうとは……。いやはや、人生とは不公平なものですな」

「お葬式にもいらしていただいて、兄も喜んでいると思います」

「いえ……。それで、今日は私に聞きたいことがあるということでしたな。お答えできることなら、記憶にある限りなんでも申し上げますが、その前に一つ確認させてください。葬式のときには、特に言及はなかったが、三島君はその……結局、自分の希望どおり、尊厳死を選ぶことができたのかな」

「ええ。結局、安土さんがおっしゃっていたように、要望書が見つかったんです。それで、悩みましたが……」

事故のことは公には伏せられた。尊厳死のこともおおっぴらに公表はしないが、尋ねられたら本人の希望どおりにしたということにしようと、三島家は決めていた。それが病院側の要望でもあった。

「そうですか。それはせめてもの救いでしたね。いや、僕も見舞いに行ったときに、年寄りがいらぬおせっかいをしてしまったかと反省しておったんだけれど」

「いいえ、お気になさらずに。でも、なにしろ突然のことだったし、私たちも気持ちが混乱していたので、兄がいったい何を考えて尊厳死を希望したのか、よく分からなくて。私たちも、ここにいらっしゃる婚約者の大木さんも、兄から直接、そのことについて話を聞いたことがないんです。そこで、兄の考えを知りたくて今日は、無理を言って時間を作っていただきました」

安土は髭をこすると、窓に目をやった。曇り空が広がっているだけだが、空の色が記憶を手繰り寄せる手がかりになるかのように、じっと外を見つめている。視線を二人に戻すと安土はゆっくり語り始めた。

「さあ……。そのへんは私にもよく分からないですね。何せ、ちらっと聞いただけでして。お若いのにそういうことを考えるのかと感心してしまったものだから、記憶に残っていたんです」

「兄はいつ頃、安土さんにそのことを？」

香織が尋ねた。

「ええっと、いつだったっけな。夏の暑い盛りだったことは覚えているんですが……」

安土は少々考え込んだ後、たぶん三年前だと言った。

「あの……」公子は思い切って口を開いた。「尊厳死って、希望する人が登録する協会がありますよね。耕一さんは、そこには登録をしていなかったんです。それで、自分で独自の要望書を作って残していました。耕一さんは、協会については何か言っていませんでしたか？」

些細《ささい》なことかもしれないし、意味があるかどうかも分からないが、気にかかっていることだった。香織も興味深そうに安土の顔を見つめている。安土は困惑するように目をしばたたくと、首をひねった。

「さあ……。そういう協会については特に聞いた覚えはないなあ」

耕一が何故、協会に登録をしなかったのか。安土がそのへんの事情を知っているのではないかという期待は、あっけなくしぼんだ。

安土は申し訳なさそうに目をしばたたいた。

「ああ、そういえばうろ覚えで恐縮なんですが、人間には自分の死期を決める権利があるというようなことを話しておられましたな」

「死期を決める権利、ですか……」

公子は安土の言葉を聞き洩らすまいと、姿勢を整えた。

「はい。だんだん思い出してきました。ええと、アメリカで飛行機に乗ったことはありますか？」

安土は二人をかわるがわる見ると、言葉を選ぶように話し始めた。

「アメリカで飛行機に乗ると、非常口に面白い表示があるそうです。僕も記憶にないんですが、三島君がそう言っていました」

「表示ですか。私も特に気付いたことはありませんが……。どんな内容なんですか？」

香織が尋ねる。

「まず自分を助けなさい。その後、他人に手を貸しなさい、という意味のことが書いてあるんだそうです」

安土は続けた。

「人間は一人で生きているわけではない。これはまあ、誰もが認めるところでしょう。そして、自分の身の回りの人の気持ちを汲み取って行動するのが思いやりというものでしょう。ですが、非常口には最初に自分を助けろ。他人はその後で、と書いてあったというわけです」

他者よりも自分を優先しろということだろうか。公子は息を潜めながら、安土の言葉を待った。

「三島君はそれを見て、思いやりを持つことは人として大切だけれど、事が自分の生死にかかわる場合は、自分のことを第一に考えるべきだと思ったそうです。飛行機の表示は、自分を生かすというのがポイントになっているわけですが、その反対に死についても、自分の意向を優先させてもかまわないのではないかと。正確ではないかもしれませんが、そんなようなことを彼は口にしていました」

安土の言葉を公子は自分の胸の中で嚙み締めた。

「ご遺族の方はいろいろ考えることもあるでしょうが、とりあえず、三島君の希望がかなったことを友人として嬉しく思っています。これから、三島君のような人は増えるでしょうな。自分の死は自分で決める。家族には迷惑はかけない。いや、立派な青年だった」

香織が安土を遮った。

「兄の考えは分からないでもないです。でも、家族と話し合いをすべきだったと思います。私たちは、あの要望書が兄の真意かどうかを判断しあぐねてとても苦しみました。その点については残念に思っています」

香織らしい毅然とした態度だった。公子は内心、彼女に拍手を送った。

安土は決まり悪そうな笑みを浮かべると、頭をかいた。

「や、これはどうもすみません。また年寄りのおせっかいが過ぎてしまったようで」

あまり好きになれない人物だなと公子は思った。人は悪くないのだろう。でも、なんだか思い込みが激しそうだ。耕一が最後に会いたい人間の一人として安土を指名したことが、意外に思えた。

そのとき、公子は思い出した。安土は耕一が事故に遭った夜、彼と待ち合わせをしていたはずだ。新居を決める大事な日も、夜はこの男のために空けておいたのだ。

「あの、安土さん」公子は口を開いた。「事故があった夜、耕一さんと会う予定でしたよね。あれは、どんな用事だったんですか？」

「ああ、釣りの話ですよ。十一月に入ったらご一緒しようという話になっていたので、その打ち合わせで」

公子の心臓が、どくんと動いた。十二月に結婚する予定の人間が、十一月に暢気《のんき》に釣りになど行くものだろうか。

「あの、釣りの予定は何日だったんですか」

「えっ、それが何か……」

「教えてください。知りたいんです」

自分でも意外なほど、切羽詰まった声だった。

「なんだか詮索されているみたいですな」

安土が困惑したように香織を見た。香織がわざとらしく笑った。

「いえ、とんでもないです。どうもすみません、時間をとっていただいて」

公子は重ねて尋ねたかったが、香織はバッグを手に取った。

「それでは、このへんで私たち、失礼します」

安土が笑顔に戻った。

「そのうち、お墓にも参らせていただきますよ。釣った魚と酒でも持ってね」

「それはありがとうございます。父と母も喜ぶと思います」

香織は丁寧に頭を下げると、公子を促した。

外に出ると、ひんやりとした空気が気持ちよかった。

しゃがんで靴のひもを結んでいると、香織がコートを羽織りながら不機嫌な顔で出てきた。

「どうしたの？　釣りのことなんか聞いたってしょうがないでしょうに」

階段を下りながら、公子は自分の考えたことを告げた。

「それは、確かにそうだけど……。兄さん、かなりの釣り好きだったんでしょう？」

「ええ」

「深い意味はないわよ」

ビルを出ると駅に向かって歩き出した。風が一層冷たくなったようだ。公子はコートの袖を引っ張って、できるだけ手を袖に入れようとした。

「それより、明日は収穫を期待したいわね。笠原さんから、いろいろ話を聞けるといいわね」

「そうですね」

同意してみたものの、公子はあまり期待できないと思っていた。香織にとっては、間違いなくよい話を聞けるだろう。耕一がまだ生きていた頃、自分が笠原に聞いたようなことを告げられれば、香織の気持ちは楽になりそうだ。耕一が確かに尊厳死を望んでいたという確証を、香織は抱けるのではないだろうか。

でも、笠原のあの話を聞いても、自分の疑問に対する答えは出ない。やはり、耕一の意思を探るなんて、無理なのだろうか。

ひるみそうになる気持ちを公子は奮い立たせた。

こうやって動くことは、無駄にはならない。自分が耕一の死を乗り越えるためには必要な過程だと考えよう。

駅に着くと、香織が申し訳なさそうに話しかけてきた。

「ごめん、夕食、一緒に食べたいんだけど、今日は家に帰らないといけなくて」

「いえ、気にしないでください」

公子は、明るく微笑んだ。

そのとき、公子の目の端を鮮やかなターコイズブルーがよぎった。何気なくその色を目で追い、公子は息を呑んだ。

「香織さん、あれ……」

「なあに？」

「石田あかねって人じゃないかしら」

ブルーのコートを着た女の背中を、公子は指差した。背中は雑踏の中をどんどん遠ざかっていく。髪型などは遠目では分かりにくいが、コートの色は彼女が着ていたものと同じように見えた。

香織は背伸びをするように公子が指差す方向を見たが、首を横に振った。

「私にはよく見えなかったけど……。でも、あの人が住んでいるのはもっと北のほうだったわよ。こんなところに用はないんじゃないかしら」

「でも……」

「それに、安土さんと石田さんって、別に知り合いでもないわよね」

「そういうことは、聞いていません」

「きっと、人違いよ。それより、石田さんに聞きたいことがあるの？ だったら、明日にでも彼女に電話をして面会の約束を取り付けるけど」

香織にそう言われて、公子の気持ちは萎えた。

石田あかねに、会いたくなかった。耕一の病室で彼女にひどい言葉を投げかけられたことを今も忘れられない。

それでも、会っておいたほうがよいのだろうか。何か、知っている可能性がないとは言えないわけだし。

決心をつけられずにいると、香織は先を急ぐように改札口のほうを見た。

「どっちにしても、今日はもう帰りましょう」

公子は、なんとなく気になりながらも、うなずいた。


しょうゆと砂糖を煮詰めた甘い香りが、テレビのニュースを見ている安雄のもとに漂ってきた。同時に玄関のドアが開く音がした。香織が帰ってきたようだ。

エプロン姿の芳子がいそいそと迎えに立つ。安雄もテレビを消すと、ダイニングテーブルについた。

テーブルにはガスコンロと鉄鍋がセットされていた。鍋の中で肉がいい塩梅《あんばい》に煮えていた。

香織が席につくと、安雄は各人のグラスにビールを注いだ。

「ま、飲もうや。母さんも今日は飲むだろう？」

「そうね。少しだけ」

芳子はエプロンをはずしながら言った。

三人でなんとなく乾杯をした。考えてみると、家族三人が夕食にそろうのは、ずいぶん久しぶりのことだった。

「今日はずいぶん豪勢ね」

香織が早速、肉に箸を伸ばしながら言った。安雄は香織に向かって微笑んだ。

「実は今日、新しい仕事を見つけてきた。そのお祝いってところだな」

「仕事？」

香織が箸を動かす手を止めた。

「これまでのところも辞めるわけじゃないよ。もともと週に二日も顔を出せばいいところだったからね。時間が余っているんだ」

「ふーん。で、何をやるの？」

「学生時代の友達が作ったＮＰＯで、中古のパソコンのソフトを入れ替えて途上国に寄付する手伝いをする。ボランティアみたいなもんだから、ほとんど金にはならないけどな。俺はパソコンは全然駄目だから、発送の手続きとか相手国との連絡とか、雑用全般が担当だ。一応、英語が話せるっていうので、使ってもらえることになった」

「お父さんがどこまで役に立つか疑問だけど」

芳子が茶々を入れかけたが、香織は神妙な顔つきをしている。安雄はそれに気をよくして話を続けた。

「昔、耕一と話したことがあったんだ。あいつはこんなふうに言っていた。定年までは自分のために、会社のために、そして家族のために働く。だけど、余生は全然知らない誰かのために働くのもいいんじゃないかって」

「そっか、兄さんはそんなことを言ってたんだ。らしいっていえばらしいね」

「香織、お前もいろいろ落ち着かないようだな。アメリカに行く準備もあまり進んでいないんじゃないか？　日曜日に病院の人たちが謝罪に来る。それが終わったら、気持ちを切り替えることだ」

自分もまだ痛手から立ち直るにはほど遠い状態だった。だが、自分が沈んでいたら、香織は胸を張ってアメリカに行けない。それではこの娘が不憫《ふびん》だった。耕一は残念だった。だからこそ、香織には兄の分までしっかり生きてほしい。

「そうよ。あなた、ぐずぐずしているようだけれど、アメリカに行きなさい。早くしないと先方から断られるわよ。せっかくのチャンスなのに。まあ寂しくなるけれど、私もそのうち生け花の教室でも開くつもりだから大丈夫よ。何も心配することはないわ」

芳子も安雄と同じ気持ちのようだった。

香織はビールをぐっと飲むと、白い湯気を上げながら煮立っている鉄鍋に目をやったまま、静かに言った。

「もう少し兄さんのことを調べたいの。公子さんも、まだ納得できていないみたいだし」

グラスがテーブルに乱暴に置かれる音がした。

「香織ちゃん、あなた、あの人と会ったりしているの？」

芳子がきつい口調で言った。

「うん、まあ……」

「私はまだ納得していないのよ」

「でもあの人だって、私たちと同じように苦しんでるのよ。お店だって、今、閉めてしまっているし」

「いずれにしても、耕一が亡くなった以上、あの人はもうウチとは関係がない人なんですからね。もう会うのはやめてほしいわ。そういえばこの間、病院で私が言ったこと、ちゃんと調べてくれているのかしら」

「いいかげんにしないか。その話はやめろ。母さんの妄想だよ」

安雄は箸を置くと、香織を見た。芳子は不満そうに黙り込んだが安雄は続けた。

「俺はあの人が母さんの言うような悪い人だとは思わない。だけど、付き合うのはやめたほうがいい。日曜日を最後にしなさい。そのほうがお互いのためにいい」

「大丈夫よ、お父さん。日曜になったら、あの人の本性がはっきりすると思うわ」

安雄は苦々しい思いで言った。

「やめないか。日曜が終わったら、あの人とは関係がなくなる。それでいいじゃないか。余計なことを香織に吹き込むんじゃない」

「でも、あの人は兄さんの婚約者だったのよ。ちょっと冷たすぎないかしら」

それまで黙っていた香織が言った。

「だがな、あの人だって、耕一のことは忘れて生きていかないといけない。お前と顔を合わせれば嫌でも耕一のことを思い出すだろう」

「兄さんのことを忘れろってあの人に言うわけ？」

安雄は少し考えた。自分の気持ちを正確に香織に伝えたかった。

「いや、忘れるというと語弊があるな。耕一のことは思い出に変えてほしいんだ。そのためには、我々とは少なくとも当分の間、会わないほうがいいように俺には思える」

香織はふっと笑った。

「まあ、どっちみちあと少しの期間だと思うわ。私はアメリカに行くわけだし。それより、二人とも健康には気をつけてよね。私、三年は向こうにいるつもりだから」

芳子がほっとしたように息をついた。

これでいいのだと安雄は思った。残された人間が精一杯生きることが、耕一にとって何よりの供養になる。そう思うと、不覚にも涙が出てきた。

「生意気言うなよ。それより、ほら、肉が煮えすぎだぞ」

安雄は無理に笑顔を作ると煮え立つ鍋に箸を伸ばした。

「へえ。結構、有名な団体だって聞いているけど、冴えない場所にあるのね」

ＤＷＤ協会の入っているビルを見上げて香織が言った。ビルの一階に入っている自転車店の店主が、店先で自転車のタイヤをいじりながら、二人に厳しい視線を送ってきた。

公子は彼の視線から逃げるように、階段を上り始めた。

今日、香織がアポイントを取ってくれた相手は、セミナーの担当者だった。協会は年に数回、一般の人を相手に無料セミナーを開催している。耕一の気持ちになって考えると、尊厳死について知識を得ようとするならば、まずはセミナーに参加するのではないかと思えた。それがもっとも彼らしい選択だった。今日は何か収穫があればよいのだけれど。安土の話はすっきりしないものだったし、笠原も結局、以前、公子が聞いていたこと以上のことは知らなかった。

すりガラスの扉を押して中に入ると、奥の机に座っていた三人がいっせいに顔を上げた。以前、ここを訪れたときと同じだった。三人のうちの一人には見覚えがあった。事務局長と名乗っていた女だ。確か喜多という名前だった。今日は目が痛くなるようなショッキングピンクのスーツを着ている。

　あのとき彼女はプロメテウスの話を持ち出した。あれは、ずいぶん不快な話だった。だけど、そんなことにこだわっている場合ではなかったし、結局、自分は彼女が助言したように、尊厳死を受け入れることにしたのだから、皮肉なものだ。

「安斎さんはいらっしゃいますか？　二時にお約束をいただいている三島です」

　香織が感じのいい声で言った。半ば白髪の小柄な男が軽く手を上げて微笑むと、すぐに席を立った。残りの二人は再び顔を机に向けた。あの喜多という女は、こっちのことを覚えてもいないようだった。

「そっちにどうぞ」

　気さくな調子で安斎は言いながら、衝立で仕切られた談話スペースに二人を座らせた。そして、自分は分厚いファイルをテーブルに置くと、いったん奥に引っ込んだ。戻ってきた彼の手には、紙コップ入りのコーヒーが三つ載った盆があった。

「さあ、冷めないうちにどうぞ」

　挨拶もそこそこに、安斎はコーヒーをすすり始めた。駅から歩いてくるうちに体が冷え切ってしまっていたので、公子も遠慮なくカップを手にとった。コーヒーはインスタントだったが、濃くも薄くもなく、熱さもちょうどよかった。ほんの少しだが、緊張が緩んだような気がした。

「お亡くなりになったお兄さんのことでいらしたとか？」

「はい」と香織がうなずく。「三島耕一と申しまして、こちらの大木公子さんの婚約者でもあったんですが」

公子は黙って頭を下げた。

「電話ではちょっとよく分からなかったんですが、三島さんはうちの会員ではなかったんですよね。だけれども、独自に要望書を用意されていて、それに基づいて尊厳死を選択された、と……」

安斎の声には温かみがあった。目も穏やかで、この人にならなんでも話せるという気になる。セミナーの担当があの喜多という女でなくて、本当によかった。

「登録はしていなかったんです。それは先日、確認をいただきました。でも、セミナーなどには参加していたのではないかと。それで、もし、兄と話をされた方がいらっしゃったら、兄のことを伺えないかと思いまして」

「ちょっと事情がよくのみ込めないのですが」

「兄は尊厳死について、私たちに一言も話してくれなかったんです。正直に申し上げまして、要望書が見つかった際、私たちはパニックになりました。まさか、そんなものを用意しているとは思わなかったものですから。いろいろ悩んだ結果、兄の希望をかなえることにしました。でも、今になってみると、兄がなぜそんな形で要望書を残したのか腑に落ちない気がしまして。それで、生前の兄とこの問題について話したことがあると思われる人をお訪ねしているというわけです」

安斎は目でうなずいた。

「それは大変ですねえ。お気持ちは察しますよ。でも十分に話し合いを尽くしていても、いざとなるとご家族の方は戸惑うものですからね」

温かな言葉が身にしみた。この人がどういう経緯《いきさつ》でここで働いているのかは分からない。もしかすると自分たちと同じような経験をしているのかもしれない。

安斎は上着の内ポケットから老眼鏡を取り出すと、鼻にひっかけるようにそれをかけた。

「で、電話をいただいた後、セミナーの参加者の名簿を確認したところ、三年前に何度か三島さんがご来場されていることが分かりました」

「えっ、ほんとですか？」

公子は思わず体を乗り出した。耕一の考えたことを、自分が的確に予想できたことが嬉しかった。安斎はファイルを開くと、三年前の日付が入った名簿を取り出した。Ａ４の紙に何人もの名前がずらりと並んでいたが、その中ほどに付箋《ふせん》が貼ってある箇所があった。

「ほら、三島さんの名前がここに」

安斎が指で指し示す場所には、確かに耕一の名前があった。

「安斎さんは、このセミナーのときに兄と何か話をなさいませんでしたか？」

安斎は申し訳ないというように、細い目を瞬いた。

「何度もお見えになる方とはセミナーのあとの懇親会などでお話しすることもあるんですが、なにぶん参加者が多いもので、どなたがどなただかよく覚えていないんですよ」

香織がバッグから写真を取り出して、安斎に手渡した。写真の中の耕一は、穏やかに微笑んでいた。

写真を不用意に見てしまったことを公子は悔やんだ。彼の死を自分の中で消化できていない今、耕一の顔を見て湧いてくるのは、懐かしさではなく、幾重にもこんがらかった複雑な感情だけだった。

安斎は写真を受け取ると、目を細めるようにして見た。彼の目がぱっと明るくなった。

「ああ、この方なら覚えていますよ。大変熱心に質問をされていた。病院によって対応が違うのかとか、いろいろ聞いておられました。頼まれて調べたりしたこともあるので、記憶に残っています」

安斎は何度もうなずきながら、嬉しそうにそう言うと、写真を香織の手に戻した。

「やっぱり、兄はこちらに来ていたんですね」

「そのようですな。間違いありません。尊厳死は間違いなく三島耕一さんの意思でした。登録はされていなかったけれど、熱心に勉強しておられたから、要望書を思いつきで作ったとは思えません。それを受け入れたご遺族の皆さんの気持ちに、敬意を表します」

ここまではっきり断言してくれる人がいるとは思わなかった。だが、安斎の言葉に救われたような気になったのは一瞬だった。尊厳死が耕一の意思であったと聞いても、公子にはまだ納得しかねることがあった。

膝の上で両手を握り合わせ、安斎を上目遣いで見た。こんなことを聞いていいのかどうか分からなかったけれど、そのために自分は今日、ここに来たのだ。

「でも、だとしたらどうして協会に登録をしなかったんでしょうか。それが自然なことだと思えるんですが。失礼を承知で伺いますが、何か三島さんと協会とで意見の食い違いでもあったんでしょうか」

安斎は一瞬、何を言われているのか分からないように、目をしばたたいた。老眼鏡をポケットにしまいながら、難しい顔つきをした。不機嫌にさせてしまったとしたら申し訳なかったけれど、どうしても聞いておきたかった。香織を横目で見ると、彼女は公子に先を促すようかすかに顎を引いた。それに勇気を得て公子は続けた。

「三島さんの性格からいって、確実に自分の希望をかなえようと思ったら、協会に登録するような気がするんです。それをしなかった理由が見つからないんです」

困惑しているように首を振ると、安斎はすまなそうに首をすくめた。

「特に言い争いをしたような記憶はありませんがねえ。でも確かに不思議ですね。セミナーに何度も参加するほど熱心だったのだから、入会しても不思議ではないというか、入会するのが当たり前のように思えますよね。自分の考えと合わないということであれば、セミナーには来なくなっていたでしょうから」

「ちなみに、どのぐらいの期間こちらに？」

「ええっと」と言いながら、安斎が再び上着のポケットに手を突っ込んだ。老眼鏡を手早くかけながら、机の上に広げたファイルをめくりはじめる。

「さっきお見せしたのは第二十三回のセミナー。その前回、前々回も名前があるようですね」

公子と香織もファイルを覗き込んだ。安斎は二人が見やすいように、資料の向きを変えてくれた。安斎の太く短い指が、細かい文字で並ぶ名前を一つ一つたどっていく。

「これが二十回。およそ三年半前のものですね。このへんが最初でしょうかねえ」

安斎の指先に視線を集中していた公子の目に、ある名前が飛び込んできた。思わず声を上げていた。同時に香織も何か小さく叫んだ。安斎が驚いたように体をびくっと震わせた。

「ちょっとそれ、見せてください」

香織が奪い取るようにファイルを手に取った。二人で顔をくっつけるようにしてそれをまじまじと眺める。その名前は確かにそこにあった。

安土宗一郎。

「公子さん、これ、どういうことだろう。下の名前、間違いないわよね」

「ええ。確かです」と答えながら、記憶をたぐった。安土はあのとき、協会についてなんと言っていただろう。すぐには思い出せなかった。だが、少なくとも自分がセミナーに参加していたことなど、一言も言っていなかった。

でも、彼の名前がこうしてここには記載されている。安土というのは結構、珍しい姓だと思う。宗一郎にしたって、そう多くはないはずだ。同姓同名の人物とは思えなかった。

そういえば、耕一と安土が付き合うようになったきっかけを自分たちは知らない。もしかすると協会のセミナーで出会ったのでは……。

彼は何か隠している。あるいは嘘をついている。そう結論を出すと、体の中で血液が忙しく回り始めた。なぜ安土は、自分たちに協会のセミナーを受講したことを告げなかったのだろうか。「安土宗一郎」という文字を公子はじっと見つめた。紙面から何かが分かるはずはないのだけれど、目を離すことができなかった。

「あの……。どうしたんですか？」

安斎の声で、公子は我に返った。香織が隣ではっとしたように背筋を伸ばした。

「兄の知人の名前があったものですから、びっくりしてしまって」

香織は言い訳をするように、安斎に向かって言った。

「ほう。どの方ですか？」

香織はファイルをテーブルに戻すと、安土の名前を指差した。

「この方です。安土さんって方。兄の釣り仲間だそうなんです。まさか、ここで名前を見かけるとは思いませんでした。安斎さんはこの方について何か覚えていませんか？」

安斎は眼鏡の位置を調整すると、ファイルを眺めた。

「うーん、顔が分かればねえ」

「協会に登録しているかどうかは分かりますか？」

「それは調べられないこともないけれど、ちょっとまずい。個人情報ですから、ご本人の了解を得ないで第三者に教えることはできません。お知り合いなら、ご本人に確認をするのが一番ではないですかね。三島耕一さん以外の方のことをあれこれ教えるのは、ちょっと僕としては抵抗がありまして」

　安斎の言うことはもっともだったけれど、安土は何らかの意図があって、この間の面談の際に、この協会について口を濁したのだ。そうとしか考えられなかった。そんな彼に面と向かって尋ねてみても、まともな答えが返ってくるとは思えない。

　胸の中で安土に対する黒々とした不信感が膨らんでいった。

「でも、とりあえず安土さんと兄が、セミナーで同席していたことは確かですよね」

　香織が念を押すように言うと、安斎は困ったように視線を泳がせた。だが、ファイルを広げている以上、隠しようもないと思ったのか、「そうですね」と言った。

　これ以上、安斎から話を聞き出すことはできないようだった。引き上げる潮時かもしれないと思い、香織のほうを見た。香織も体の脇に置いてあったハンドバッグを膝に引き寄せている。

「しかし、三島耕一さんはなぜ、あなた方に詳しい説明をしなかったんでしょうなあ。そこのところがどうも腑に落ちませんな」

　安斎がコーヒーをすすりながらぽつりと言った。やっぱり第三者からみても、耕一の行動は不可解に見えるのだ。

「協会ではとにかく、家族に自分の気持ちを話して分かってもらうようにと、訴えているんですが。周囲に分かってもらうのは、絶対に必要なことだと私は思います。少なくとももっとも近しい一人には伝えておかないと、自分の意思が生かされないかもしれないじゃないですか。書面があるからといって、それでご家族がみなすんなりと納得するとは限らんでしょうし。お独りの方は、近所の人に頼んだりしていますが、ご家族がいる場合はね」

安斎の言葉がすべてだと思った。そして、それをしなかった耕一は、やっぱりおかしい。あるいは何か事情があるはずだ。事情があるとするなら、それを知りたかった。

「あまりお役に立てなかったようで、すみませんねえ」

安斎は公子の顔を覗き込むようにして言った。公子は口元に笑みを浮かべながら、頭を下げた。

「いえ、大変助かりました。ありがとうございました」

安土の言動に不審な点があることが分かっただけでも、大きな収穫だ。安斎はほっとしたように目尻に皺を寄せ、「三島さんのことで何か思い出したら、連絡を差し上げますよ」と言った。

外に出ると、寒さが身に染みた。ダウンジャケットを着込んでいる上半身はまだいい。スラックスの布地を通して、風が足の皮膚を刺す。

駅に向かって早足で歩き始める。駅前のロータリーが見えてくるまで、二人は無言で足を進めた。口を開くにはあまりに風が冷たすぎる。

「お茶、飲んでいこうよ。そこのコーヒーショップでいい？」

子供のように頰を真っ赤にした香織が言い、公子はうなずいた。香織は小走りに店に入っていった。

わずか五分ほど外にいただけだというのに、体はすっかり冷え切っていた。喫煙コーナーから煙草の煙が漂ってくることを除けば、店内は天国のように思えた。

ダウンジャケットを脱ぎ椅子の背にかけていると、紅茶のカップが二つ載ったトレーを香織が運んできた。

熱々の白湯《さゆ》にティーバッグを浸しながら、ゆらゆらと立ち昇る湯気の温かさを公子は楽しんだ。

「安土って、どういう人なんだろう。釣り仲間って本当かしら？　公子さんはどう思う？　私、あの人と兄さんは、協会のセミナーで知り合ったんじゃないかっていう気がしてきた」

安土の名前を呼び捨てていることからも、香織の不機嫌さが読み取れた。

「そうだとすると、安土さんはなんで嘘をついたのかっていうことですよね。耕一さんが、安土さんのことを釣り仲間と書き残したのは、嘘ではないかもしれない。セミナーで知り合って、趣味が一緒だって分かって誘い合った可能性もあるんですから」

「まあねえ」

「でもやっぱり気になります。十一月に釣りに行くっていう約束にしたって私は……」

「しかし、まずいわね、この紅茶。紅茶らしい香りが全くしないわ」

香織が鼻の付け根に皺を寄せた。カップを持つ指先が、淡いベージュの美しいエナメルで彩られていることに公子は気付いた。耕一が亡くなって以来、香織が爪を装うのは初めてではないだろうか。彼女の中で何かが動き始めているのかもしれなかった。

自分の指先に視線を移すと、短く切った爪の先のほうが、雲母のように割れていた。商品の値札付けは最近やっていない。単なる栄養不足だ。

「ねえ」香織がふいに顔を上げた。「これから安土のクリニックに行ってみない?」

「今からですか?」

「うん。奇襲をかけるのよ。確かあのクリニック、五時までだったから、うまくいけば安土をつかまえられるかもしれないわ」

時刻は四時を少し回ったところだった。中野から品川までは一時間ぐらいで着きそうだ。悪くない提案のように思えた。

「分かりました。入れ違いになったら嫌だから、急ぎましょう」

「うん」

香織は軽やかに立ち上がると、短い髪の毛を逆立たせた今風の髪型をしている若い男性従業員を呼びとめ、テーブルに載っていたトレーを「よろしくね」と言って彼の手に押し付けた。彼はあっけに取られたように唇を動かしたが、香織はコートの袖に腕を通しながら、歩き始めていた。背筋をまっすぐに伸ばし、しっかりとした足取りで出口に向かっていく様は、すがすがしくさえあった。公子は椅子にかけてあったダウンジャケットをつかむと、彼女の背中を追いかけた。

品川に着いたとき、時計の針は五時ジャストを指していた。安土が定時にクリニックを出るとも思えないので、適当な頃合いと言えた。金曜日のせいか、第一京浜沿いの歩道を歩く人たちの表情は、緩んでいるように見えた。痛いほど冷たい空気をものともせずに、白い歯を見せている女たちの集団とすれ違った。職場の同僚たちが飲みに行く相談をしているようで、話し声がくったくなく明るい。

こういう光景を目にすると、自分の胸には暗い空洞があることを思い知らされてしまう。同じように東京の寒空の下にいるのに、彼女たちと自分には、どうしてこんなにも開きがあるのだろうか。年の頃はたいして変わらないのに、一方は楽しげに笑い合っており、もう一方はやりきれない思いや、虚しさ、もしかすると憎しみまでを体の中に抱え込んで、眉間《みけん》に皺を刻んでいる。

公子は自分の頬を手でぴしゃっと叩いた。

とうの昔にあきらめたのではなかったか。世の中はそもそも不公平にできている。それは誰のせいでもないし、自分を哀れむことからは、何も生まれない。それに今は安土という男が耕一とどうかかわっていたのかを突き止めることだけに、気持ちを向けるべきだった。何があったのか分かれば、混乱を極めている胸の内が少しはすっきりするかもしれない。

それに……。

公子は、唇を引き結んで隣を歩いている香織の横顔を見た。

少なくとも今のところ、自分は一人きりではない。似たような苦しみを抱えている人が、手を伸ばせば届く距離にいるということが、折れそうになる自分の心を支えている。

安土のクリニックが入っているビルの前に着くと、二人は二階に明かりがついていることを確かめ、うなずき合った。

階段を上りきると、クリニックのドアがちょうど開くところだった。ぬるりとした光沢がある、おそらくはカシミアのコートを着た安土が出てきた。襟元にはバーバリーのマフラーをきっちり巻いている。裕福な英国紳士といった格好だった。二人の姿を認めると、安土は困惑の色を目に浮かべた。

「お帰りですか？　申し訳ないんですけれど、もう少しお話を伺いたいことが出てきまして」

香織が言うと、安土は目を細めた。

「困りますな、突然、そんなことを言われても……。これから用事がありましてな。それに先日話した以上のことは、何もありませんよ」

「用事ですか……。では、駅までご一緒させていただきます」

「いや、タクシーを拾うつもりだから」

「じゃあせめて下まで。車が来るまでの間だけでも、話を聞かせてください」

あからさまに迷惑そうな表情を浮かべながら、安土はうなずいた。階段を下りながら、早速、香織は詰問を始めた。

「安土さん、兄とはどういう知り合いなんですか？　釣り仲間ってだけではなくて、ＤＷＤ協会のセミナーでも一緒だったんではないですか？」

「はて、何のことやら」

表に出ると、闇の濃さを確かめるように、安土は空を見上げた。マフラーを首の上のほうまで引き上げると、交差点の少し手前に立ち、走ってくる車のヘッドライトをまぶしそうに眺めた。

「この前も言いましたが、私が三島君から協会の名を聞いたことはありません」

「でも、同じセミナーに出ていたじゃありませんか。私たち、そのことについては確認したんです」

香織が畳み掛ける。

「へえ、そうだったんですか。私と同じセミナーに三島君も……。知りませんでした。偶然ですなあ」

「偶然だとは思えません。安土さん、隠さないでください。兄ともっといろんなことを話したのではないですか？　私たちは兄が考えていたことを知りたいだけなんです」

安土の表情はまるで変わらない。

「お願いします」と言いながら、公子も頭を下げた。「私たちのことを気遣って、口に出してもらえないのかもしれませんが、気遣いは無用です。あの人の本当の気持ちを知りたいだけなんです」

そのとき安土が右手を挙げて、背伸びをした。タクシーのランプが近づいてくる。無駄足だったのだろうか。それに、何かあったとしても、こんな立ち話ではらちがあかないような気がする。

薄いミントグリーンの車体が目の前に止まり、まるで人を馬鹿にするように、後部席のドアがぱかりと開いた。

「すみませんな。お役に立てないで。では私はこの辺で」

安土はそう言うと、二人の顔を見ないで後部席に身を滑り込ませた。香織はなおも安土に食い下がろうとして身を乗り出していた。ドアが音を立てて閉まり、タクシーが滑るように発進する。香織は公子に向き直ると、「追いかけてみましょうよ。このままでは消化不良で気持ちが悪いもの」と言った。

「でも、タクシー、すぐにはつかまりそうにないですよ」

香織がにやっと笑った。

「行き先、ちゃんと聞いておいたから。麻島総合病院ですって。確か虎ノ門のあたりにある病院よ。玄関前の待合室ででも張っていましょうよ。そうすればきっと会えるわ」

香織の機転と粘り強さに、舌を巻く思いだった。自分には到底、そんな芸当はできない。

「ほら、タクシー来たわよ」

香織はそう言いながら伸び上がり、手を大きく振った。

道は渋滞していた。

「抜け道、使っちゃっていいですか？」

運転手が尋ね、香織が二つ返事で承知した。

「もしかすると、安土より先に着くかもしれないわね。でも、じっくり話をしたいから、出てくるところを押さえましょう」

「ええ……」

窓の外には住宅街が広がっていた。大通りから一本、中に入るとそこには普通の生活風景がある。地価は公子の地元と比べものにならないだろうが、家自体は目を見張るほど豪華というわけではなく、ありきたりの造りだった。

「空いているでしょう?」

自分の力量を誇るように運転手が言う。生返事をしながら、安土の不審な言動について頭の中で整理をしてみた。やはりよく分からなかった。彼が耕一から何かを聞いていたとして、どうしてそれを自分たちに隠すのだろうか。耕一が安土に口止めをしたのだろうか。

でも何故そんなことを? 自分たちに知られたくないことが何かあったのだろうか。だとしたら、それは何なのか。

料金メーターの数字は、二千円を超えていた。どのあたりをどう走っているのか、電車の路線図を思い浮かべても、見当がつかない。それでも、あっさり車は麻島総合病院と思しき建物の車寄せに滑り込んだ。

「いいわよ、払うから」

香織はすでに財布から札を取り出していた。彼女の言葉に甘えることにして、公子は車を降りた。

正面玄関はまだ開いていた。入ってすぐのところにある広々とした待合室にも電気がついていて、会計や薬の受け取りを待っていると思しき人たちが二十人から三十人ほど、ベンチに座っている。待合室の端にあるプラズマディスプレーは、六時のニュースを映し出していた。バレンタイン商戦の特集のようで、華やかなリボンをかけたチョコレートのパッケージが画面いっぱいに映っていた。待合室の人たちは画面を眺めてはいるが、誰もが心ここにあらずといった目をしていた。

香織は待合室をざっと見渡すと、「あっちがいいわ」と言って奥のほうへ進んでいった。目立たない場所に座って安土を待つ作戦のようだった。その席はエントランスがまっすぐに見渡せる位置にあり、なるほど待ち伏せをするのによさそうな席だった。腰を下ろしてダウンジャケットを脱ごうとしたとき、香織が公子の腕をつかんだ。

「どうやら私たちのほうが早かったようね」

エントランスの自動ドアを、安土が入ってくるところだった。どこかに寄ってきたようで、手には鞄のほか、白い紙袋を持っていた。安土は案内カウンターの女性に一言、二言、何かを尋ねると、ゆったりとした足取りで奥へ向かっていく。

「つけてみましょうよ」と言いながら香織が立ち上がる。

「えっ？　でも……」

「知り合いの医者にでも会うのかと思ってたけど、そうじゃなくてお見舞いみたいね。あの人が持っていた紙袋、芝公園にある有名なフラワーショップのものよ」

香織は小走りで歩き出した。公子も仕方なく後に続いた。安土は十メートルほど先を歩いていく。そこにはエレベーターがあった。

「こっち!」

通路の陰に香織は公子を引きずり込むと、安土が二基並んでいるエレベーターのうち、左のほうの一基に乗り込むのを見守った。ほかに人はおらず、安土は一人でエレベーターに入った。扉が閉まるや否や、香織はエレベーターの前に駆け付けた。壁にかかっている案内板を見る。

「やっぱりお見舞いだわ。この上は病棟になってるみたいだもの。何階に止まるのか確かめましょう」

香織は上りのボタンを押すと、扉の上の数字に目をやった。

心臓がどきどきしてきた。まるで探偵にでもなったような気分だ。でもよく考えてみると、安土に見咎《みとが》められたとしてもどうということはなかった。話が聞きたいから追いかけてきたというのは、紛れもない事実だし、隠し立てする必要があることでも、法的に問題があることでもない。

扉の上の数字を見つめる。二階から三階へ。赤いランプの色が上階へと移ってゆき、やがて止まった。

「六階ね」

そのとき、もう一基のエレベーターの扉が開いた。乗り込んで正面を見ると、幼稚園児ぐらいの子供の手を引いた男が、エレベーターに向かって歩いてくるのが見えた。だが、扉が閉まり始めた。香織がボタンを押したのだ。怒りで歪んだ男の顔はすぐに公子の視界から消えた。

エレベーターを降りると、目の前にナースステーションがあった。すばやく周囲を見回したが、安土の姿はどこにもなかった。すでに病室に入ったようだ。

香織はナースステーションのカウンターにつかつかと歩み寄った。見舞い客の受付リストを見に行ったのだとすぐに分かった。耕一が入院していた病院がそういう仕組みだった。

天然木のカウンターには予想どおり、見舞い客の名を書く台帳が載っていた。一番下の欄に安土の名が書き込まれていた。長谷川孝弘という男が、見舞いの相手のようだ。

二人の姿に目を留めた看護師が、ナースキャップをかぶりなおしながらカウンターに向かってきた。

「お名前、書いておいてくださいね」とやる気のなさそうな声で言う。

「あの、長谷川孝弘さんのところ、今、どなたか入っておられるみたいですね」

香織が突然、言い出した。彼女のことだから、何か目的があるはずだ。看護師は太った体を折り曲げるようにして台帳を覗き込むと、「ああ、安土さんって方がついさっき入ったばかりだわね。もし知り合いでないならば、少し待ってから入ったらどうですか。長谷川さんは六一二号室です」

「そうですね。そうします。で、長谷川さんの具合はどんな感じですか？」

香織は眉根を寄せて心配そうな表情を作った。たいした役者だ。公子は、看護師に見られないように顔を伏せ、二人の会話に耳を澄ました。

「意識がね、まだ戻らないんですよ。せっかくお見舞いに来ていただいたけど、本人に分かるかどうか」

意識がない、という言葉が公子の胸に突き刺さった。長谷川という人が病気なのか、怪我なのかは分からない。けれど、耕一と同じ状態に陥っている。家族の気持ちを思うと、心が痛んだ。

「ご家族の方は今、いらっしゃっていますか？」

「奥様はたぶんもうお帰りになったと思います。でも、だいたい毎日、勤め帰りの息子さんがお寄りになります。そろそろ来る頃だと思いますが」

勤めている息子がいるということは、長谷川なる人物は若くはないということだ。それがせめてもの救いだと思った。

「そうですか。いろいろすみません。じゃあ私たち、下で少し時間をつぶしてからまた来ます」

「そろそろ待合室はしまってしまう時間ですよ。裏に喫茶店があるんですが、そこで待っていてはどうですか？　携帯電話の番号を書いておいてくれたら、先に入った方が退出したら、電話を入れてもいいですよ」

「それは助かります。頼んでいいですか？」

香織は愛想よくそう言うと、台帳に名前と電話番号を記載した。本当にそうするつもりはなさそうだが、看護師の機嫌をとっておこうという腹のようだ。

「じゃあよろしくお願いします」

香織は礼儀正しく頭を下げると、公子を促してエレベーターに乗り込んだ。扉が閉まり、下降を始めると、香織はぽつんとつぶやいた。

「なんか兄さんのときと似ているわね」

「私もそう思いました」

「安土って人が疫病神なんじゃないかって気がしてくるわ」

そのとき、公子の携帯電話が鳴った。電源を切るのを忘れていたのだ。

「うわっ、エレベーターの中でよかったわね」

バッグから携帯を取り出した瞬間、着信音は鳴りやんだ。液晶画面で発信元を確かめた。

公子は小さな声を上げていた。香織が探るような目で見ている。だがそのとき、エレベーターが停止した。とりあえず、電話の電源を切って、エレベーターを出る。

「ちょっと外で電話をかけてきます」

「大事な用なの？」

不満そうに口を尖らせる香織を目で制した。

「今の電話、坂下さんからなんです」

人工呼吸器のアラームを入れ忘れた責任を取って病院を辞めることになった看護師の名前を告げると、香織が両目を大きく見開いた。

「耕一さんが入院していたとき、何かあったときにって、携帯の番号を教えておいたから」

「何かしらねえ。あの人も週末にウチに謝罪に来ることになってるはずよね」

「ええ。とにかく私、電話をしてきます」

「分かった。じゃあとりあえずここは私が張っているから」

公子はうなずくと、小走りでエントランスを目指した。外に出ると、冷たい空気が全身を包んだ。携帯電話を取り出し、坂下にかけなおす。呼び出し音が一度鳴っただけで相手は出た。

「大木です。先ほど電話、いただきましたよね」

耕一が亡くなって以来、彼女と話すのは初めてだった。人のよさそうな丸顔がまぶたの裏に浮かんだ。病院側は彼女に事故の原因があると結論付けた。だが、それまで彼女がよくしてくれたことを思うと、坂下を憎む気持ちにはなれなかった。

電話の向こう側で、坂下は沈黙していた。

「……坂下さん？　どうしたんですか？」

彼女がただならぬ決意で電話をかけてきていることだけは雰囲気から読み取れた。焦る気持ちを抑えて、公子はできるだけ落ち着いた声を出すように努めた。

「どうしたんですか？」

謝罪をしたいということなのだろうか。でも、彼女は若田部や早川らとともに三島家に来るはずだ。その前に、個人的に電話をかけてきている理由がよく分からない。自分一人で彼女の謝罪を受けるのも、よくないような気がする。まるで三島家の人を出し抜くような格好ではないか。芳子に知られたらと思うと、心が冷えた。

寒空の下で、無言の相手と携帯電話でつながっているというのもあまりありがたくない状況だった。電話を切りたいなと思い始めたとき、思い切るように坂下が咳払いをした。

「大木さん、私に何か言うことはありませんか」

「私があなたに……。どういうことですか」

「しらばっくれるつもりなんですね」

乾いた笑い声が聞こえてきた。わずかだが、酔いも感じ取れる笑い方だった。

「分かりました。それなら私、今度三島さんの家に行ったときに、すべてを話します」

坂下が何か誤解をしているのだということは分かった。だが、このままでは何かよくないことが起きる。いつの間にか手に汗をかいていた。

「よく分からないんですが、とりあえずお目にかかれませんか？　今、三島香織さんと一緒なんですが、彼女と一緒に伺いますから」

坂下は一瞬沈黙した。何かを思案しているようだった。そして、新宿にある喫茶店の名前を挙げると、自分は新宿にいるからできる限り早く来てほしいと言った。

電話が切れた後も、公子はその場から動くことができなかった。急に疲労を覚えた。そういえば今日は昼から動きっぱなしだ。こんなふうに都内を走り回ったのはいつ以来だろう。ふいに肩を叩かれた。振り向くと香織が立っていた。

「あまり遅いからどうしたのかと思って」

「坂下さんが、これから新宿に来てほしいって言うんです。なんかすごく怒っていて、私にしらばっくれるなって。日曜日にすべてを話すって言っているんですが、何のことだか私には」

香織が思案するように目を細めた。

「分かった。そっちのほうが重要そうな感じね。安土のことは今夜はあきらめましょう。この時間、道が混んでると思うから、地下鉄のほうが早いわ」

一人で行けと言われたらどうしようかと思っていたので、公子は香織の言葉にほっとした。歩き始めたとき、今度は香織の携帯電話が鳴った。

「ああ、たぶんこれ、ナースステーションからだわ。残念だけどしょうがないわね」

「すみません」

「気にしないで。さあ、早く行こう」

指定された喫茶店は、新宿駅の東口の地下街にあった。昭和の時代を髣髴《ほうふつ》とさせるような垢抜けない内装で、そのせいか客の姿はまばらだった。入り口を入るとすぐに、奥まったところにあるブースから立ち上がる坂下の姿が目に入った。鮮やかな黄色のラウンドネックのカーディガンを着ているせいか、記憶にある姿よりもさらに若々しい感じがした。店の照明が薄暗いせいか、そばかすもそれほど目立たない。

席についてコーヒーを注文した後、真っ先に口を開いたのは香織だった。

「大木さんに何を言いたいんですか？」

坂下は喉が渇いているのか、コップの水を半分ほど一気に飲んだ。彼女は病院ではいつも人を安心させるようなふわりとした笑みを浮かべていたが、今は敵意をむき出しにしていた。見詰め合うと、怖くて顔を背けてしまいそうだが、自分には視線を背けなければならない理由はない。

「もう、分かっているでしょう？　少なくとも大木さんは」

「いいえ。何のことだかさっぱり分かりません。話してください」

坂下の目が怒りのせいか、強く輝いた。

「人工呼吸器をいじったのは私じゃありません。大木さんではないですか？　操作方法を私、教えましたよね」

やっぱりそういう話だったのかと思いながら口を開きかけたとき、鋭い声で香織が言った。

「あなたはミスをした覚えはないっていうこと？　病院が出してきた報告書は全くのでたらめだってこと？」

「私はスイッチを入れなおしたことをはっきりと覚えています」

坂下は、自分がアラームをセットしなおして以降、機械に触れた人間が院内にはいないのだと言った。

「誰のミスなのか分からないと思っていました。それでも、誰かが責任を取る必要があると説得されたから、私が引き受けることにしました。新しい就職先も紹介してもらえるということだったので」

香織が天井を仰いだ。怒りを飲み下すように、顔を歪めている。公子もはらわたが煮えくり返るような思いに駆られた。彼らは耕一が亡くなった夜、院長まで引っ張り出してきて即座に謝罪をした。誠意ある対応だと安雄は言ったし、公子自身もそう思った。こんなふうに決着をつけるつもりだったとしたら許せない。

「こんなでたらめな話、聞いたことがないわ。人を馬鹿にするのにもほどがあるっていうか……。坂下さん、あなた明後日、ウチに来たとき、そのことをはっきりと言ってください。もう一度、調査を振り出しに戻してもらうわ。公子さんもそれでかまわないでしょう？」

「ええ。私も納得できないですから」

公子は即座に答えた。その瞬間、困惑するような表情が坂下の顔に浮かび上がった。

「ちょっと待ってください。それでいいんですか？」

坂下はそう言うと、公子の顔をまっすぐに見た。

「私、ずっと自宅謹慎だったし、周りの人も腫れ物に触るみたいな扱いだったから知らなかったんです。でも、昨日、三島さんのお母さんが私を訪ねてきて、あなたは罪をなすりつけられているのではないか、自分は大木さんがアラームを切ったと思っているっておっしゃったんです。自分が尊厳死を撤回するように早川先生に働きかけているのを大木さんは知ってしまった。それで先手を打って人工呼吸器を止めようとしたんだって」

香織が苦々しげに舌打ちをした。

「私、大木さんのことは親身になって考えていたつもりです。もし、大木さんが私に罪をかぶせて平然としているとしたら許せないです。明後日、突然、全部をぶちまけてもいいんだけれど、一応、大木さんと話をしておこうと思って。私の優しさだと思ってください。このことは、大木さんが自分から申し出るのが、三島家の人たちに対するせめてもの誠意じゃありませんか?」

「私はスイッチを触ってなんかいません。でも、坂下さんは明後日、自分がミスをした覚えはないと皆さんの前で言ってください」

公子は静かに言った。香織も同意した。

「そうね。言ってもらったほうがいいわね。私は公子さんのことを信じている。父も大丈夫よ。公子さん云々より、病院の隠蔽工作が許せないわ。ちゃんと調査をする気がなかったっていうことじゃない」

「あの日、病室に入った人って、ほかにどんな人たちがいましたっけ」

香織が顔をしかめた。

「お見舞いに来たのは、安土と石田あかねさんと笠原さんの三人だったと思うわ」

公子は、何か運命めいたものを感じずにはいられなかった。笠原はともかく、安土と石田あかねの名前が挙がるとは……。そういえば品川駅で見かけたターコイズブルーのコートを着た女。あれは本当に石田あかねだったのではないか。

「とりあえず明日にでも、石田さんに会って、聞いてみましょう。安土にももう一度会う必要があるし」

「はい」

そのとき、坂下が二人の会話に割って入った。

「あの……。本当に大木さんじゃないんですか？」

「当たり前じゃない」香織が吐き捨てるように言った。「さっきも言ったけど、母は兄が死んだのを誰かのせいにしないと気がすまないのよ。気持ちは分かるけれど、公子さんが気の毒だわ」

公子を見つめる坂下の目から、険が取れた。困惑するように、唇を噛んでいる。

「そうですね……。大木さんがやったとしたら、こんなふうに落ち着いていられませんよね」

「やっていないんだから当たり前でしょう。坂下さん、あなたそそっかしすぎるんじゃないの」

坂下は両手を膝の上に置き、うな垂れた。

「すみませんでした。自分が大木さんに罪をかぶせられていると聞いて、頭に血が上ってしまったみたいです」

「もういいですよ、そのことは」

公子は微笑んだ。香織が自分を信じ切ってくれたことが嬉しかった。

だが、香織は暗い目をしていた。

「あまりこういうことは言いたくないんだけれど」香織は公子を気遣うように見た。「笠原さんが、何かをするとは思えないのよ。だけど、石田さんは……」

公子はそっと唾を飲み込んだ。

もし、石田あかねが、耕一と恋愛関係にあったとしたら、彼女が耕一から、尊厳死について本音を聞かされていたら……。だとしたら、彼女は人工呼吸器を止めるかもしれない。

その考えは公子をひどくおびえさせた。

自分よりも耕一から信頼されている人間がいたとしたら、生きていられないような気がする。

そんな公子を救ったのは、坂下だった。

「三島さん、それは考えすぎですよ」

「どうして？」

香織が機嫌を損ねたように言う。

「だって、アラームを切ることはできても、人工呼吸器を故障させることは難しいですもん。そして、石田さんは、ウチの病院の人工呼吸器が古くて、しょっちゅうトラブルを起こしていることなんか、知らないわけでしょう」

「あっ、そうか。それはそうよね。アラームを切るだけじゃ意味がないってことね」

香織が納得したようにうなずいた。

「そうなんですよ。自分では気付かないうちにスイッチを触ってしまったってことはあるかもしれないけど。たとえば、バッグが当たってしまったとか」

「なるほどね。そのあたりは、確認したほうがいいかもね。病室に入った人なら誰にでも可能性があるわけだけど。とにかく彼女にも会えるように段取りをつけてみるわ」

石田あかねと会うのは気が進まなかったが、香織の言うように、確認は必要だった。公子の気持ちを引き立てるためなのか、香織がやけに明るい声で言った。

「じゃあ坂下さん、明後日はよろしくお願いします」

「あ、はい。それは任せてください」と坂下は大きくうなずいた。「実は別の仕事先も見つけてあるんです。溝口先生が紹介してくれたところより若干、待遇は落ちるけれど、このままあの病院の言いなりになるのは、面白くありませんから」

坂下はそう言うと、快活に笑った。病室でよく見せてくれたあの笑顔だった。

15

日曜は雨模様だった。公子は東京駅で香織と落ち合った。

傘を並べて待ち合わせのホテルまで歩きながら、公子は香織に話しかけた。

「よかったですね。石田さんが会ってくれるって。何か分かるといいんですけどね。私、うまく話せるかどうか分からないから、いつものことで申し訳ないんですが、香織さんが仕切ってください」

「兄さんの遺品を渡したいと言って呼び出したの。公子さんも言いたいことがあったら、ガンガン言えばいいじゃない」

「ガンガン、ですか……」

「そう、ガンガン。昨日の夜、ちょっと考えたんだけど、安土のところに行った日、品川駅で石田さんを見たって言ってたでしょう。あれ、本当に彼女だったかもしれないわね。あの時は、あんなところに石田さんがいるはずがないって思い込んでいたんだけれど、何かあるのかもしれない。問い詰めましょうよ、この際」

香織の積極性が羨ましかった。でも、自分にないものを求めても仕方がない。自分は自分のやり方で、石田あかねに対峙するしかない。

一度だけしか言葉を交わしたことはない。でも、彼女は公子の苦手なタイプだった。てきぱきとしていて、颯爽としている。まるで香織みたいだ。

そこまで考えて公子は少し気分が楽になった。

あんなに苦手だった香織と、今は普通に話ができる。親近感すら覚えている。容姿やしゃべりかたといった表面的なことで、相手をみてはいけないのだ、きっと。

約束の場所は、ホテルの一階にある喫茶室だった。日曜日だが悪天候のせいか、人影はまばらだった。

窓際の四人がけのテーブルに石田あかねはいた。窓を流れ落ちる水滴をぼんやりと眺めているようだ。彼女は今日もターコイズブルーのコートを着てきており、それは傍らの椅子の背にかけてあった。

「時間を取っていただいてありがとうございます」

香織の後ろで公子もお辞儀をした。

石田あかねは笑いもしなかったが、不機嫌そうでもない顔で、軽く頭を下げた。今日も完璧な化粧をしており、上品で美しい。欧風のテーブルや椅子に、彼女は見事になじんでいた。

注文をすませると、石田あかねは腕時計をちらっと見た。

「すみません、ちょっと急用が入ってしまって、時間があまりないんですが」

「では、単刀直入に申し上げます。石田さんと安土さんは、お知り合いなんですか？　先日、品川でお見かけしたんですが」

まさかいきなりその質問から入るとは思わなかった。証拠もないのに唐突すぎる。公子は、内心慌てたが、向かい合わせに座っている石田あかねの様子を見たとたん、香織の質問のしかたが正解だったのだと知った。石田は明らかに顔色を失っていた。

香織は隣に座っていた公子を見た。公子はそっとうなずいた。

「兄は尊厳死を選びました。兄がそういう要望書を残していたからです。でも生前、私たちは兄からそのことを聞いていなくて、ひどく苦しみました。兄が何を考えていたか知りたいと思って、いろんな人に話を聞いています。安土さんは、兄と一緒にＤＷＤ協会のセミナーに出ていました。そして、あなたは先日、安土さんのクリニックを訪問したんじゃないですか？」

石田あかねは、紅茶をポットからカップに注いだ。手が震えている。紅茶がソーサーにこぼれ、情けなさそうな顔をした。

「安土さんは、私が昔かかっていたお医者様です。安土さんが、三島さんと知り合いだなんて知りませんでした」

「そんな偶然ってあるでしょうか。ごまかさないでください」

石田あかねは、非難するような目つきをした。

「今日は渡すものがあるといって、私を呼び出したんですよね。あれは、嘘だったんでしょうか。だとしたら、私はもう失礼させていただきますけど」

椅子の背にかけたコートに石田あかねは手を伸ばした。

帰られてしまったら、何の意味もなくなる。公子は慌てて口を開いた。

「あの、石田さんは耕一さんが一番好きな映画って何かご存じですか？」

石田あかねは、何を聞かれているのか分からないといったふうに、首をかしげた。

「ネットで映画情報を交換していたとか言ってましたよね。それが本当なら、耕一さんが好きな映画ぐらい知っているはずでしょう？」

「そんなこと……」

石田あかねは明らかに動揺していた。視線が落ち着きなく揺れている。

「やっぱりヘンだわ。石田さん、本当のことを話してください」

そのとき、香織の携帯電話が鳴り始めた。香織はすぐにそれを切ったが、再びそれは鳴り出した。香織は今度は電源を切ろうとしているようだが、公子はそれを止めた。

「坂下さんかもしれないわ」

香織ははっとしたように公子を見ると、横目で石田あかねを見据えながら電話に出た。一言二言話していたかと思うと、香織は「何かの間違いではないですか?」と言った。「長谷川さんなんて、私、知りません。お葬式って言われたって……」

公子は正面に座っている石田あかねの様子がおかしいのに気がついた。

香織の口元を食い入るように見つめているが、目の焦点が合っていなかった。

公子は長谷川が誰であるか、思い出した。

「香織さん、昨日の人です。安土さんがお見舞いに行っていた」

香織の両目が大きく見開かれ、彼女は電話を切った。

「今の電話……」

蒼白な顔をして、石田あかねが香織を凝視した。

「あなた、何か知っているの？　長谷川孝弘さんっていうのは、安土さんがお見舞いに行っていた人ですよ」

石田あかねの顔からは、血の気というものがすっかり引いていた。体もはたから見て分かるほど震えている。ふいに彼女は音を立てて椅子を引いた。

「私、行かないと……」

石田あかねはコートをつかんだ。このまま彼女を行かせることなどできるはずはなかった。安土が見舞った患者が亡くなった。石田あかねはそのことでショックを受けている。やっぱり何かがつながっている。

公子はすばやく立ち上がり、石田あかねの腕をつかんだ。

「お願いします。何があったんですか？　教えてください」

石田あかねは腕を振り払おうと体をよじったが、公子は必死の形相で彼女に迫った。

「お願いします。私、本当にどうしていいか分からないんです。何も言わずに耕一さんが死んでしまって、これからどう生きていけばいいか分からないんです。耕一さんが何を考えていたのかどうしても知りたいんです」

石田あかねは、きれいな顔を歪めていた。何かに耐えているような表情だった。おびえているようでもあった。

そのとき、公子は悟った。ただの勘にすぎないけれど、間違いではないと確信できた。

「耕一さんの人工呼吸器のアラームを切ったのは、あなたですね」

静かに言うと、石田あかねがびくっと震えた。何かを言いかけるように唇を開く。しかし、次の瞬間、彼女は惨めに肩を落としていた。

「どういうことなんですか？　どうしてあなたが……」

石田あかねが顔を上げた。再び強い光が彼女の目に戻っていた。

「時間がないんです。一緒に来てください」

香織は慌ててコートを手に取った。

「行くってどこへ？」

石田あかねはきっぱりと言った。

「安土さんのところです。私、車で来ていますから、乗っていってください」

溝口や坂下が午後、三島家を訪問することになっている。石田あかねについていったら、時間までに戻れないかもしれない。だが、石田あかねの顔つきを見る限り、そんなことを気にしている場合ではないようだった。

公子と香織は顔を見合わせ、うなずき合った。

ホテルの地下駐車場で鮮やかなブルーの小型車に乗り込む前に、石田あかねは電話を二本かけた。安土のクリニックと安土の携帯電話のようだった。電話を切った彼女は、喫茶室にいたときよりもさらに険しい表情をしていた。

「後ろに乗ってください。ちょっと飛ばすかもしれないから、シートベルトもしてもらったほうがいいわ」

何がなんだか分からないまま、香織と公子は言われたとおりにした。

「どこへ行くんですか？」

「病院です。船橋のほうにあるから、ちょっと時間がかかるかもしれないけれど」

信号待ちをしている間に、石田あかねは慣れた手つきでカーナビを操作し始めた。

「安土さんもそこに向かっています。さっき、携帯電話で確かめました」

「病院で何があるんですか？　まさか……」

香織に答えずに、石田あかねは車を発進させた。駐車場を出ると、雨足が激しくフロントガラスを叩いた。ワイパーの動作が追いつかず、前方の視界は最悪だった。石田あかねはしばらく黙ってハンドルを握っていたが、やがてぽつりと言った。

「話せば長くなってしまうと思います。いいですか」

「ええ。何があっても私たち、驚いたりしませんから」

香織が言うと、石田あかねは静かに話し始めた。

「安土さんと三島さんと私は、自分たちで自分たちが理想とする死に方を選ぼうと約束した仲間だったんです」

二人は黙って彼女の言葉に耳を傾けた。石田あかねの声は低く、雨音やタイヤが水溜まりをかき散らす音に消されそうになる。それでも、一つ一つの言葉は雑音をすり抜けて公子の耳に届いてきた。

私が初めて安土さんに会ったのは、ずいぶん昔のことです。父と安土さんが古い友人だったんです。私も小さい頃から安土さんには可愛がってもらいました。

久しぶりに再会したのは、父の葬式でした。当時、私はまだ独身でした。父の死に方をめぐって、私は母と壮絶な喧嘩をしていて険悪な状態だったんです。父の死をきっかけに家を出てしまったぐらいですから。安土さんはそんな私たちの雰囲気を敏感に感じ取り、心配して私を食事に誘ってくださいました。

私は安土さんに、母との不和の原因について包み隠さず話しました。安土さんはお医者様だったので、分かってくれるのではないかと期待して、私が当時、母を許せなかった理由を話しました。母は尊厳死を希望していた父の心を踏みにじったのです。

父は明確な意思を私たちに表示していました。適切な書面も用意していました。ですが、母はそのことを病院に隠し通すことを選びました。私がもっとしっかり母と戦えばよかったのかもしれません。ですが、要望書のことを告げ口したら自殺すると言われ、本気だったかどうかは分かりませんが包丁まで持ち出したことがあったもので、私は何も言えなくなってしまったんです。

でも父が逝ってしまうと、父がもっとも望まなかった死に方をさせてしまったことが、悔やまれてなりませんでした。あの世というものがもしあるとしたら、私は父と再会したとき、あわせる顔がないなと思いました。そういう気持ちを洗いざらい安土さんに打ち明けたのです。自殺を匂わせて自分の我を通そうとした母が、憎くてしようがありませんでした。

安土さんは、私の話を聞くとたいそう驚かれました。あの方はまさに似たような状況に追い込まれていたんです。奥様が末期のがんでした。安土さん自身が診ておられたようですが。痛みに苦しむ奥様は、できる限り苦痛を和らげる治療をするだけで、積極的な治療は望まないとおっしゃっていたそうです。安土さんは本人の希望どおりにしたいと考えていたようですが、安土さんの息子さんはがんと闘うことにこだわった。そして、意識が朦朧としている母親を無理やり大きな病院に入れてしまったそうです。

そうなるともう安土さんには手のほどこしようがありません。奥様は安土さんにすべてを託していたので、意思を確認できる書面も作っておいたんですが、息子さんが勝手に処分してしまったとか。それでも安土さんは、どうしても奥様の希望をかなえたかったそうです。

そこで、ある晩、入院先の病院に心停止を誘発する薬物を持ち込んで注射したそうです。そして奥様は亡くなりました。

いくら希望をかなえるためとはいえ、ちょっと乱暴ですよね。でも、私には安土さんのやったことが悪いことだとは思えませんでした。

それからしばらく経ってから、私は安土さんに呼び出されました。そして、自分の尊厳死についてはどう考えるか、と尋ねられたのです。

私は自分の死について突き詰めて考えたことはなかったので、逆に安土さんはどうするのかと尋ねました。

安土さんは、自分が万一、突然意識不明になった場合に備えて、要望書を作ったものの、息子さんが反対した場合には、病院側が希望をかなえてくれる保証はないことを心配していました。妻には自分という人間がいたが、自分には誰も理解者がいないことが、不安で仕方がないとおっしゃいました。例えば私が要望書を預かっていて、それを病院に提出したとしても、息子さんの意見を病院がはねのけてくれるかどうかは……。おそらく難しいでしょうね。家族ですから。

ああ、私も、たぶん同じだろうとそのとき思いました。私がたとえ要望書を残したとしても、母は父にしたことと同じことを私に対してもするでしょう。自分が意識もなく、たくさんの管をつながれた状態で生きながらえているところを想像するとぞっとしました。

そんな私に安土さんは、お互いにお互いの死に対して責任を持たないか、と持ちかけてきたのです。万一の場合には、必ず互いに連絡がいくようにしておく。最後に見舞いに来てほしい友人とでもしておけば、家族だって反対はしないだろう。そして、薬物を投与するなりして確実に死を迎えられるようにする。できれば、事故か自然死に見せかけて、お互いを死なせようというわけです。

お話を伺ったとき、初めはためらいました。ですが、次第に安土さんの考えておられる仕組みは理想的なものではないかと考えるようにもなりました。

死をどう考えるかは人によって違います。家族の間で意見が割れ、いがみ合いが起きる可能性だってあるでしょう。それは私の本意ではありません。家族のいがみ合いは見たくありません。ただ静かに死にたいだけなんです。ＤＷＤ協会を信用しないわけじゃなくて、家族を信用できないんです、私たちは。悲しいけれどそれが現実だと思います。

私は安土さんの考えに賛成しました。そして、安土さんと一緒に同じような考えを持っている人を探し、できるだけ多くの人たちで支え合う仕組みを作ることにしました。

日本の社会が尊厳死を広く受け入れるようになれば、そんな仕組みは必要ないでしょう。適切な要望書さえ作っておけば、自分の望みはかなうはずです。ですが、法制化すらなかなか進まない今のような状態が当分は続くでしょう。世の中、何でも話し合える幸せな家族ばかりではないんです。法政化されるまでの間、家族の反対によって、不本意な死に方をする人がいるということです。そういう人を私と安土さんは減らしたかった。

二人だけでは心もとないので、安土さんはDWD協会のセミナーなどに足しげく通うようになりました。そこで知り合いになった人で、これと思う人に自分たちの計画を打ち明け、仲間になってもらおうとしたのです。その一人が、三島耕一さんでした。三島さんは一度、死に直面したこともあったからでしょうか、たいへん熱心に私たちの話を聞いてくださいました。そして、協力もしてくださいました。三島さんは優秀なICの設計者だそうですね。安土さんがクリニックで使っていた人工呼吸器を分解したり、メーカーから設計図を取り寄せたりして、人工呼吸器の制御回路の電流を一時的に増大させる信号を送る装置を作ってくださいました。すぐには問題は発生しませんが、数時間後には回路が耐えられなくなり、破損するという仕組みだそうです。何年か前に導入され始めた新機種以外ではアラームさえ切っておけば、かなり高い確率で、誰にも気付かれずに人工呼吸器を止めることができます。

薬物を投与した場合、不審を持たれて解剖される恐れがあります。一応、要望書には解剖を望まないという旨のことを記しておきますが、守られる保証はありません。そうなったら、事が露見する恐れがあります。患者さんは必ずしも人工呼吸器を装着しているわけではないのですが、装着している場合には事故に見せかけて止めるのが理想的でした。そして、三島耕一さんは、私たちの仲間のうち、初めて尊厳死を遂げた方でした。安土さんがアラームを切り、回路を破壊しました。

長い話だった。途中で質問を挟むことも忘れ、公子は石田あかねの言葉に聞き入っていた。隣に座っている香織も目を閉じている。まるで眠っているかのように動かない。

いつの間にか車は高速道路に入っていた。そういえばずいぶん時間が経っている。目的地は近いはずだった。

口の中が粘ついていた。公子は唾液を喉に送り込むと、ハンドルを握る石田あかねに声をかけた。

「でも、どうして私たちにそんな話を？」

深いため息が返ってきた。苦渋に満ちたため息だった。

「お葬式に行って、自分のやっていることに疑問を持ってしまったんです。三島さんのお父さんは、ご挨拶のとき、意識がなくても何年でも生きてほしかったとおっしゃっていました。お母さんがそのときひときわ大きな声で泣いていらっしゃいました。大木さんもそうでした。父のときには、私は完全に父側の立場に立っていたので、母のことをエゴにまみれた醜い人間だとしか思えなかったんですが、客観的にみると母の気持ちもまるっきり無視はできないような気がしてきて」

石田あかねは車を左車線に寄せた。降りるべきインターチェンジが近づいているようだった。

「お察しの通り、長谷川さんも我々のメンバーの一人でした。彼の尊厳死には、私が責任を持つことになっていました。ですが、長谷川さんの奥さんも、三島さんの家と同じような雰囲気でした。ご家族からは、どうしても死なせたくないという気持ちがひしひしと伝わってきて……。どうしてもできないと思ったので、安土さんにもうこの活動はやめようと申し入れたんです。尊厳死の要望がかなわないのは、とても悲しいことだという気持ちは今も変わりません。でも、私にはなんとなく分かりました。強引に死んではいけないんです。自分を愛してくれる人たちを説得して、受け入れてもらって初めて尊厳死は許されるものではないでしょうか」

石田あかねの言葉は、公子の胸に静かにしみ込んでいった。自分の耕一に対する気持ちを理解してくれた人に初めて出会ったような気がした。

「で、これから向かっている病院は？」

香織が尋ねた。

「実はもう一人、あまりよくない状態の患者さんがいるんです。この半年ぐらいの間に安土さんは知人の伝《つて》を頼って重い病気の人を探し出し、メンバーを急速に増やしていたので、対象患者さんが次々に……。安土さんは、私が騒ぎ出す前に事を起こそうとしています。それを、どうしても止めたいんです。一緒に止めてください。あなた方が、どんな気持ちで三島さんを見送ったかを話していただければ分かってもらえるような気がするんです。私がそうだったように」

バックミラーにちらっと映った石田あかねの顔は、涙をこらえるように歪んでいた。

「警察や病院に連絡は？」

香織が鋭く言った。

「こんなことを説明したって、すぐに分かってもらえるはずがないじゃないですか。それに病院はもうすぐです。安土さんはタクシーで五反田から向かうと言っていました。距離から考えて私たちのほうが間違いなく早く着くはずです」

公子は香織の腕をつかんだ。

「私たちにできることがあるならやりましょう。ご家族が納得する前に、患者さんを死なせてはいけないです」

香織は少し考えた後、確かに警察に事情を説明している暇はないかもしれないと言った。

「あとどれぐらいで着くんですか？」

　石田あかねがカーナビに目をやる。

「あと五分もあれば」

　心臓がどきどきしてきた。車はすでに一般道を走っている。沿道のファミリーレストランや大型書店の看板の毒々しい色が、目に染みるようだった。

　石田あかねがハンドルを大きく右に切り、車は病院の駐車場に滑り込んだ。駐車場から病院のエントランスまでの数十メートルを歩いただけで、三人の服はずぶ濡れになった。雨は横殴りで傘は何の役にも立たなかった。

　石田あかねは、この病院を訪れたことがあるようで、奥に向かってさっさと歩いていく。公子は震えながら彼女の背中を追った。背後から香織の荒い息遣いが聞こえる。

　階段で二階まで上ると、石田あかねは廊下の奥にある病室をノックし、扉を開けた。

「安土さんっ！」

　叫ぶように彼女は言うと、部屋の中に駆け込んだ。公子の心臓が跳ね上がった。安土のほうが早かったというのか。だとしたら、患者はもう……。

　心臓が爆発しそうだったが、病室に足を踏み入れた。香織もついてきた。その顔も蒼白だった。だが、何一つ見逃すまいというように、力のこもった目をしている。

そこは一人部屋だった。壁に沿ってベッドが置かれている。患者は初老の女性で、ベッドの背を半分起こしたような状態で目を閉じていた。

傍らの点滴台のそばに安土がいた。安土の目が大きく見開かれた。香織の目は、彼が手にしている注射器に釘付けになった。

この患者は人工呼吸器をつけていない。薬で死なせるつもりのようだ。

「やめてくださいっ」

石田あかねが安土にすがりつく。だが、男の力にかなうはずもなく、石田あかねの体はリノリウムの床に投げ出された。安土の顔は鬼のように歪んでいた。

「この人の気持ちを踏みにじってはいけないだろう」

公子は人を呼ばなければならないと思った。だが、体がとっさに動かなかった。安土が手にしている注射器から目をそらすことができない。叫ぶ間もなかった。安土の手がすばやく動き、注射器を点滴バッグに突き刺し、シリンジを押した。公子はとっさに点滴の針を女の腕から引き抜こうとしたが、安土は強い薬だからそんなことをしても無駄だと言った。

透明な液体がバッグに吸い込まれていくのを、公子は絶望的な気分で見た。香織が両手で顔を押さえてその場に膝をついた。石田あかねが嗚咽を洩らす。

安土は大きく肩で息をすると、患者に向かって小さく手を合わせた。公子の目にはよく分からなかった。だけど、目の前にいるこの名前も知らない女性は、今、死へと向かって旅立ったのだ。安土は患者に別れを告げるかのように小さく頭を下げると、三人のほうに向き直った。

「まさか、あかね君が来るとはね。しかも、三島さんたちを連れてくるなんて。だが、雨が降っていてよかった。タクシーを呼んでもなかなかこないから電車を使うことにしたのが正解だったな」

「どうしてこんなことを……」

「何度も話し合ったことじゃないか。この方はもう意識がない。苦痛しか感じていないんだ。苦痛をできるだけ短く終わらせてほしいと、本人がはっきり言っていただろう？　家族にも迷惑をかけたくないと言っていた。その希望をかなえてやるのが、私の役割だ。君がなんと言おうと、自分のやったことは正しいと思っている」

そのとき、香織が小さく声を上げた。

「患者さんが……」

安土がぎょっとしたように振り返った。香織たちもベッドサイドに駆け寄った。

患者の唇がかすかに動いていた。

「即効性はない薬だから……」

安土が、いまいましそうに言ったが、香織が「しっ」と言って自分の唇の前に指を立てた。公子は患者の口元を見つめた。干からびた唇は何か言いたそうに動いていた。

濃いシミがいくつも浮いた顔は骨と皮ばかりに痩せさらばえており、病のためか薬の副作用のせいか分からないが、ひどく黄色っぽかった。かすかに体から腐臭もする。

ついさっき安土に対して感じた怒りが和らいだ。

この人は、死に向かっている。安土が点滴バッグに注射器を刺し込まなくても、動かせない事実だった。ならば、死なせてあげてもいいのではないか。自分が彼女だったら、死にたいと思う。

尊厳を持って死ぬとはなんと難しいことだろう。

公子は死にゆく女性の顔をじっと見守った。

そのとき、女性のたるんだまぶたがうっすらと開いた。目の焦点は全く合っていないが、視線は雨粒が激しく叩きつけられている窓に向けられていた。

女の唇が動いた。

「もう一度……青い空が……みたい」

小さな声だった。だが、はっきりと聞き取ることができた。

意識がなかったはずではないか？　いや、それよりもこの人は、死ぬことを強く希望していたはずだ。

でも、彼女ははっきりと言った。

公子は彼女が今、確かに口にした言葉を嚙み締めた。どうしようもない悲しみが全身を貫いた。

明日まで。もし、明日まで生きていたら、この人はこの窓の外に、抜けるような冬の青空を目にすることができたかもしれない。

「解毒剤でなんとかならないんですかっ！」

公子はこらえきれずに安土に向かって叫んだ。

「今すぐに処置してください。この人を明日まで生かしてください」

安土は呆然としたようにその場に立ち竦《すく》み、全身を激しく震わせていた。

「嘘だ。今のは嘘だ……。あんた、死にたいと言っていたじゃないか」

声を振り絞るように言う。その傍らで石田あかねが沈痛な面持ちでうな垂れていた。

「解毒は難しいと思います。いったん薬が体の中に入ってしまったら」

公子は香織の腕にすがりついた。

もう一度、青い空が見たい。

それはささやかな希望だった。かなえてあげたかった。いや、本来はかなうはずだったのだ。

結果的には死期が数日延びるだけのことかもしれない。けれど、それはこの人にとってかけがえのない時間だったかもしれない。そして、本当にそのときを迎えるまで、どんな死に方を望んでいるかなんて、分からないのではないだろうか。

そのとき、背後でドアが開く音がした。若い女性看護師が入ってきた。

「あら、今日は大勢の方がお見舞いに見えていらっしゃるんですね」

彼女の明るい声は、張り詰めた空気のなかでひどくうつろに聞こえた。

安土がのろのろと体を起こした。表情は見事にこわばっている。石田あかねや香織も同じだった。

看護師は無言で立ち竦んでいる四人を不思議そうな顔で眺めると、「ちょっと失礼」と言って、ベッドサイドに歩み寄った。患者の息はあるようだ。患者の熱を確かめるように額に軽く触れると、看護師は点滴台に向かった。そして、「あっ」と小さく声を上げた。点滴バッグに見慣れない注射器が突き刺さっていることに気がついたのだ。

公子は体を硬くしてうつむいた。

だが、聞こえてきたのは朗らかな笑い声だった。

「私ったら駄目だわ。これじゃあ点滴になってないわ。このバルブを回さないと、バッグの液は体内に入っていかないんですよ。すみません、すぐに点滴を始めますから」

看護師はそう言うとつまみのようなものに手を伸ばした。安土の体がすばやく動き、看護師の腕を押さえた。

驚いたように看護師が何か言ったが、安土が耳を貸す様子はなかった。安土の目には涙が浮かんでいた。獣のような声が彼の唇から漏れた。彼は手を伸ばすと、点滴バッグを管からはずした。


早川は落ち着かない気分で、三島家のダイニングテーブルについていた。溝口と若田部、そして坂下もいる。目の前には三島家の主である安雄と芳子が座っていた。

「申し訳ありません。香織は何をしているのか。公子さんも、連絡がつかないんです」

「いやいや、今日は日曜ですからな。時間はあります。急ぐことはありませんよ」

溝口が言った。だが、もう一時間もこうして待っている。二人は何か事情があって、この場に来る気がないのではないか。

そのとき突然、坂下が口を開いた。

「あの、私、お話ししなければならないことがあるんです」

早川はぎょっとした。溝口と若田部も、驚いたように目を見開いている。坂下はかまわずに早口で続けた。

「私はミスなんかしていません。ここにいらっしゃる溝口先生と若田部先生にミスをしたことにしてくれと言われて、そうしました」

「おいっ、坂下君っ！」

溝口が口から泡を飛ばしながら、坂下の体に手を伸ばしたが、遅かった。三島安雄はあんぐりと口を開けていた。芳子も目を丸くしている。

「溝口先生が、新しい勤務先を紹介してくださるっていうから従ったんです。それに三島さん、あの調査報告はインチキです！」

坂下は言い放った。

「いや、そんなことは……」

溝口が大粒の汗を額に浮かべながら説明を始めたが、芳子が体を前に乗り出した。

「やっぱりそうだったのね、坂下さん。よく言ってくれました。私には分かっていたんです、大木公子がやったって」

「おい、やめなさい」

安雄が芳子の腕をつかんで揺すった。だが、坂下は首を大きく横に振った。

「あの人はそういうことをする人ではないと思います。それより、あの病室に入った人をきちんと調査すべきなんです。お見舞いの人が三人ほどいましたから。院内の人間だけでなく彼らのことも調べるべきです」

電気のようなものが、早川の背中を走り抜けた。

それは自分が口にすべきことだった。組織でうまくやっていくことに、やっぱり自分はこだわっていた。だから、本来やるべきことから、目をそらしてしまったのだ。

苦い後悔が押し寄せてきた。同時にそばかすの浮いた坂下の顔が神々しく見えた。

これじゃあ、自分も溝口や若田部と同じように、薄汚れた人間の一人になってしまう。青臭いといわれても、間違っていることは間違っていると言わなければならない。

「これからでも遅くありません。調べてみましょう、ね、副院長」

たまらず早川はそう口走っていた。

そのとき電話が鳴った。安雄が受話器を上げる。

「香織か。何をしているんだ。皆さんお前を待っているんだぞ」

安雄は怒ったような声を出した。だが、すぐに首をかしげ、受話器に耳を押し付けた。短い相槌《あいづち》をうちながら話を聞いている。

「お前の話はよく分からないんだが……。要は、耕一はあの安土さんに殺されたということなのか？」

その場にいた全員が、腰を浮かせた。

16

成田空港第一ターミナルの中央ビルにある讃岐うどんの店は、昼食時が過ぎたせいか、人がまばらだった。うどんの店といっても、一品料理なども出す、それなりに値が張る店なので、人気があまりないのかもしれない。

奥まったところにある四人がけの席につくと、安雄は正面に座った香織の顔を見た。

今日、香織はアメリカに旅立つ。緊張しているのか、あるいは、荷造りの疲れのせいか、香織の顔色は冴えない。それでも、目の光だけは強かった。

「香織ちゃん、この天麩羅御膳っていうのにすれば？　向こうに行ったらなかなか天麩羅なんて食べられないでしょうから」

芳子がメニューを広げながら香織の顔を覗き込む。香織は少し笑うと、ざるうどんで十分だと言った。

「私が住む町は、サンフランシスコまで車で三十分もあれば着くところなのよ。日本食は人気があるから、天麩羅を出す店ぐらいすぐにみつかるって。それより公子さん遅いわね。さっき電話したとき、彼女、成田エクスプレスの中だったんだけど、中央ビルっていうのがどこだかよく分からないって言っていたから心配だわ。ちょっと外を見てこようかな」

「まあ、大丈夫だろう。それより、注文をすませておこう。一応、香織が日本で食べる最後の食事なんだから、なんとか御膳とかではなく、一品料理を適当に頼んで、ビールでも飲もう。ゲートに入るまでに、あと一時間ぐらいは、あるわけだし、うどんは後から頼めばいいじゃないか」

安雄が言うと、芳子はいそいそとメニューの内容を検討し始めた。

「公子さんと会うのは、今日が最後になるのかな」

香織は首に巻いていたスカーフをとると、自分に言い聞かせるようにつぶやいた。

「そうだな」

安雄はうなずいた。自分たち一家は、耕一を通して公子とつながっていた。耕一がもういない以上、互いを結びつけるものはなにもない。

「でも、裁判にも行くつもりがないなんて、ちょっと意外だったわ。安土がどんな罪に問われるのか気にならないのかしら」

香織の言葉に反応して、芳子の顔が歪んだ。

「今日はやめてよ、あんな男の話なんて……」

芳子の唇は震えていた。

「そうだね、ごめん」

香織は、失敗したなというように、安雄に向かって顔をしかめてみせると席を立った。

「私、やっぱり公子さんを探してくるわ」

芳子は何も言わずにうつむいた。

安雄には、芳子の気持ちが痛いほど分かった。

香織は新しい人生に飛び込んでいく。安土を憎む気持ちは当然あるだろうが、自分たち夫婦とは少々、感じ方がちがうのではないか。新しい人と出会うだろうし、楽しいこともこれからいくらでも待っているような気がした。だが、自分たち夫婦に新しいことなどこれからそうは起きないだろう。二人の子供が自分たちの人生を見つけていくのを見守ることが望みであり、生きがいだったのだ。

耕一が事故に遭った時点で、安雄と芳子の望みは断たれたのかもしれない。そうは思ってみても、安土という男の名前を耳にすると、全身の血が逆流するような怒りを覚えるのだった。

安土は、耕一の希望をかなえるのに手を貸しただけだと言うかもしれない。おそらく、裁判ではそう訴えるはずだ。そして、ある意味、それは間違っていなかった。

だが、安土を許す気には到底なれなかった。耕一の希望をかなえるべきかどうか、安雄たち四人は、死に物狂いで考えた。何度も心が折れそうになった。それでも意見を交わし、時には泣き喚きながら、ようやく耕一の望みをかなえようという結論にたどり着いたのだ。その矢先に、安土という一人の男が、ひょいと横から出てきて、全てをぶち壊した。

ウェイトレスにてきぱきと注文をする芳子を見ながら、安雄はお茶をすすった。

そして安土は、安雄たちから、かけがえのないものを奪った。耕一と過ごす最後の四日間。他人からみれば、たかが四日間かもしれない。だが、耕一とともに生きてきた自分たちには、あの四日間は一年に勝るとも劣らず、大事なものになるはずだった。

何も言わない彼に向かって、自分のありったけの気持ちを注ぐつもりだった。自己満足にすぎないかもしれないとは思う。けれど、耕一と別れる覚悟を決めるための時間が、少なくとも安雄には必要だった。

注文をすませた芳子は、手で湯飲みを挟んでぼんやりとしている。

芳子は安土に対して、安雄よりもさらに激しい怒りを抱いているかもしれない。

早川という医師に尊厳死を撤回させるように働きかけたということは、芳子はあの四日間で終わりにするつもりがなかったということだった。

安雄と香織、そして公子は、迷いがないわけではないが、耕一の希望をかなえようという気にはなっていた。しかし、芳子はそうではなかった。

そのことについて考えると、安雄はいつも複雑な気持ちになるのだった。安土が逮捕されて以来、繰り返し考えたことだが、いまだに結論を出せずにいる。

耕一が安土に自分を尊厳死させてくれるように頼んだことは、彼なりの家族に対する優しさだったのではないか。耕一は、彼の希望をかなえるか否かを巡り、家族が悩んだり争ったりしてほしくなかったのだ。

尊厳死を望むかどうか、あるいは、家族が望んだ場合に希望をかなえたいかどうかは、人によって判断が分かれる。そのうえ、個人が判断をくだすこと自体が、とてつもなく難しい。皆で集まって話し合って一つの結論を出しても、後で誰かが悔やむことになるような気がする。実際、芳子がそうだった。

何でも話し合い、分かり合える家族ならば、三島家のようなことにはならないのかもしれない。しかし、安雄はこんなふうにも思うのだ。三島家は決して特別な家族ではない。日本中を見渡せばどこにでもいる平凡な家族だ。ものすごく仲がよいわけではないが、お互いのことをある程度、理解しあっていたと思う。それでも今回のようなことが起きてしまう。そこに尊厳死の難しさがあるような気がする。

気持ちの整理がある程度ついたら、今回のことについて、誰かに語りたい。事件が発覚した当初はマスコミが騒いでいたが、取材など受ける気にはなれなかったので、じっと息を潜めていた。芳子たちにも、そうするように言った。しかし、一生、黙っているわけにはいかないと今は思っている。社会に対して問題提起をするなどという大それた気持ちはない。けれど、家族の誰かが尊厳死を希望し、他の家族がそれを受け入れられないという問題は、誰の身にも起こり得るのではないかと思うのだ。世の中に大勢いる自分たちと同じような普通の家族にそのことを知ってもらいたい。

そういう気持ちになったのは、耕一と係わりながら残りの人生を過ごしたいという感傷からかもしれない。それでも構わないと安雄は思っている。

テーブルに生ビールや出汁巻き、枝豆などが運ばれてきた。ぱっと見たところ味はたいして期待できそうもないが、テーブルの上が様々な料理で彩られたことで、安雄の気持ちは少し和んだ。

そのとき、香織が公子を伴って戻ってきた。安雄は腰を浮かせると、公子に向かって頭を下げた。公子はわずかに微笑むと、顎を軽く引いた。しばらくぶりに見る彼女は、窶《やつ》れが目立った。そして、ひどく悲しげな目をしていた。

テーブルにつくと、四人は生ビールで乾杯をした。

「香織さん、どうぞお気をつけて。アメリカで暮らすって、たいへんなんでしょうねえ。お父さんとお母さんもご心配ですよね」

公子が生真面目な口調で言った。芳子が大仰にうなずく。香織は明るい目つきで笑った。

「公子さんもお母さんと同じく心配性ね。それより、公子さんも、お店頑張ってね。遠慮しないで兄さんの生命保険、受け取ればいいのに」

安雄もうなずいた。何度も勧めたのに、公子は頑として受け取りを拒否したのだ。今日も公子は激しく首を横に振ると、きっぱりと言った。

「大丈夫です。これまでもずっと一人でやってきましたし、これからもやっていけると思います。私一人が食べていくだけ稼げればいいんですから」

そのとき芳子が口を開いた。

「でも、形見の品はいくつか、もらってくださいな。耕一のマンションにあったものはかなり整理をしたんだけれど、うちに持ってきてあるものもあるから」

「それはそうだな。いや、これまで気付かなくて申し訳ない。たとえばどんなものがあるんだ？」

安雄が言うと、芳子が首をかしげた。

「洋服とか、食器とか、本とか、オーディオとかパソコンとか……。そんなものですけど。公子さんのご迷惑にならないものって何かしら」

公子は箸を置くと、寂しそうに微笑んだ。

「別に……。何でも構わないです」

さっきまでとは打って変わって、投げやりとも取れる口調だった。安雄の胸が痛んだ。公子も自分たち夫婦と同じように、新しい人生というやつに、目を向けられないのかもしれない。

芳子が眉を上げかけたが、香織が割って入った。

「突然、言われても決められないわよね。私も残しておいてほしいものがあるし。お母さん、私が向こうで落ち着いたらメールででも相談して」

香織なりに、何か考えがあるようだったので、安雄もそれに同意した。

「それより公子さん、夏にでもアメリカに遊びに来てよ。その頃までには、私、車の運転にも慣れているだろうから、いろんなところに案内するわよ」

「素敵ですね」

公子は気のない相槌をうつと、香織の目をしっかりと覗き込んだ。

「お仕事、頑張ってください。耕一さんの分まで」

次に公子は安雄と芳子に向きなおると、泣き笑いのような表情を浮かべた。

「お父さんとお母さんも、どうぞお元気で」

安雄は苦い気分でビールを飲んだ。公子が今日、わざわざ出向いてきたのは、自分たちに別れを告げるためだとはっきり分かったからだ。

——あなたも若い。耕一の分まで頑張って生きてください。

そう伝えたかったが、言葉が喉に引っかかって出てこなかった。全てをあきらめたような彼女の表情が、頑張れという言葉を口にするのをためらわせた。

警察の事情聴取がほぼ終わった日、早川は若田部に部屋に来るようにと言われた。

あの日、三島家で、思ってもみなかった真実が明らかになったとき、若田部も早川も、溝口すら、しばらくの間、まともに口をきくことができなかった。

その後、院内で善後策が検討され、その会議には当然、若田部も早川も参加したのだが、二人きりで、三島耕一の死について、話をしたことはなかった。

警察は、事故の報告と、事故の原因を究明する努力を怠り、坂下に責任をなすりつけようとした点に対して不快感を示していた。しかし、三島家の怒りが安土に集中していたこともあり、病院側が責任を厳しく追及されることはなさそうな、なんとなくうやむやになりそうな、そんな状況だった。

ノックをして部屋に入ると、若田部はソファに座って煙草をふかしていた。煙草を消してくれるようにと心の中で願ったが、当然のことながらその願いを聞き入れてくれる様子はなく、若田部は早川にちらっと目をやると、向かい側のソファに座るようにと顎で指示した。

「外来のほうは、どうだった？」

「今日は特に何も。落ち着いていますよ」

若田部は煙を盛大に吐き出すと、投げやりな笑いを頰に浮かべた。

「お互い、たいへんだったな。まさか、あんなことが自分たちの鼻先で起きているとは思わなかった。人工呼吸器の故障をわざと誘引するなんて、よく考えたものだよ」

「先生もまったく予想していなかったってことですか」

「当たり前だろ。誰かがスイッチを切ったのかなとは、ちらっと考えた。でも、人工呼吸器そのものをとめることはできないと思い込んでいた。だから、スイッチを切った人間を探すことに意味があるとは思えなかったんだ。問題を長引かせたって、三島さんの遺族は誰も幸せになれないから……」

はっきりそうとは口にしなかった。だが、若田部の口ぶりから、坂下に責任をかぶせて、幕引きをしようとしたことを悔いてはいないことが分かった。

正義漢ぶって犯人を割り出しても意味はないだろう。若田部は、そう言いたいのかもしれない。

反発を感じないわけではなかったが、真実が明るみに出たことがよいことだったのか、早川には今も判断がつかない。早川の価値観からすると、当然、正しい。よく調べもせずに、決着をつけようとするなんて、横暴すぎる。

でも、三島家の人たちから見ると、また別の解釈があるのかもしれないとも思う。三島耕一が安土という男に殺されたと考えるか。あるいは、自殺をしたと考えるか。どちらにしても、遺族にとっては辛いことのように思えるのだ。

早川が黙っていると、若田部が突然、聞いてきた。

「で、君は、今はどう思っているんだ？」

「えっ？」

若田部は煙草を消すと、鋭い目で早川を見た。

「尊厳死についてどう思う？　三島さんは、あんなことまでしなければ、自分の希望をかなえられないと思っていた。そして、三島さんは悲観的過ぎたわけでもない。あの母親に同調しかけた君のような医者も現実には、いるわけだし」

「あの、それは……。母親の味方をして、家族の決定を覆そうと決めていたわけではないんです」

言い訳じみていると思いながらも反論すると、若田部は首を横に振った。

「いや、その件は、終わったことだからもういいよ。それより、尊厳死を希望している人を今度診るとき、家族に対してどういう態度を取るんだ？　そのあたりについては考えてみたか？」

「それは……」

早川の額に汗が滲み出した。

「そんなところだと思ったよ。だからというわけでもないんだが、ちょっと考えてみたんだ。今年の夏に開かれる学会で、俺がプログラム委員をやる。尊厳死をテーマにしたパネルディスカッションを企画することにした」

「はあ。恐縮です。参加して、勉強させていただきます」

早川が頭を下げると、若田部はにやっと笑った。

「いや、君にはパネラーを務めてもらうから、そのつもりで」

「えっ。パネラーだなんて、僕には荷が重過ぎますよ」

「今回、いろいろ考えただろう？　感じたことも多々あったと思う。そのことを素直に話してくれればそれでいい。尊厳死は素晴らしいと主張してほしいわけじゃない」

早川は膝の上で重ねた自分の手を見つめた。

この手で、三島耕一を死なせなければならないと思ったとき、自分を襲った恐怖感。そして、できる限り治療を続けたいという気持ち。そういうことなら、確かに話ができそうだ。

三島耕一や安土の尊厳死に対する強い思いを知った今、尊厳死を望む人は応援しなければと思うが、それでも迷いはある。その思いを、率直に仲間の医師たちに訴えてみよう。

「頑張ってみます」

「当然、君に真っ向から反対するパネラーも用意するがね」

「そ、そうですよね」

「でも、気後れする必要はないぞ」

若田部は、一瞬、目を伏せると、早川がこれまで見たことがないような、気弱な表情を浮かべた。

「三島さんの母親は、すさまじかったな。家族で一度決めたことを覆そうとするなんて。あれには驚いたが、ああいう人もいるってことが、よく分かったよ。以前、君に対して、患者の希望をかなえなければ家族に悔いが残ると言ったが、その逆のこともなきにしもあらずかもしれないな」

「そうですよね、やっぱり」

調子に乗って言ってしまったのがまずかったらしく、若田部の目が尖った。

「それでも、三島耕一さんの意思を尊重するべきだと思ったがね。でもまあ、俺でも多少、気持ちは揺れるってことだ。この問題については、徹底的に考えなけりゃならない。俺も君も」
早川はうなずいた。
考えても正解はみつからないかもしれない。それでも、問題を投げ出したくない。
「それが、人の死に立ち会う医者の義務だと俺は思う」
若田部が自分に言い聞かせるように言った。
早川は、若田部という男を初めて人間として好きだと思った。

店のシャッターを下ろして鍵をかけると、公子はアパートに向かって歩き出した。コートを羽織ろうかと思ったが、やめた。あたりはすっかり暗かったが、風はそう冷たくもない。帰宅を急ぐ勤め人たちに混ざって、公子も歩き出した。夕飯は、昨日作ったカレーを温めてすませるつもりだったので、買い物の必要もなかった。アパートへと向かう川沿いの道に差し掛かったとき、公子は思わず足を止めた。水面に向かって張り出している桜の枝に花がびっしりとついていたのだ。街灯に照らされて闇に浮かび上がる白い花びらは、美しいというより寂しげだった。
昨夜もこの道を通って帰った。今朝もこの道を通って店に行った。桜が突然、満開になるということはあり得ない。

公子は少し笑うと、再び歩き出した。

耕一が亡くなってから約三ヶ月の間、自分はずっと下を向いて歩いてきた。今朝までは確実にそうだった。でも、いつの間にか顔を上げていた。

昨日と変わらぬ今日。今日と変わらぬ明日。地道に歩いていくうちに、激しい負の感情はいつしか色あせていくものなのかもしれない。

激しい雨が降っていたあの日、見知らぬ老女の病室で起きたことも、何年も前の出来事のように思える。

安土は自分の取った行動について警察に話をした。石田あかねも一緒だった。彼らには自殺幇助罪が適用されるようだった。それが正しいことなのか、公子には分からなかった。

半月ほど前に、成田空港で会った香織は、耕一が真剣に尊厳死を望んでいたことを確認できたせいか、すっきりとした顔をしていた。アメリカに遊びに来るようにと言われたけれど、そんな気になれる日が来るのかわからない。

公子には香織のように、晴れ晴れとは笑えなかった。

耕一に信頼されていなかった——。そのことを否定する材料は、あの事故の真相が分かった今でもみつからない。

あきらめるしかないのだと思う。思うようにいかないことなんて、自分の人生にいくらでもあった。今回も、そうなのだろう。

人生は悪いことばかりでもないはずだ。自分には両親が残してくれた店がある。幸いなことに次第に客足も戻ってきた。来週からは再び相原康子が通ってきてくれる。何年先になるかは分からないけれど、彼女と協力して店をもう一つ出したい。それが当面の自分の夢だ。

公子は大きく深呼吸をした。青い匂いがかすかに鼻腔を掠めた。草木が芽吹く季節がやってきた。耕一はもうこの匂いを嗅ぐことはない。だけど、自分はここにいる。

耕一と出会う前に戻った。ただそれだけのこと。ひっそりと、誰にも迷惑をかけず、ささやかに死ぬ日が来るまで生きていこう。

アパートの前につくと、宅配便の軽トラックが停まっていた。段ボール箱を抱えた初老の男がちょうど階段から下りてくるところだった。

「あ、もしかして大木さん？」

「はい、そうですけど」

男は白い歯を見せて笑った。

「ちょうどよかった。お荷物です。ちょっと重いから、上まで運びますよ」

玄関先に箱を置いてもらい、伝票にサインをすると、男は爽やかな笑みを浮かべて、頭を下げた。

箱はずっしりと重かった。差出人は三島安雄。そういえば、落ち着いたら耕一の遺品をいくつか送ると言っていた。それが到着したのだろう。

すぐには開く気にはなれなかった。開けば、心がまた乱れてしまいそうだ。カレーを温めなおして食事を済ませ、風呂に入った。発泡酒を一本だけ飲んだ。テレビをつけようかと迷ったが、段ボール箱が嫌でも目に付く。公子はあきらめて、段ボール箱のガムテープをはがしにかかった。

一番上に、封筒が入っていた。中を改めると、耕一の身の回りのものをいくつか送る、自由に処分してもらって構わないという簡単な手紙が入っていた。

何冊か本が出てきた。耕一の書棚にあったものだった。そして、デジタルカメラ。メモリーには自分と耕一の写真が何枚も入っているだろう。

洋服とかその類のものが入っていなかったことに、ほっとした。三島家の誰かが、おそらくは香織が、心遣いをしてくれたのだと思う。耕一の体臭を生々しく思い返すようなものに触れる気にはなれなかったけれど、こういう無機質なものなら、身の回りにおいておける。

箱の底に、樹脂の保護剤にくるまれた平べったい包みがあった。ずっしりと重い。保護剤をはがすと、ノート型のパソコンが現れた。

店で使えばいい、ということなのだろうか。香織ならばそう考えるかもしれないなと思い、公子は少し笑った。そういえば先週あたりから、店のパソコンのハードディスクが嫌な音を立てている。

公子はパソコンの蓋をあけ、コードを接続して、電源を入れてみた。

低い唸《うな》りをあげて、パソコンが起動した。デスクトップの画面が現れたとき、公子ははっとした。メールソフトのアイコンが目に入ったのだ。

咄嗟に電源を落とそうとした。だが、その決心がつかなかった。パソコンは、無機質とは対極にあるものだった。この中には、耕一の生の声が記録されている。

それに触れることで、取り戻しつつある落ち着いた暮らしが、再び遠のいてしまうのではないかという恐怖に駆られた。それでも、耕一の声を聞きたいという気持ちには勝てなかった。公子はメールソフトのアイコンをクリックした。

幸か不幸か、パスワードは設定されておらず、すぐに受信画面が現れた。一番上にある名前を見たときに、公子の心臓が嫌なかんじで動いた。「ａｚｕｃｈｉ」。件名の欄には、「Ｒｅ：10月6日の件」とあり、受信日はその三日前の十月三日になっている。

十月六日。それは、耕一が事故に遭った日だった。そういえば、あの夜、耕一と安土は会う約束をしていた。安土が返信をしたということは、耕一から会おうと言い出したということだ。

送信ファイルを開いてみた。耕一から安土に送ったメールはすぐに見つかった。送信日はやはり十月三日。直接会って話したい用件があるので、時間を作ってほしいという内容だった。これでは何も分からない。

それ以外に、めぼしいメールはなかった。ファイルに入っているメールの大半は、業者からのダイレクトメールの類だし、その他は笠原ら友人と、飲み会の待ち合わせ場所などを打ち合わせるものだった。いずれも数行の極めて事務的なやり取りだった。

会社では別のアドレスを使っていたらしく、仕事に関係するメールもない。公子とは、携帯メールでやり取りをしていたので、自分宛てのメールも見つからなかった。

あんなに緊張してソフトを立ち上げたのに、拍子抜けする思いだった。女性とやり取りしているメールが見つかったら、自分はまた意味もなく傷つくだろうなと思っていたので、ほっとする気持ちもあった。

ソフトを閉じようと思ったとき、下書きファイルに一通のメールが入っていることに気付いた。なんとなく開いてみた。再びあて先欄に「ａｚｕｃｈｉ」という文字が現れた。日付はやはり十月三日。用件の欄には「お願い」とある。面談を求めるメールの直前に記されたもののようだった。

メールを開くと意外なことに、文字がびっしりと連ねられていた。全体が画面に納まり切っていない。他のメールとは明らかに様相が違う。公子は耕一が打ち込んだ文字を目で追い始めた。

安土様
ご無沙汰しております。

お願いがございまして、連絡をさせていただきました。心苦しいお願いですが、率直に申し上げます。私を安土様の計画からはずしてください。今の状態では、とても安土様たちと同じ志を持てないのです。

少々、長くなりますが、私の現在の気持ちをありのままに述べさせていただきます。

尊厳死が自分の理想の死に方であるという思いは、今も持っております。回復の見込みがなく、意識もない状態で家族に負担をかけながら生きていきたくはないと思います。自分は一度、死に直面し、家族に多大な負担をかけました。同じことを繰り返す愚行を避けるためにも、自分だけの意思で尊厳死を実現できるという安土様の提案を非常に魅力に感じました。

ところが、状況が少々、変わりました。私は近く、結婚します。ようやく、自分の分身と思えるような女性と出会うことができました。そこで、私は、はたと考え込んでしまったのです。

私は彼女を信頼しています。信頼しているからこそ、自分が尊厳死を望んでいるということを彼女に伝えるべきだと思いました。彼女なら必ず分かってくれると思いました。彼女が私の希望を無視するとは思えないのです。

おそらく安土様は、私が楽観的過ぎるとおっしゃるでしょう。土壇場になって、彼女が私の意思を握りつぶさないという保証はないと指摘されるかもしれません。ですが、彼女は常に私の立場にたって物事を考えてくれる人です。私の意思を無視して自分の気持ちを通すとは、どうしても思えないのです。

別の角度から考えると、もう一つ、疑問が湧いてきました。もし、彼女が尊厳死を望んでいるとしたら、私はそれをかなえてやれるのだろうか。自分でも矛盾していると思いますが、その点にはっきりと自信が持てないのです。

自分が希望することを、相手が希望したら、受け入れるべきでしょう。ですが、想像してみると、かなり勇気がいるように思えてくるのです。意識がなくても彼女の体は温かく、もしかしたらたまに体が動くかもしれない。そういう状態の彼女を、私は自分の手で、死なせることができるのだろうか。

頭ではたぶん、希望をかなえるべきだという結論を出すでしょう。しかし一方で、意識がなくても、どんな状態であっても、この世にいてさえくれれば、ありがたいという気持ちにもなると思うのです。

ここで彼女と私の立場を逆転させると、もし私が意識の回復の見込みがなくなったとしても、彼女が望むのであれば、生き続けたいという気になります。

最初に記したように、尊厳死の希望は、まだ強く残っています。ですが、一人では決められないというのが、今の率直な気持ちです。この問題については、これからゆっくり二人で話し合って結論を出したいと思います。

そして、私はこんなふうにも思うのです。

自分の尊厳を守りながら死んでいくのは、尊い死のあり方です。そのことに異議はありません。ですが、誰かのために、意識がない状態で力尽きるまで生き続けた後、死ぬことも、同様に尊い死のあり方と言えるのではないでしょうか。

うまく伝えられたかどうか、自信がありませんが、

メールはそこで唐突に終わっていた。

送信されることがなかった書きかけのメール。それが意味することは一つしかない。あの

日、耕一はこのことを伝えるために、安土と会おうとしたのだ。

でも、そんなことは、今はどうでもよかった。

画面をスクロールしてカーソルを最初の行に戻した。耕一の声が、胸の中に温かく染み込んできた。

参考・引用文献

『「尊厳死」に尊厳はあるか』中島みち（岩波書店）
『自分で選ぶ終末期医療』大野竜三（朝日新聞出版）
『ＡＬＳ不動の身体と息する機械』立岩真也（医学書院）

解説

関口苑生

人は「死」を考えるとき、誰もが自然と哲学者の顔になるという。と同時に何かしらの形で、死を語り、伝え、書き遺《のこ》してもきた。実際に、格言や箴言《しんげん》などをはじめとして死について書かれたものは無数にある。もちろん小説もそうだし、いや文芸一般のみならず、絵画や映画、演劇、音楽などあらゆる分野で「死」は作品のモチーフとなり、重要なテーマとなってきた。人は誰も死から逃れることはできない。だからこそ、死と対峙《たいじ》してその正体を明らかにしたいと願ったのかもしれない。これに匹敵するものは、おそらく「愛」だろうが、この両者は時に同じ作品内で語られることも多かった。たとえば、愛する者の死といった具合にだ。

本書『無言の旅人』もまた、死の意味と、愛のありようを考えさせるには絶好の一作である。

物語は四十歳になる男性・三島耕一が、交通事故で遷延性意識障害、つまり植物状態になってしまうところから始まる。両親と妹、それに婚約者の大木公子は必死の思いで耕一の回復を願うが、そこに一通の書状が出てきたことから、彼らの思いが木の葉のように揺れ動いていく。耕一は、自分にもしものことがあった場合――不治の病や意識のない植物状態になったときは、一切の延命措置を拒否し、無用な治療をしないでくれとの「尊厳死の要望書」を書き残していたのである。それは以前彼が癌を患い、生死の境をさまよったことから抱《いだ》くようになった人生観で、自分の死に方についてとことん考え抜いたあげくに出した結論でもあった。

この書状をめぐって、家族はそれぞれに複雑な思いにかられ、悩み、葛藤する。もちろん、耕一を死なせたいと思う人間は誰ひとりいない。だが、そうすると彼の切なる願いはどうなる？　というわけだ。とりわけ大木公子の思いは複雑だった。彼女は厳密に言うとまだ家族という立場になく、単に婚約者であったにすぎないのだ。しかしそれ以上に彼女を苦しめていたのは、自分と彼は確かに愛し合って結婚を決めたはずなのに、どんな隠し事もなかったはずなのに、そんな書状の話はただの一度も聞いたことがなかったという事実だった。要望書の日付は三年前。いくらでも話し合う時間はあったはずなのだ。

自分は結局、信用されていなかったのか。いや、愛されていなかったのか。その思いが公子の胸に重苦しく渦巻いていくのだ。

一般に尊厳死とは「人間が人間としての尊厳を保って死に臨むこと」とされ、具体的には「患者が『不治かつ末期』になったとき、自分の意思で延命治療をやめてもらい、安らかに、人間らしい死をとげること」という定義がなされている。ただ生きているというだけの状態となった〝物〟としてではなく、人間として遇されて、人間として死にいたること、ないしはそのように達成された死を言うものである。

いささか不謹慎な表現かもしれないが、そんな具合に、死への〝自由度〟が高まっていったのは、もちろん近年になってからだ。死は長らく生活の中の一部ではあったけれど、タブー視もされていた。それが徐々に普通の人々が、まず自分や身近な人の死をどう処理するかについて考え始めたのだ。奇妙な言い方になるかもしれないが、家族単位の大衆文化がある時期から次第に変化してきたのである。たとえば、しきたりを無視して葬儀にさまざまな演出を凝らすイベント化もそのひとつだろうし、死んでまで家族に縛られたくないと、家代々の墓に対して夫婦や自分だけの個人墓を作りたいとするトレンドも同様だ。あるいは、献体や臓器提供といった伝統的な遺体処理とは馴染《なじ》まない行為も、今日では決して特別なことではない。さらには死に方を個人が選ぶという発想を根底に持つ癌告知、ターミナルケア（終末期医療）、尊厳死の問題への関心は、みな死の〝自由度〟の増大を示す現象と言っていいだろう。

また、尊厳死とは微妙にことなるが、回復の見込みが薄い患者に対して、苦痛からの解放を目的とする消極的安楽死を願う立場もある。こちらは介護にあたる側の肉体的疲労、精神的苦悩、および日々高まってくる重圧の問題もある。加えて高額になる医療費のこともあり、時間が長引けば長引くほど、苦痛は二倍、三倍となってずっしりと重くのしかかってくるのだった。

生前に「尊厳死の宣言書」（リビング・ウィル）を医師に提示し、自然な死をとげる権利を確立するため、医師が違法性を問われないための法制化を求める運動は、こうした思いの数々を具現化しようとする人たちにとっての切なる願望でもあった。

しかし一方で、まったく正反対の意見を唱え「安楽死・尊厳死の法制化を阻止する」立場をとる市民団体も存在する。こちらは、命ある限り精一杯生き抜くことが人間の本質だとするものだ。

どちらも、それぞれに立派な根拠を持った「正論」なのである。

先端医療の現場では、このように表面的な善悪二元論では片づけられない選択の状況が往々にして訪れる。仙川環のデビュー作『感染』で描かれた臓器移植、臓器提供の問題にしても、すべての人が諸手をあげて賛成しているわけではない。さらには「脳死を人の死とするのは臓器提供の時のみ」などという曖昧《あいまい》な根拠のまま、移植改正法が施行されている現実に批判を投げかける人も多い。

本書の場合も、耕一の意思を尊重すべきかどうかで、家族はもちろんだが、客観的立場にいるはずの医師の間でも意見が分かれるのだった。

ところが、ある日突然、耕一が急死することで物語は意外な展開を見せ始める。原因は人工呼吸器の故障によるものだった。だが、なぜアラームが鳴らなかったのか。そこに人為的な操作はなかったのか……あったとすれば、これは殺人ではないのかと、このあたりから俄然ミステリー的な様相を帯びていくのである。

重苦しくはあるが、静かな雰囲気の出だしからいきなり転調し、これから一体何が始まるのかと、緊張の種類を変えて興味を抱かせる手腕は見事のひとこと。しかもそこに父と息子、母と息子といった家族同士でも微妙に異なる関係と、家族未満でありながら家族以上に深い絆で結ばれた婚約者の関係の決定的差異も描かれていくのである。当たり前と言っては語弊があるかもしれないが、男親と女親とでは子供との付き合い方は幾分かは違っている。よく言われるのは、男親は子供が男の場合、生き方までも指示したがるものらしい。生き方とはつまり、死に方でもある。本書でも父親の安雄は、耕一に「卑怯なことをするな」と教え諭してきた。そこで安雄は、「死」と「死に方」を区別することで自分の気持ちに決着をつけようとする。だが、母親の芳子は死に方以前に、息子の死そのものを受け入れることができないのだった。そして婚約者の公子はというと……。

つらい話である。けれど、これほどつらい話を、こんなにも面白く読ませる小説もまずないだろう。

「死ぬことは、生きている者の餌食《えじき》になることだ」と言ったのはサルトルだったが、かりにそうするつもりではなくとも、結果としてそう見えることはしばしばある。たとえば本書の場合はどうか。尊厳死を選んだ〝物言わぬ患者〟をめぐって、生きている者たちがそれぞれに真摯《しんし》な思いを打ち明ける、あるいは何かしらの行動をする。その愛情に嘘はないし、一片の曇りもない。ところが、動いていくほどにおかしな具合に見えてしまうのだった。こうした部分の描き方も実に巧《うま》い。

著者は長らく医療の現場を取材してきたジャーナリストである。これまでに扱ってきたテーマも『繁殖』ではカドミウム中毒。『潜伏』はBSE（狂牛病）。『再発』では狂犬病の発生源。『聖母（ホスト・マザー）』は代理出産。『終《つい》の棲家』は独居老人の相次ぐ孤独死と幅広く、また医にも繋《つな》がる食のテーマでは『ししゃも』『逆転のペスカトーレ』の二作がある。

いずれも切羽詰まった状況——その多くは死が隣り合わせにあるという状況で、人間が気高く生きていくには何が必要か、どうすればいいのかが背景に描かれている。そうしたなかで、人は決してひとりで生きているのではないと静かに訴えていくのだ。

本書にも、しみじみとその主張は感じられた。いい小説だと思う。それ以上に、いい作家なのだ、仙川環は。

——文芸評論家

この作品は二〇〇八年一月小社より刊行されたものです。

無言《むごん》の旅人《たびびと》

仙川環《せんかわたまき》

平成22年10月10日　初版発行
平成28年9月25日　2版発行

発行人——石原正康
編集人——菊地朱雅子
発行所——株式会社幻冬舎
〒151-0051東京都渋谷区千駄ヶ谷4-9-7
電話　03(5411)6222(営業)
　　　03(5411)6211(編集)
　　　振替00120-8-767643
印刷・製本—株式会社 光邦
装丁者——高橋雅之

幻冬舎文庫

ISBN978-4-344-41551-5　C0193　せ-4-1

幻冬舎ホームページアドレス　http://www.gentosha.co.jp/
この本に関するご意見・ご感想をメールでお寄せいただく場合は、
comment@gentosha.co.jpまで。